HEYNE
BÜCHER

Das Buch

Nur eine Routineaufgabe scheint es für Joffrey Coppelstone, einen Beamten des Straßenbauamtes, als er in ein abgelegenes Tal fährt, um den Farmer Morrison zu besuchen. Er will dem widerspenstigen Mann, der sich gegen den Bau einer Straße über sein Grundstück wehrt, klarmachen, dass Widerstand gegen diese staatliche Maßnahme zwecklos ist. Doch die Fahrt zu der Farm wird zum Albtraum. Die Vegetation in der Umgebung ist verschwunden, und der Weg ist so voller Schlaglöcher und Risse, dass Coppelstones neuer Wagen schwer beschädigt wird – die Reifen seines Autos sehen wie verätzt aus. Kurz vor seinem Ziel muss Coppelstone zu Fuß weitergehen, und nach einem ergebnislosen Gespräch mit dem mürrischen Morrison bleibt ihm nichts anderes übrig, als sich mit einer alten Pferdekutsche ins nächste Dorf fahren zu lassen. Doch auch dort sind die Bewohner abweisend und grob, niemand will ihm ein Zimmer vermieten, und der Sheriff weigert sich, Coppelstone Amtshilfe zu leisten. Nur der Schmied kümmert sich in überraschender Geschwindigkeit um den kaputten Wagen – offenbar sind alle Einwohner bestrebt, den Fremden so schnell wie möglich wieder loszuwerden. Coppelstone beschleicht ein unheimliches Gefühl, das immer stärker wird. Aber er ist fest entschlossen, sich nicht so schnell geschlagen zu geben.

»Unterhaltung mit Gänsehaut. Fantastisch und real zugleich.«

Würzburger Neueste Nachrichten

Der Autor

Wolfgang Hohlbein, 1953 in Weimar geboren, hat sich in kurzer Zeit zu einem der erfolgreichsten deutschsprachigen Autoren emporgeschrieben. Zusammen mit seiner Frau Heike gewann er mit *Märchenmond* den ›Fantastik-Wettbewerb‹ des Ueberreuter-Verlags. Außerdem erhielt er den ›Preis der Leseratten‹ des ZDF und den ›Fantasypreis‹ der Stadt Wetzlar. Seit 1982 ist er hauptberuflich als Schriftsteller tätig.

WOLFGANG
HOHLBEIN

Wyrm

Roman

WILHELM HEYNE VERLAG
MÜNCHEN

HEYNE ALLGEMEINE REIHE
Nr. 01/13052

Umwelthinweis:
Das Buch wurde auf
chlor- und säurefreiem Papier gedruckt.

Taschenbucherstausgabe 4/2000

Wilhelm Heyne Verlag GmbH & Co. KG, München
Printed in Germany 2000
Umschlagillustration: Jill Baumann/Agentur Schlück, Garbsen
Umschlaggestaltung: Nele Schütz Design, München
Satz: Pinkuin Satz und Datentechnik, Berlin
Druck und Bindung: Ebner Ulm

ISBN 3-453-16119-X

http://www.heyne.de

1

Genau genommen war es ein Zufall, der Joffrey Coppelstones Leben so gründlich und auf so radikale Weise ändern sollte; nicht mehr als ein kleines Missgeschick, und noch dazu eines, das nicht einmal ihm selbst widerfahren war. Verglichen mit den Ereignissen, die folgen sollten, war die ungeschickte Bewegung, mit der Steve Waiden, Coppelstones Mitarbeiter und Untergebener, vor zwei Tagen aus dem Bett aufgestanden war, um sich auf diese Weise den Knöchel des linken Fußes zu verstauchen, nicht einmal der Rede wert. Und doch: So wie schon die flüchtige Berührung eines kleinen Fingers ausreicht, um den ersten einer endlosen Reihe hintereinander aufgestellter Dominosteine umzustoßen und damit eine Katastrophe auszulösen, so sollte Waidens Fehltritt letztlich eine Lawine von Ereignissen auslösen, die an ihrem Ende Coppelstones Leben und das vieler anderer überrollte und in einen Scherbenhaufen verwandelte.

Natürlich ahnte er von alldem nichts, als er an diesem Morgen den von Süden kommenden Highway gerade in dem Moment verließ, als sich die ersten Streifen von Rot in die verblassende Dämmerung mischten. Er lenkte seinen Wagen auf eine schmale Seitenstraße, die weder eine Randbefestigung noch irgendwelche Markierungen aufwies und darüber hinaus ebenso viele Schlaglöcher wie Kurven hatte. Dummerweise verlief sie äußerst kurvenreich.

Das schwarze Teerband wand sich in zahllosen Kehren, Windungen, Schleifen und Kurven in westlicher Richtung vom Highway weg, in sanfter Neigung abfallend und – soweit man bei diesem willkürlichen Hin und Her überhaupt von einer Richtung sprechen konnte – tiefer in die von der Zivilisation noch fast unberührten Wälder hinein, die diesen Teil Neuenglands dominierten.

Coppelstone fuhr einen ausgezeichneten Wagen – einen fast neuen Ford Modell T, dessen Federung den letzten Erkenntnissen der Ingenieurskunst Rechnung trug. Trotzdem sprang und hüpfte der Wagen so wild durch die Schlaglöcher und Spalten, dass seine Zähne immer wieder schmerzhaft aufeinander schlugen. Die ehedem pedantisch sortierten Papiere, die er auf den Beifahrersitz aufgestapelt hatte, hatten sich längst selbstständig gemacht und sich im gesamten Wageninneren verteilt, und seit einigen Minuten glaubte er unter dem beruhigenden Brummen des Motors und dem regelmäßigen Quietschen der Federn noch ein anderes, störendes Geräusch zu hören: ein metallenes Klappern, das immer lauter wurde. Irgendetwas war im Begriff auseinander zu fallen. Und was der Staub und die hochgewirbelten Steinchen und Teerpartikel dem noch fast neuen Lack antun mochten, daran wagte er gar nicht zu denken. Der Ford hatte noch nicht einmal vierhundert Meilen auf dem Tacho, aber nach dieser Fahrt würde er vermutlich aussehen, als wären es vierzig*tausend*.

Das allein war aber nicht der Grund, aus dem sich Coppelstones Laune im gleichen Maße weiter verschlechterte, in dem er sich seinem Ziel näherte. Was ihn mindestens ebenso sehr störte wie die diversen Beschädigungen, die an seinem Wagen entstehen mochten, das war die Straße selbst; und der bloße Umstand seiner Anwesenheit in dieser gottverlassenen Gegend. Coppelstone war ein Stadtmensch aus tiefster, ehrlicher Überzeugung heraus. Er liebte die Zivilisation, die Städte mit ihren Menschen, ihren Geschäften und Lichtern, ihrem pulsierenden Leben und all ihren Annehmlichkeiten, und im Gegenzug verabscheute er die Unordnung und das Chaos, in das er tiefer und tiefer hineinfuhr. Allein diese Straße war eine glatte Beleidigung seines Gefühles für Ordnung und Ästhetik. Und am schlimmsten war: Sie stimmte nicht mit der Karte überein.

Aber um das in Ordnung zu bringen, war er schließlich hier.

Der Wagen rumpelte durch ein weiteres Schlagloch, das diesmal tief genug war, den Ford wie ein Boot in stürmischer See auf die Seite zu kippen und mit einem magenumdrehenden Schlag wieder in die Waagerechte zurückfallen zu lassen, und damit nicht genug, wurde Coppelstone durch den unerwarteten Ruck so heftig nach vorne geschleudert, dass er gegen das Lenkrad prallte und halb benommen in den Sitz zurückfiel. Sein Fuß rutschte vom Gaspedal. Der Wagen rollte noch ein paar Yards weiter und kam mit einem neuerlichen, wenn auch nicht annähernd so harten Ruck zum Stehen. Der Motor ging aus.

Für die Dauer von fünf oder auch zehn hämmernden Herzschlägen blieb Coppelstone einfach mit geschlossenen Augen sitzen und wartete darauf, dass der Schmerz in seinem Gesicht nachließ. Er war mit dem Nasenrücken aufs Lenkrad aufgeschlagen, und dem brennenden Pochen nach zu schließen, das sich über seine gesamte obere Gesichtshälfte bis zum Scheitel hinaufzog, hätte seine Nase eigentlich heftig bluten müssen. Als er jedoch die Augen öffnete und mit den Fingerspitzen behutsam nach der schmerzenden Stelle tastete, fühlte er nichts. Und eine zweite, etwas gründlichere Untersuchung ergab, dass auch seine Nase offensichtlich nicht gebrochen war. Allerdings hatte er das Gefühl, dass sie bald zu mindestens doppelter Größe anschwellen würde.

Coppelstone tastete mit beiden Händen seinen Körper ab und überzeugte sich mit einem Blick davon, dass er auch tatsächlich ohne – zumindest sichtbare – Verletzungen davongekommen war, dann öffnete er den Wagenschlag und kletterte umständlich hinaus.

Sein Automobil schien sehr viel weniger glimpflich davongekommen zu sein als er. Der

Ford stand annähernd quer zur Fahrtrichtung und tatsächlich schräg wie ein gestrandetes Schiff. Der linke, ihm zugewandte Kotflügel hatte eine üble Delle abbekommen, und der Lack, der vor einer Stunde noch wie poliertes Ebenholz geglänzt hatte, war nun stumpf und wies zahllose mehr oder weniger deutliche Kratzer auf. Der Anblick traf Coppelstone nicht nur wie ein Messerstich in die Brust, er erfüllte ihn für einen kurzen Moment mit einem Groll auf Waiden, der fast an Hass grenzte. Ihm allein hatte er es zu verdanken, dass er hier war. Es wäre Waidens Aufgabe gewesen, hierher zu fahren und Morrison endlich zur Vernunft zu bringen, nicht seine. Stattdessen hatte er es vorgezogen, sich den Fuß zu verstauchen und ...

Coppelstone begriff selbst, wie absurd dieser Gedanke war, und brach ihn gewaltsam ab. Statt hier herumzustehen und sich selbst Leid zu tun, sollte er seine Energie lieber darauf verwenden, möglichst rasch einen Ausweg aus dieser misslichen Lage zu finden.

Er umkreiste den Wagen, und als er seine andere Seite erreichte, sank sein Mut noch weiter.

Unmittelbar vor ihm war die Straße geborsten. Es war kein Schlagloch, wie es sie hier buchstäblich zu tausenden gab, sondern ein gut handbreiter Riss, der die Straße nahezu auf voller Breite spaltete. Das rechte Vorderrad des Wagens war in diesen Spalt eingesunken und aufgrund des Winkels, in dem es dastand, vermutete Coppelstone, dass die Feder, möglicherweise sogar die Achse, gebrochen war.

Prüfend rüttelte er am Rad. Der gesamte Ford geriet ins Schaukeln, doch das Rad war unverrückbar in den Spalt im Straßenbelag festgeklemmt. Trotzdem ließ er sich noch ein zweites Mal in die Hocke sinken, griff mit beiden Händen zu und zerrte mit aller Gewalt daran. Coppelstone war alles andere als ein Schwächling. Trotz seiner Vorliebe für die Zivilisation und die Annehmlichkeiten des modernen Lebens achtete er pedantisch auf seine Gesundheit und darauf, stets genug Sport zu treiben, um in einer guten Verfassung zu sein. Allerdings waren seine Kräfte in diesem Fall hoffnungslos überfordert. Selbst als er den Wagenheber zu Hilfe nahm, gelang es ihm nicht, das eingekeilte Fahrzeug zu befreien. Einziges Ergebnis seiner Bemühungen war, dass seine angeschlagene Nase nun doch zu bluten begann. Missmutig zog er sein Taschentuch aus der Jacke, presste es gegen die Nase und wartete, bis sie zu bluten aufgehört hatte.

Es dauerte nicht lange, doch die Zeit reichte immerhin, dass Coppelstone sich beruhigte und zu einer zumindest einigermaßen objektiven Einschätzung seiner Lage gelangte. So ärgerlich das Missgeschick auch sein mochte, das ihm widerfahren war – seine Situation war unangenehm, aber mehr auch nicht. Bis zu Morrisons Farm war es ein Fußmarsch von gut zehn Minuten, und dort würde er Hilfe finden.

Coppelstone bedachte das eingeklemmte Rad mit einem letzten, ärgerlichen Blick, dann richtete er sich auf, nahm in der gleichen Bewegung das blutgetränkte Taschentuch vom Gesicht und warf es angewidert fort. Seine Nase blutete nun nicht mehr, aber sie schmerzte schlimmer denn je. Möglicherweise war er gut beraten, wenn er nach seiner Rückkehr in die Stadt einen Arzt aufsuchte. Es schien zwar nur eine harmlose Verletzung zu sein, aber man konnte nie wissen.

Er umkreiste den Wagen ein zweites Mal, öffnete die Beifahrertür und begann seine Papiere vom Boden aufzusammeln, wobei er leise vor sich hin fluchte. Als er damit fertig war, trat er gebückt einen Schritt nach hinten, um sich nicht zu allem Überfluss noch den Hinterkopf an der Tür zu stoßen, war aber dabei so ungeschickt, dass ihm einige seiner gerade erst zusammengesuchten Papiere wieder entglitten und zu Boden fielen. Coppelstone fluchte erneut und noch lauter und bückte sich hastig, und die abrupte Bewegung war offensichtlich zu viel für seine Nase: Ein einzelner Blutstropfen lief hinaus und fiel zu Boden.

Und verschwand.

Coppelstone blinzelte. Er hatte den Weg des Blutstropfens aufmerksam verfolgt, weil er fürchtete, er könnte eines seiner Blätter treffen und einen hässlichen Fleck darauf hinterlassen, doch er hatte das Blatt verfehlt und hätte eigentlich auf dem schwarzen Asphalt deutlich sichtbar sein müssen. Aber er war es nicht. Der Teer hatte den

Tropfen aufgesaugt wie ein Schwamm. Vorsichtig tastete Coppelstone mit den Fingerspitzen danach und stellte eine zweite Besonderheit fest: Der Teer fühlte sich nicht an, wie er sollte. Er sah aus, als wäre er hart und körnig, mit unzähligen winzigen spitzen Einschlüssen durchsetzt, die das Gehen darauf, vor allem an heißen Tagen, sehr unangenehm machen mussten, und er fühlte sich definitiv ganz anders an, als er es gewohnt war. Weich und trotzdem fest, fast samtig, ja … beinahe *lebendig*.

Die Vorstellung machte Coppelstone aus irgendeinem Grunde Angst, sodass er den Gedanken hastig verscheuchte und sich wieder aufrichtete. Da seine Nase immer noch blutete, ging er wieder zur anderen Seite des Wagens zurück und suchte nach dem Taschentuch, das er vielleicht ein wenig vorschnell weggeworfen hatte.

Er fand es nicht.

Er hatte das Tuch einfach hinter sich geworfen, weshalb er nicht genau sagen konnte, wo es liegen musste, aber auf dem schwarzen Teerband hätte es eigentlich sofort auffallen müssen. Doch obwohl er sehr aufmerksam danach suchte, blieb es verschwunden. Dafür gewahrte er eine andere Besonderheit, die ihm bisher noch gar nicht aufgefallen war: Die Straße, die sich in so sinnlosen Kehren und Schleifen durch das Gelände wand, befand sich in einem mehr als erbärmlichen Zustand. Die Schlaglöcher waren teilweise so tief, dass man einen ausgewachsenen Schäferhund darin hätte verstecken können, und einige der Risse und Spalten hatten vergleichbare Dimensionen. Auch die Straßenränder waren abgebröckelt und rissig – aber nirgends war auch nur ein einziger Grashalm zu sehen. Kein Grün. Nicht ein einziger Pilz, nicht das winzigste Fleckchen Moos.

Ein sehr sonderbares Gefühl begann von Coppelstone Besitz zu ergreifen. Wenn es etwas gab, wovon er etwas verstand, dann waren es Straßen. Er hatte oft genug gesehen, was die Natur einer von Menschenhand geschaffenen Straße anzutun vermochte, und er wusste auch, dass sie manchmal in nur wenigen Jahren gewaltige Konstruktionen aus Beton und Stahl zu zerstören imstande war, von denen ihre Konstrukteure behaupteten, sie wären für die Ewigkeit gemacht. Was ihn verblüffte, war somit keineswegs das *Ausmaß* der Zerstörung, die er sah. Es war die vollkommene Abwesenheit der Kraft, die für diese Verheerung normalerweise verantwortlich war. Er hatte Straßen aus anderthalb Fuß dickem Teer gesehen, die von einem harmlosen Grashalm gesprengt worden waren, und winzige Pilze, die sich beharrlich durch anderthalb Meter dicken Boden gewühlt hatten.

Hier war nicht die geringste Spur von Leben zu sehen.

Mehr noch: Als er den Straßenrand genauer in Augenschein nahm, fiel ihm auf, dass es auch dort keinerlei Vegetation gab. Bäume und Unterholz wucherten bis auf eine Distanz von vielleicht einem Yard an das schwarze Teerband heran, dann jedoch waren nur noch einige kümmerliche Moose und Flechten zu sehen und ein paar vereinzelte Grashalme. Ein gut handbreiter Streifen Boden unmittelbar neben der Straße schließlich war vollkommen kahl.

Coppelstones Laune verdüsterte sich noch mehr, als ihm schlagartig die Erklärung für dieses vermeintliche Rätsel einfiel. Als Kartograf und ausgebildeter Ingenieur für Straßenbau wusste er natürlich, dass es in der Vergangenheit verschiedene Versuche gegeben hatte, dem Straßenbelag gewisse Chemikalien beizumengen, die eben jenen zerstörerischen Effekt verhindern sollten, indem sie alles Lebendige abtöteten. Diese Experimente waren jedoch sehr rasch wieder eingestellt worden, als sich herausstellte, dass der Nutzen gleich null und die Nebenwirkungen geradezu katastrophal waren; von den Kosten ganz zu schweigen. Offensichtlich befand er sich hier genau auf einem dieser fehlgeschlagenen *Experimente.* Seltsam war nur, dass er nichts davon wusste.

Aber schließlich war diese ganze Straße irgendwie seltsam.

Coppelstone verscheuchte auch diesen Gedanken, richtete sich endgültig auf und machte sich auf den Weg zu Morrisons Farm.

2

Ungefähr eine Stunde später war seine Laune nicht mehr auf dem Nullpunkt, sondern um etliches darunter angelangt. Natürlich hatte er eingehend die Karte studiert, bevor er am frühen Morgen aus Providence aufgebrochen war, und war daher der Meinung, höchstens noch zehn Minuten bis zu Morrisons Farm zu brauchen, selbst wenn er sich nicht allzu sehr beeilte. Die Farm war jedoch bisher nicht einmal in Sichtweite, obwohl er immer rascher ausschritt.

Es musste an dieser Straße liegen. Ihr Zustand hatte sich während der zweiten Hälfte seines unfreiwilligen Spaziergangs merklich gebessert, aber sie schlängelte sich immer noch in sinnlosen Kehren und Schleifen dahin, sodass er sich seinem Ziel wahrscheinlich kaum näherte, sondern die meiste Zeit in *irgendeine* Richtung ging, nur nicht in die, in die er wollte. Er hatte sogar mit dem Gedanken gespielt, den Weg abzukürzen und in direkter Richtung nach Westen durch den Wald zu marschieren, diese Idee jedoch nach einem einzigen Blick auf die fast undurchdringliche Wand aus wucherndem Grün und Braun beiderseits der Straße rasch wieder verworfen. Morrisons Farm lag gute drei Meilen von der nächsten menschlichen Ansiedlung entfernt. Wenn er sie verfehlte, würde er möglicherweise stundenlang durch diese undurchdringlichen Wälder irren.

Er marschierte eine weitere halbe Stunde mit wachsendem Zorn – in den sich auch ein immer größerer Anteil von Furcht mischte, den er sich nur noch nicht eingestehen wollte – durch den Wald, und er begann sich in dieser Zeit immer ernsthafter zu fragen, ob er sich möglicherweise *wirklich* verirrt haben könnte. Selbst wenn er nur mit einem Bruchteil des veranschlagten Tempos vorwärts kam, hätte er Morrisons Farm längst erreichen müssen. Nun war Joffrey Coppelstone nicht nur von Beruf, sondern auch aus Berufung und tiefster Überzeugung heraus Kartograf – Karten, Straßen und topografische Aufzeichnungen waren sein Leben und die Vorstellung, dass er – ausgerechnet *er!* – sich verirrt haben könnte, war ihm zutiefst zuwider. Trotzdem konnte er die Möglichkeit nicht ganz von der Hand weisen.

Gerade, als er so weit war, sie nicht nur als möglich, sondern als mittlerweile *wahrscheinlich* zu akzeptieren, lichtete sich der Wald und Morrisons Farm tauchte vor ihm auf.

Der Anblick war so verblüffend, dass Coppelstone mitten in der Bewegung verharrte und eine geschlagene Minute lang verblüfft auf das Bild hinabsah, das sich ihm darbot.

Es gab keinen Zweifel, dass es tatsächlich Morrisons Farm war. Sie lag genau so da, wie Waiden sie ihm beschrieben hatte: eine Ansammlung von zwei großen und mehreren kleinen, allesamt schon recht schäbigen Gebäuden, die sich am Grunde eines schmalen, schnurgerade verlaufenden Tales drängelten. Die vorherrschenden Farben schienen einmal Rot und Weiß gewesen zu sein, waren aber im Laufe der Jahre zum größten Teil abgeblättert, sodass man aus der Entfernung kaum noch Einzelheiten erkennen konnte, sondern nur noch ein fast amorphes Durcheinander ineinander fließender Umrisse und Farben. Das Auffälligste an der Farm war das große Getreidesilo, das für diese Gegend nicht nur völlig untypisch, sondern auch viel zu groß erschien, wodurch es die gesamte Anlage wie ein überdimensionaler Wachturm überragte. Alles war genau so, wie Waiden es ihm beschrieben hatte. Fast alles.

Wovon Waiden nichts gesagt hatte, das war der mehr als mannshohe Erdwall, der die gesamte Farm umgab.

Coppelstone starrte verblüfft auf das erstaunliche Gebilde. Der Wall, der perfekt gleichmäßig geformt war, bildete einen nahezu geschlossenen Kreis rings um die Farm, der das Tal fast zur Gänze blockierte. Sein Durchmesser musste weit mehr als hundert Yards betragen, was bedeutete, dass sein *Umfang* nahezu eine halbe Meile ausmachte. Er konnte sich schwerlich vorstellen, dass Waiden einfach vergessen haben sollte, ihm davon zu erzählen. Andererseits konnte dieses Gebilde auch unmöglich neu sein – und Waiden war in letzter Zeit schon mehrmals durch gewisse Unzuverlässigkeiten aufgefallen. Er beschloss, unmittelbar nach seiner Rückkehr noch einmal eingehender mit seinem Assistenten über dieses Versäumnis zu reden, und setzte seinen Weg ins Tal hinab fort.

Allerdings erwies sich dieses Unternehmen als gar nicht so einfach, wie es im ersten Moment den Anschein gehabt hatte. Der Wald endete zwar zu beiden Seiten des Tales auf dem Grat, und die sanft abfallenden Hänge waren nur spärlich bewachsen, aber die Straße wurde auch immer schlechter. Die Schlaglöcher erreichten bald eine Tiefe von einem Meter oder mehr, und die Risse waren keine Risse mehr, sondern Gräben, über die er mehr als einmal nur mit gewagten Sprüngen hinwegsetzen konnte.

Schließlich verschwand die Fahrbahn ganz. Vor ihm lagen jetzt nur noch einige fast formlose, nicht mehr miteinander verbundene Teerflecke, die keinem erkennbaren Muster mehr folgten. Selbst wenn er diese ärgerliche Wagenpanne nicht gehabt hätte, wäre er mit dem Ford auf diesem Weg nicht bis zur Farm gekommen.

Da es nun keinen Weg mehr gab, dem er folgen konnte, visierte er den einzigen Durchgang in dem Erdwall rings um die Farm an und marschierte in direkter Linie darauf zu. Er kam allerdings immer noch nicht annähernd so schnell vorwärts, wie er wollte, denn der Hang war mit zwar meist nur kniehoher, aber sehr dichter Vegetation bewachsen. Manchmal waren Büsche und Unterholz so ineinander verfilzt, dass es einer Machete bedurft hätte, um hindurchzukommen, und er traf immer wieder auf große Ansammlungen eines zähen, mit spitzen Dornen bewehrten Gebüschs, dem er lieber im großen Bogen aus dem Weg ging. Obwohl er auf seinem Weg nach unten so vorsichtig wie nur möglich war, war seine gesamte Erscheinung vollkommen derangiert, als er die Lücke im Erdwall endlich erreichte.

Er blieb noch einmal stehen und versuchte seine Kleider in Ordnung zu bringen, mit allerdings höchst mäßigem Erfolg. Hemd und Jacke waren vollkommen verdreckt, und in seiner Hose entdeckte er zu seinem großen Ärger einen gezackten Riss, den er nach seiner Rückkehr nach Providence wohl für viel Geld würde kunststopfen lassen müssen. Trotzdem tat er, was er konnte, um seine Erscheinung wenigstens einigermaßen in Ordnung zu bringen. Schließlich war er eine Amtsperson und in einer hochoffiziellen Mission hier, und es war seinem Anliegen sicher nicht von Nutzen, wenn er wie ein abgerissener Bettler vor Morrison trat.

Als er mit seinen Vorbereitungen fertig war und aufsah, erblickte er eine Gestalt, die unter der Tür eines der beiden größeren Gebäude stand und zu ihm herübersah. Obwohl die Entfernung zu groß war, um viele Einzelheiten zu erkennen, wusste er sofort, dass er Morrison gegenüberstand, dem Besitzer der Farm. Waiden hatte ihm ihn hinlänglich beschrieben. Der Mann war ein Krüppel. Seine verwachsene Gestalt war trotz der großen Entfernung deutlich zu erkennen, und er hielt ein Schrotgewehr in den Armen. Auch das war etwas, was er von Waiden wusste: Morrison verließ das Haus niemals ohne seine Waffe.

Coppelstone klemmte sich seine Papiere unter den linken Arm, straffte sich und marschierte hoch aufgerichtet und mit energischen Schritten los. Von Waiden wusste er, dass Morrison schwierig war, aber manchmal genügte bei diesen einfachen Leuten vom Lande schon ein energisches Auftreten und ein selbstbewusster Habitus, um den Großteil aller Schwierigkeiten aus dem Weg zu räumen.

Während er näher kam, blickte ihm Morrison wort- und reglos entgegen, und Coppelstone seinerseits unterzog die verwachsene Gestalt einer zweiten, eingehenderen Musterung. Morrison war wirklich sonderbar – Coppelstone erinnerte sich jetzt, dass Waiden das Wort *unheimlich* benutzt hatte, und obwohl er mit solcherlei Attributen normalerweise höchst vorsichtig umging, konnte er ihm in diesem Fall nur beipflichten.

Dabei konnte er – mit Ausnahme des Gesichts, das ein reiner Albtraum war – nicht einmal genau sagen, *welcher* Art seine Verkrüppelung war. Er hatte zwei Arme, zwei Beine und an jeder Hand fünf Finger, doch seine gesamte Gestalt schien irgendwie … verschoben, als hätte jemand eine menschliche Gestalt aus Lehm geformt und anschließend ein paarmal kräftig auf den Boden gestaucht, sodass zwar alles da, aber irgendwie nicht mehr ganz an seinem richtigen Platz und irgendwie nicht mehr richtig proportioniert war. Morrisons linke Hand zum Beispiel war wesentlich dicker als die rechte, die Finger kürzer und plumper, und seine Schultern bildeten keine gerade Linie, sondern fielen steil zu einer Seite ab. Sonderbarerweise konnte Coppelstone nicht sagen, zu welcher – es schien immer gerade die zu sein, die er ansah, als befände sich seine gesamte Gestalt in unentwegter Bewegung, die noch dazu von der Blickrichtung seiner Augen abhängig war. Auch mit seinen Beinen stimmte etwas nicht. Entweder er trug einen dicken Verband unter der Hose oder sein rechtes Knie war so unförmig angeschwollen, dass es den zerschlissenen Stoff beinahe zu sprengen drohte.

Dies alles aber war nichts im Vergleich zu seinem Gesicht. Seine rechte Hälfte war verwachsen: Stirn und Augenbraue schienen ein gutes Stück nach unten gerutscht zu sein und dabei an Größe zugenommen zu haben, doch wo das Auge, die Nasenflügel und der rechte Mundwinkel sein sollten, wucherte ein Fladen aus rotem, nässendem Fleisch, dessen Ausläufer bis über das Ohr hinauf und so weit am Hals hinunter wuchsen, dass sie im Kragen der schäbigen schwarzen Jacke verschwanden. Das Haar auf dieser Seite des Schädels war dünn und strähnig und an vielen Stellen schimmerte die nackte, wie es schien entzündete

Kopfhaut durch. Morrisons linke Gesichtshälfte war vollkommen unversehrt. Wäre die rechte Hälfte anders gewesen, so hätte Morrison vermutlich sogar gut ausgesehen: ein kräftiges, markantes Gesicht, in das die Jahre und die Witterung ihre Spuren gegraben hatten, ohne ihm indes *wirklich* etwas anhaben zu können. So aber schien die Unversehrtheit dieses halben Antlitzes die Verwüstungen auf der anderen Hälfte nur noch zu betonen.

»Hams mich jez lang genuch anestarrt?«, fragte Morrison.

Coppelstone fuhr spürbar zusammen. Morrisons Stimme hatte einen schrillen, unangenehmen Klang, und seine Art zu sprechen erschien sehr mühsam; als setzten sich die Verwachsungen auch im Inneren seines Körpers fort, sodass seine Stimmbänder nicht mehr mit der gewohnten Mühelosigkeit funktionierten, sondern zu jedem einzelnen Wort gezwungen werden mussten. Außerdem hatte er natürlich Recht: Coppelstone begriff plötzlich, dass er seit mindestens einer Minute dagestanden und dieses zerstörte Gesicht angestarrt hatte.

Eine Entschuldigung hätte die Situation erst vollends peinlich gemacht, und so räusperte sich Coppelstone nur, straffte seine Gestalt noch einmal und sagte: »Mister Morrison, nehme ich an, Sir?«

Morrison blinzelte mit seinem einen verbliebenen Auge und sagte: »Keina nennt mich Mista.

Aar ich bin Morrisn. Wa wollnse hie? Hamse sich verirrt?«

Es war Coppelstone unmöglich zu sagen, ob Morrison nun einen besonders fürchterlichen Slang sprach, oder seine Behinderung es ihm unmöglich machte, deutlicher zu reden. Auf jeden Fall war es ihm unangenehm, ihm zuzuhören.

»Mein Name ist Coppelstone, Mister Morrison«, antwortete er. »Joffrey Coppelstone. Ich bin der stellvertretende Direktor des Straßenbauamtes in Providence.«

»Providence. So.« Morrison kniff nun auch noch das intakte Auge zu und schien einen Moment in sich hineinzulauschen, als müsse er über die Bedeutung dieses Wortes nachdenken. »Dann sinse weit wech von Zhause«, sagte er schließlich.

»Oh, so weit nun wieder nicht«, antwortete Coppelstone. Es fiel ihm immer schwerer, Morrison anzusehen. Sein Verstand sagte ihm, dass Morrison ein bedauernswerter Mann war, der nichts anderes als sein Mitleid verdiente. Zugleich aber empfand er einen immer stärker werdenden Ekel vor diesem verwachsenen Gesicht, der allmählich an körperliche Übelkeit grenzte. »Das ganze Gebiet von Providence hinunter nach Arkham gehört zu meinem Bezirk, wissen Sie? Ihre Farm übrigens auch.«

»Mein Farm gehört mia«, antwortete Morrison. Seine aufgedunsene Hand strich über den Kolben der doppelläufigen Schrotflinte, die er in der Armbeuge trug wie eine Mutter ihren Säugling. Coppelstone war nicht sicher, ob in der Geste irgendeine Art von Drohung lag, hielt es aber für besser, dies vorauszusetzen. Waiden hatte ihn gewarnt. Morrison war nicht nur schwierig, sondern mochte auch durchaus *gefährlich* werden.

»Das bestreitet auch niemand«, sagte er hastig. »Trotzdem ist es notwendig, dass wir uns unterhalten, Mister Morrison. Sie wissen doch, weshalb ich gekommen bin. Ich bin sicher, Mister Waiden hat Ihnen gesagt, dass die Angelegenheit dringend einer Klärung bedarf.«

Er war sicher, mit diesem – bewusst – komplizierten Satzgebilde Morrisons Auffassungsgabe hoffnungslos überfordert zu haben; eine Taktik, mit der er schon mehr als einmal Erfolg gehabt hatte. Es bedurfte nicht immer einer Waffe, um jemanden einzuschüchtern. Tatsächlich antwortete Morrison auch nicht, sondern sah ihn nur verständnislos an, sodass Coppelstone nach einer Weile eine entsprechende Bewegung mit den Papieren unter seinem linken Arm machte und fortfuhr:

»Ich habe alle notwendigen Unterlagen dabei, um Ihnen die Situation noch einmal in allen Einzelheiten darlegen zu können, Mister Morrison. Ich bin sicher, wir …«

»Schiemse sich Ihr Untelagn in Asch«, sagte Morrison grob. Seine Hand klatschte auf den Gewehrkolben. »Keena vertreibt mich von meine Fam.«

»Ja. Mister Waiden hat mir gesagt, dass Sie …

ein hartnäckiger Verhandlungspartner sind«, seufzte Coppelstone. Sein Blick streifte nervös das Gewehr. »Warum gehen wir nicht ins Haus und reden in aller Ruhe über alles? Ich bin sicher, wir finden eine Lösung, die für beide Seiten zufrieden stellend ist.«

»Ich habs dem annern schon gesacht, unich sachs Ihna auch nur eimal: Sis mein Fam, unnich geh hiea nich wech, ehde Zeit gekomm is.«

Coppelstone schwieg einen Moment. Er war nicht sonderlich überrascht über Morrisons Reaktion. Ganz im Gegenteil wäre er höchstwahrscheinlich eher überrascht gewesen, wenn Morrison so schnell aufgegeben hätte. Er konnte den alten Mann sogar verstehen: Er war vermutlich hier geboren und aufgewachsen und mit großer Wahrscheinlichkeit gehörte er zu jenem überwiegenden Teil der Landbevölkerung, der seine Heimat zeitlebens niemals verlassen hatte. Die Vorstellung, von hier wegzugehen, musste für ihn durch und durch entsetzlich sein. Aber der Fortschritt verlangte nun manchmal Opfer. Das mochte bitter für die Betroffenen sein, war aber leider notwendig.

»Bitte, Mister Morrison«, sagte er. »Ich kann jetzt gehen, wenn Sie darauf bestehen, aber dann müsste ich mit dem Sheriff wiederkommen, und das würde die ganze Angelegenheit nicht nur unnötig verkomplizieren, sondern auch für alle Beteiligten sehr viel unangenehmer machen.«

»Der Sheriff kommt nich her«, antwortete Morrison. »Er wa noch nie hia, unner kommt auch nicht.«

»In diesem Fall würde er kommen«, versicherte Coppelstone, in jenem genau bemessenen Ton, der eine Drohung sein *konnte*, es aber nicht eindeutig *war*. Um ihn noch ein wenig zu entschärfen, lächelte er und fügte hinzu: »Lassen Sie uns doch ins Haus gehen und in Ruhe reden, Mister Morrison.«

Morrison schnaubte. Es hätte Coppelstone in diesem Moment nicht einmal mehr gewundert, hätte er sein Gewehr gehoben und ohne weitere Warnung abgedrückt. Doch stattdessen senkte er die Waffe plötzlich, trat einen ungeschickten, humpelnden Schritt zur Seite und machte eine Kopfbewegung auf die Tür hinter sich.

»Meinetwegn. Abers hat keen Zweck. Ich geh hia nich wech. Habich dem annern schon gesacht. Er hat gesacht, dasse kommn wern, aberich geh hia nich wech.«

Das war eine neue Information, die Coppelstone nicht nur aufs Höchste überraschte, sondern Waidens *Missgeschick* vom Vortag auch in einem ganz anderen Licht erscheinen ließ. Es war niemals vorgesehen gewesen, dass er, Coppelstone, hierher kam. Möglicherweise war Waidens Ungeschicklichkeit eben *keine* Ungeschicklichkeit gewesen. Er nahm sich vor, ein wirklich *eingehendes* Gespräch mit seinem Assistenten zu führen, sobald er zurück in Providence war.

Dann trat er an Morrison vorbei ins Haus und

für einen Moment vergaß er sowohl Waiden als auch Providence und sogar den Grund seines Hierseins.

Das Erste, was ihm auffiel, war der Geruch; ein erbärmlicher, im wortwörtlichen Sinne atemberaubender Gestank, der eine fast materielle Konsistenz zu haben schien und sich wie ein klebriger Film über sein Gesicht und seine Atemwege legte. Es war ihm nicht möglich, ihn zu beschreiben; er schien gleichzeitig nach Tod und Verwesung wie auch nach etwas auf vollkommen falsche Weise *Lebendigem* zu riechen, und er führte eine fast unmittelbar einsetzende Assoziation von düsteren Dingen mit sich, die in den Schatten krochen.

Und Schatten gab es genug. Nachdem Coppelstone einen ersten, vorsichtigen Atemzug genommen und fast zu seiner Überraschung festgestellt hatte, dass er tatsächlich Luft bekam, trat er einen weiteren Schritt in den Raum hinein und sah sich um. Es gab allerdings nicht allzu viel zu sehen. Obwohl der Raum, der das gesamte Erdgeschoss des Gebäudes einzunehmen schien, über vier große Fenster verfügte, war es hier drinnen fast dunkel. Draußen vor den Fenstern herrschte strahlender Sonnenschein, aber hier drinnen schien das Licht … irgendetwas einzubüßen. Er konnte nicht genau sagen, was; es war kein sichtbarer Bestandteil, nichts, was man begreifen oder auch nur beschreiben konnte. Aber er spürte deutlich seine Abwesenheit. Das Licht, das durch die Fenster hereinströmte, schien die Umrisse der Dinge nicht richtig zu erhellen, sondern sie im Gegenteil zu fliehen. Der Anblick erinnerte ihn auf eine schwer in Worte zu fassende Weise an den, den die Farm vom Hang herab geboten hatte: Er erblickte kaum mehr als ein Konglomerat ineinander fließender Schatten und Grauschattierungen, die in ihrer Gesamtheit einen fast lebendigen Eindruck machten. Er hatte das Gefühl, dass es überall kroch und sich regte.

»Setzense sich«, sagte Morrison. Er schlug die Tür mit einem Knall hinter sich zu, der in Coppelstones Ohren mehrfach und unheimlich verzerrt widerhallte. Er kam sich gefangen vor; auf eine nie gekannte Art eingesperrt und etwas ausgeliefert, von dem er nicht einmal genau wusste, was es war, und für einen Moment wurde das Gefühl so stark, dass er um ein Haar auf der Stelle herumgefahren und davongestürmt wäre. Aber dann wiederholte Morrison seine Einladung und machte dazu eine einladende Handbewegung, und in der künstlichen Dämmerung, die auch seine Gestalt zu wenig mehr als einem formlosen Schatten reduzierte, hatte die Bewegung etwas derart Zwingendes, dass Coppelstone gar nicht anders konnte, als ihr zu gehorchen und sich an dem groben Holztisch vor der Tür niederzulassen.

»Wollnsene Tasse trinken?«, fragte Morrison. »Ich hab geradne Kanne Malzkaffee aufgebrüht.«

Allein die Vorstellung, in diesem Raum irgendetwas zu sich zu nehmen, ließ Coppelstones latente Übelkeit zu einem ausgewachsenen Brechreiz werden. Aber Opfer mussten gebracht werden, und so nickte er wortlos und sah zu, wie Morrison sein Gewehr achtlos auf einer Kommode neben der Tür ablud und zum Herd schlurfte. Er hatte eine sonderbare, fast hüpfende Art zu gehen, die von seiner Behinderung herrühren musste und im hellen Tageslicht vielleicht sogar komisch ausgesehen hätte, hier drinnen aber durch und durch unheimlich wirkte. Während er ihm dabei zusah, wie er am Herd hantierte, begann er sich zu fragen, woher Morrisons Verunstaltungen wohl stammen mochten. Die Male in seinem Gesicht hätten von einer Verbrennung stammen können, aber das erklärte nicht seine anderen Verwachsungen. Vermutlich war er das Ergebnis generationenlangen Inzests; etwas, was in dieser abgeschiedenen ländlichen Gegend häufig vorkam, auch wenn es gerne totgeschwiegen wurde.

»Bevor wir zum Thema kommen, Mister Morrison«, begann er, während Morrison sich herumdrehte und mit zwei verbeulten Emaillebechern zum Tisch zurückgeschlurft kam, »habe ich leider ein kleines … Problem. Mein Wagen ist oben auf der alten Teerstraße liegen geblieben, und ich fürchte, ich werde ihn aus eigener Kraft nicht wieder frei bekommen.«

»Aufe altn Teerstraße?« Morrison blieb so abrupt stehen, dass der heiße Kaffee aus seinen Bechern schwappte und ihm über die Hände lief. Er schien es nicht einmal zu spüren. »Om im Wald?«

Coppelstone nickte. »Ich musste den Rest des Weges zu Fuß zurücklegen – daher auch der desolate Zustand meiner Kleider. Aber ich fürchte, ich werde nicht auf dem gleichen Wege zurück in die Stadt können.« Dieses Eingeständnis verlangte ihm eine große Überwindung ab, denn es verschlechterte seine Position radikal, machte es ihn doch in gewissem Umfang zum Bittsteller. Morrison beachtete seine Worte jedoch gar nicht, sondern fragte in fast erschrockenem Tonfall:

»Sinnse durchn Wald gegang?«

»Nicht zwischen den Bäumen hindurch, wenn Sie das meinen«, antwortete Coppelstone. »Ich bin der Straße gefolgt.«

»Sgut«, sagte Morrison. »Nieman sollte durchn Wald gehn.«

»Wieso?«

Morrison knallte die beiden Becher auf den Tisch und ließ sich ächzend auf einen Stuhl sinken. »Snich gut, durchn Wald zu gehn«, sagte er. »Sgibt Dinge dort oben, denen ma bessa nich begegnet.« Er wedelte auffordernd mit der Hand. »Trinkense. Malzkaffee schmeckt nur, solanga heiß is. Und danach sachich Francis Bescheid. Er kannse inne Stadt zurückfahn.«

Coppelstone zog es vor, den letzten Teil seiner Antwort zu ignorieren – auch wenn er im Grunde sehr froh darüber war. Sehr vorsichtig setzte er den Becher an die Lippen, roch an dem Getränk und nippte dann daran. Zu seinem nicht geringen Erstaunen schmeckte der Kaffee ausgezeichnet:

würzig und stark, genau wie echter Malzkaffee vom Lande schmecken sollte. Nach dem ersten nahm er einen zweiten, sehr viel größeren Schluck.

»Nun, vielleicht sollten wir jetzt langsam zur Sache kommen, Mister Morrison«, begann er. Er stellte den Kaffeebecher zur Seite, überzeugte sich davon, dass der Tisch einigermaßen sauber und trocken war, und breitete die mitgebrachten Papiere darauf aus. »Ich habe hier einen Auszug aus dem Grundbuch von Magotty, das Sie als Eigentümer dieser Farm nebst einem Grundbesitz von ...«

»Sganze Tal gehört mir«, unterbrach ihn Morrison. »Shat meine Familie schon imma ghört. Mein Urgroßvata hatte Fam mit eigenen Händn gebaut.«

»Das weiß ich, Mister Morrison«, sagte Coppelstone behutsam. »Und glauben Sie mir, im Grunde möchte Sie niemand von Ihrem Besitz vertreiben.«

»Der annere hat gesacht, dassich wechmuss«, nuschelte Morrison.

»Sehen Sie, Mister Morrison«, begann Coppelstone, »die Dinge ... entwickeln sich. Die Zeit bleibt nun einmal nicht stehen. Es ist nun einmal so, dass sich unser Land in einem großen sozialen und wirtschaftlichen Umbruch befindet, und ...«

»Das hat mir der annere auch schon gesacht«, fiel ihm Morrison ins Wort. »Er hat gesacht, dassene Straße durch mein Tal baun wolln. Abers geht nich. Niemand kanne Straße durch Morrisons Tal baun. Sland is nich gut.«

»Nun, unsere Gutachter sagen das Gegenteil«, antwortete Coppelstone, nun in ganz bewusst wieder deutlich amtlicherem Ton. »Der Boden ist von ausgezeichneter Festigkeit, um eine Straße zu tragen, und darüber hinaus bietet Ihr Tal die einzige Möglichkeit im Umkreis von dreißig Meilen, die Berge ohne unverhältnismäßige Tunnel- oder Brückenbauarbeiten zu überwinden. Ich will ganz offen zu Ihnen sein, Mister Morrison: Die Arbeiten an der Straße haben im Osten längst begonnen. Wenn Sie versuchen würden sie zu behindern oder gar aufzuhalten, dann würde das unseren Zeitplan nicht nur um Monate zurückwerfen, sondern den Steuerzahler auch sehr viel Geld kosten.«

»Ich zahl keene Steuan«, antwortete Morrison stur. Jede Freundlichkeit war aus seinem Gesicht gewichen. Sein einzelnes Auge funkelte Coppelstone über den Tisch hinweg fast hasserfüllt an.

Trotzdem triumphierte Coppelstone innerlich. Er hatte angestrengt überlegt, wie er sein stärkstes Argument vorbringen konnte, ohne Morrison zu sehr vor den Kopf zu stoßen, aber der alte Mann hatte ihm gerade die beste Überleitung geliefert, die er sich nur wünschen konnte.

»Ich weiß«, sagte er kühl. »Nach unseren Unterlagen haben Sie die fälligen Steuern und Grundbesitzabgaben seit fünf Jahren nicht mehr entrichtet. Um ganz offen zu Ihnen zu sein: Nachdem mein

Assistent, Mister Waiden, mit der Nachricht von Ihrer Weigerung zu verkaufen, nach Providence zurückkehrte, war der erste Gedanke meines Vorgesetzten, Sie kurzerhand zu enteignen. Ihre Steuerschulden geben uns durchaus die rechtliche Handhabe dazu. Aber mir ist daran gelegen, die Angelegenheit gütlich beizulegen. Ich habe deshalb noch einmal mit meiner vorgesetzten Dienststelle gesprochen und kann Ihnen ein wirklich großzügiges Angebot unterbreiten. Wenn Sie sich entschließen, Ihr Land an die Regierung zu verkaufen, dann bin ich bevollmächtigt, Ihnen eine ansehnliche Summe als Entschädigung zu bieten. Selbst nach Abzug Ihrer Steuerschulden bliebe noch mehr als genug für Sie übrig, sich anderswo einen angemessenen Altersruhesitz zuzulegen.«

Er sah Morrison bei diesen Worten sehr aufmerksam an, konnte jedoch keinerlei Reaktion auf seinem Gesicht ablesen.

»Auf der anderen Seite«, fuhr er nach einer geraumen Weile fort, »habe ich ein Schriftstück bei mir, das mich berechtigt, auf der Stelle zum Sheriff zu gehen und die Zwangsräumung zu beantragen. Ich würde es sehr bedauern, zu diesem Schritt gezwungen zu werden, glauben Sie mir. Aber ich werde es tun, wenn mir keine andere Wahl bleibt.«

Morrison antwortete noch immer nicht. Er starrte ihn so unverwandt an, dass Coppelstone beinahe bezweifelte, dass er seine Worte überhaupt gehört hatte.

»Haben Sie verstanden, was ich gesagt habe?«, fragte er. »Mister Morrison!«

»Ich habse verstan«, nuschelte Morrison. »Sagte er wolln mir mein Fam wechnehm. Abers könnse nich. Sis nich recht. Uns Land isnich gut. Se könn keene Straße drauf baun. Sgibt Dinge hier, die ma nich störn daf.«

»Ich verstehe, dass es Ihnen schwer ...«

»Ganichs vastehnse!«, fiel ihm Morrison ins Wort. »Die Zeit is noch nich gekomm! Swirdn furchbares Unglück gem, wennse den rechten Verlauf der Dinge störn!«

»Was ... meinen Sie damit, Mister Morrison?«, fragte Coppelstone. Unter normalen Umständen hätte er Morrisons Worte als das Gefasel eines verzweifelten alten Mannes abgetan, aber hier, in dieser düsteren, von kriechenden Schatten erfüllten Gruft, bekamen sie etwas von einer unheilvollen Prophezeiung; ein Gewicht, das ihnen vielleicht nicht zustand, das sie aber nichtsdestotrotz hatten.

»Wir dürfn die, die im Land lebn, nich störn«, antwortete Morrison. »Swird böse enden, wenn wir den Wyrm vor der Zeit störn. Viele wern sterbn.«

»Wollen Sie mir drohen, Mister Morrison?«, fragte Coppelstone.

»Die Zeit is noch nich gekomm«, beharrte Morrison stur.

Coppelstone atmete hörbar ein. »Und wann ... *ist* die Zeit gekommen?«, fragte er gepresst.

»Wennde Monde günstich stehn«, antwortete Morrison. »Wenna große Krieg zu Ende is.«

Coppelstone blinzelte. »Sagten Sie: *Monde?*«, vergewisserte er sich. »Und von welchem *großen Krieg* sprechen Sie?« Ganz allmählich begann er zu begreifen, was hier wirklich los war: Morrison war nicht *sonderbar,* wie Waiden berichtet hatte. Er war komplett verrückt.

»Dem hinter dem Meer«, antwortete Morrison. »Dem großen Krieg, der die Welt in Brand setzen wird.«

»Sie meinen ... Europa?«, vermutete Coppelstone. »Sie sprechen von dem großen Krieg in Europa, nicht wahr?«

Morrison nickte und Coppelstone fuhr beinahe sanft fort: »Mister Morrison, der Krieg, von dem Sie reden, *ist* bereits zu Ende. Schon seit sehr, sehr vielen Jahren.«

»Den meinich nich«, erwiderte Morrison. »Den annern, der komm wird.«

»Der ... *kommen wird?*«, wiederholte Coppelstone verwirrt. »Aber es wird keinen Krieg geben. Europa ist friedlich wie schon seit langem nicht mehr.«

»Swird ein großn Kriech gem«, beharrte Morrison. »De ganze Welt wird brenn. Auch unsa Land. Viel Blut. Viele wern sterbn. Millionen. Dann isse Zeit gekomm, und die, die im Land lebn, wern gehn. Solange muss ich hier bleibn.«

Coppelstone seufzte. »Ich fürchte, das wird nicht möglich sein, Mister Morrison«, sagte er.

Morrison stand auf. »Ich sach Francis, dasa Sie inne Stadt bringt«, sagte er. »Isne Stunde, mitten Wagen. Aber zu gefährlich zu Fuß.«

»Mister Morrison, bitte!«, sagte Coppelstone. »So seien Sie doch vernünftig! Sie schaden sich nur selbst!«

Aber Morrison hörte ihm gar nicht mehr zu. Er hatte sich bereits umgewandt und schlurfte zur Tür. Ohne ein weiteres Wort öffnete er sie und verschwand im hellen Sonnenschein draußen auf dem Hof.

Coppelstone sah ihm kopfschüttelnd nach, aber er ersparte es sich, ihm noch einmal nachzurufen. Er war nicht einmal überrascht, dass sich die Dinge so entwickelt hatten, aber er bedauerte es. Dass er die Notwendigkeit seines Tuns einsah, bedeutete noch lange nicht, dass es ihm Freude bereitete, diesen verrückten alten Mann von seinem Land zu vertreiben.

Er stand ebenfalls auf. Sein Stuhl verursachte dabei ein scharrendes Geräusch auf den Holzdielen, und irgendwo aus dem Raum hinter ihm antwortete ein anderer, raschelnder Laut darauf. Coppelstone fuhr erschrocken herum und gewahrte gerade noch, wie etwas sehr Großes, Bleiches mit schlängelnden Bewegungen in den Schatten zwischen den Möbelstücken verschwand.

Sein Herz machte einen erschrockenen Sprung. Er hatte nicht genau gesehen, was da hinter ihm kroch, doch allein das feucht-schabende Geräusch jagte ihm einen eisigen Schauer über den Rücken.

Wäre das ... *Ding* nicht so absurd groß gewesen, hätte er gewettet, einen riesigen, fahlen Wurm zu sehen. Aber das Geschöpf musste mindestens anderthalb Yards messen und so dick wie sein Arm sein. Also eine Schlange. So verrückt, wie Morrison war, war es ihm durchaus zuzutrauen, dass er Schlangen im Haus duldete.

Coppelstone schauderte. Allein die Vorstellung, dass diese Kreatur die ganze Zeit über da gewesen war und ihn angestarrt hatte, während er mit Morrison sprach, jagte ihm noch im Nachhinein einen eisigen Schauer über den Rücken.

Er hatte es plötzlich sehr eilig, das Haus zu verlassen.

3

Eine gute Stunde später erreichte er Magotty und stieg vom Kutschbock des zweispännigen Wagens, mit dem ihn Francis in die Stadt gefahren hatte. Mit Ausnahme seines Namens und der Vermutung, dass Francis in irgendeinem ganz bestimmt nicht von der Kirche abgesegneten Verwandtschaftsverhältnis zu Morrison stehen mochte, wusste er nichts über ihn. Francis – der nicht ganz so schlimm verkrüppelt war wie Morrison, aber schlimm genug, dass Coppelstone sein Gesicht keiner allzu eingehenden Musterung unterzogen hatte – war während der gesamten Fahrt stumm wie ein Fisch geblieben; obwohl sich Coppelstone redlich bemüht hatte, ihn in ein Gespräch zu verwickeln. Doch Coppelstones insgeheim gehegte Hoffnung, auf diesem Wege etwas mehr über Morrison und den vermeintlichen Fluch, der auf seinem Land lastete, herauszufinden, hatte sich nicht erfüllt. Francis war entweder stumm oder noch verstockter als Morrison.

Auf jeden Fall war er mindestens genauso unheimlich. Coppelstone war regelrecht erleichtert gewesen, als die Fahrt endlich zu Ende war und er aussteigen konnte.

Magotty erwies sich als eine Stadt, die so haargenau seinen Vorstellungen von einem von Gott und der Zeit vergessenen kleinen Nest in Neuengland entsprach, dass es schon fast wieder absurd war. Es bestand im Grunde nur aus einer einzigen, schlampig geteerten Straße und einer Hand voll ungepflasterter Nebenwege, hatte aber hübsche, schon fast pittoresk wirkende Häuser mit ordentlichem Fachwerk, verspielten Dächern und Giebeln und kleinen Butzenscheiben, sodass man sich tatsächlich ein wenig in das Land zurückversetzt fühlte, von dem diese Gegend ihren Namen ableitete. Die Menschen waren adrett gekleidet, und Coppelstone gewahrte sogar zwei Automobile, die am Straßenrand geparkt waren. Zumindest nach *hiesigen* Verhältnissen musste Magotty eine wohlhabende Gemeinde sein, was Coppelstone wieder ein wenig optimistischer in die Zukunft blicken ließ. Menschen, denen es gut ging, waren dem Fortschritt gegenüber meist weit aufgeschlossener als solche, die täglich neu ums Überleben kämpfen mussten.

Sein erster Weg führte ihn ins Büro des Sheriffs. Er hatte zuerst vorgehabt, sich nach jemandem umzuschauen, der seinen Wagen holte, und möglicherweise brauchte er auch eine Bleibe für die Nacht – doch zumindest auf den ersten Blick offenbarte sich ihm nichts, was auch nur im Entferntesten wie eine Werkstatt oder wie ein Hotel aussah. Deshalb schien es ihm das Klügste zu sein, den Sheriff um Hilfe und wenn es sein musste, auch um die Vermittlung eines Quartiers zu bitten. Und das, obwohl er sich angenehmere Dinge vorstellen konnte, als in diesem Kaff eine Nacht zu verbringen. Die Liste der unangenehmen Dinge, die er Waiden nach seiner Rückkehr sagen würde, wurde immer länger.

Sheriff Buchanan erwies sich als ein überraschend junger, drahtiger Mann mit energischen Zügen und starken Händen, die unentwegt in Bewegung waren, selbst wenn er ganz still dasaß – was allerdings so gut wie nie vorkam. Er begrüßte Coppelstone freundlich, bot ihm einen Platz auf der anderen Seite seines pedantisch aufgeräumten Schreibtisches an und erkundigte sich dann nach dem Grund seines Hierseins. Coppelstone erklärte ihm sein Anliegen mit knappen Worten und reichte ihm dann die entsprechenden Papiere über den Tisch. Buchanan würdigte sie jedoch kaum eines Blickes, sondern legte sie aus der Hand und sah Coppelstone kopfschüttelnd an.

»Da haben Sie ein Problem, Mister Coppelstone«, sagte er.

»Das scheint mir nicht so«, antwortete Coppelstone. Er war ein bisschen verwirrt, und er musste sich beherrschen, um nicht zornig zu werden. Er hatte nicht erwartet, dass Buchanan vor Begeisterung vom Stuhl springen würde, doch der Sheriff sprach in einem Ton, als unterhielten sie sich über etwas, das ihn gar nichts anginge. »Die Sachlage ist doch klar.«

»Auf den ersten Blick, sicher«, sagte Buchanan.

»Auf den ... *ersten Blick?* Was soll das heißen?«

Buchanan richtete sich umständlich hinter seinem Schreibtisch auf, und Coppelstone konnte regelrecht sehen, wie es hinter seiner Stirn arbeitete, um die richtigen Worte zu finden. »Sehen Sie, Mister Coppelstone«, begann er, »wir sind hier nicht in Providence. Was für Sie in der Stadt ganz klar erscheint, das muss hier bei uns nicht unbedingt genauso sein. Wir haben hier unsere eigene Art, die Dinge zu regeln.«

»Das mag sein«, antwortete Coppelstone, nun wirklich nur noch mühsam beherrscht. »Und ich will mich auch gar nicht in Ihre Arbeit mischen, Sheriff. *Wie* Sie die Angelegenheit regeln, ist mir gleich. Hauptsache ist, Sie regeln sie.«

»Und das möglichst schnell«, vermutete Buchanan.

»Uns bleibt nicht mehr allzu viel Zeit«, bestätigte Coppelstone. »In einer Woche wird der Landvermessungstrupp hier eintreffen, und es ist wichtig, dass die Männer unverzüglich mit ihrer Arbeit beginnen können.«

»In einer Woche?« Buchanan klang regelrecht entsetzt, sodass Coppelstone rasch und beruhigend die Hände hob.

»Es ist keineswegs vonnöten, dass Mister Morrison seine Farm bis dahin bereits verlassen hat«, sagte er. »Bis die Arbeiter und die Maschinen kommen, werden sicher noch drei Monate vergehen. Aber ich kann nicht riskieren, dass meine Leute in Gefahr geraten. Der Mann hat ein Gewehr.«

»Das hat hier jeder«, antwortete Buchanan lächelnd. »Aber Sie haben natürlich Recht: Morrison ist vollkommen verrückt. Möglicherweise sogar gefährlich.«

»Aus diesem Grunde bin ich hier, *Sheriff*«, antwortete Coppelstone, wobei er das Wort Sheriff so übermäßig betonte, dass jede andere Erklärung überflüssig wurde. Buchanan verstand die Anspielung auch sehr genau, denn seine Miene verdüsterte sich schlagartig, und als er weitersprach, klang seine Stimme um mehrere Grade kühler.

»Und was sollte ich jetzt tun, Ihrer Meinung nach?«, fragte er.

»Ich habe alle notwendigen Papiere dabei«, antwortete Coppelstone. »Fahren Sie zu Morrison hinaus und treiben Sie die rückständigen Steuern ein. Und wenn er nicht zahlen kann, versteigern Sie seine Farm.«

»Jemand anderes könnte sie kaufen«, gab Buchanan zu bedenken, aber Coppelstone schüttelte nur den Kopf. Auf *dieses* Argument war er vorbereitet.

»Der Staat hat ein Vorkaufsrecht auf jedes Stück Land, das zum Verkauf ansteht«, sagte er. »Selbstverständlich werden wir davon Gebrauch machen.«

Buchanan schüttelte seufzend den Kopf. »Wie stellen Sie sich das vor, Mister Coppelstone? Sie haben Morrison gesehen. Der Mann wird nicht einfach gehen. Seine Familie lebt seit vier Generationen auf diesem Land. Er wird eher sterben, ehe er seine Farm aufgibt. Was soll ich tun? Männer mit Waffen hinausschicken, die ihn gewaltsam vertreiben?« Er beugte sich vor, und seine Stimme wurde eindringlicher. »Ich kann Ihnen sagen, was geschehen wird: Er wird ein paar von uns erschießen, und am Schluss werden wir ihn erschießen. Ist es das, was Sie wollen – und alles nur wegen einer *Straße?*«

»Auf wessen Seite stehen Sie eigentlich, Sheriff?«, fragte Coppelstone zornig. Buchanans Worte prallten nicht ganz so leicht an ihm ab, wie er es gerne gehabt hätte; vielleicht weil sie einen größeren Anteil an Wahrheit enthielten, als er zugeben wollte. Wenn er Buchanan zwang, nach seinen Vorstellungen vorzugehen und wenn es dabei zu einem Unglück kam, dann trug ganz allein er die Verantwortung dafür. Trotzdem fuhr er fort: »Ich dachte eigentlich, Sie würden dafür bezahlt, Recht und Ordnung in dieser Gegend aufrechtzuerhalten.«

»Ich werde vielleicht vom Staat bezahlt, Mister Coppelstone«, antwortete Buchanan kühl. »Aber *gewählt* haben mich die Leute in dieser Gegend hier. Sie haben mich gewählt, damit ich sie beschütze – auch vor Leuten wie Ihnen, Mister Coppelstone.« Er stand auf. »Ich werde jetzt zu Morrison hinausfahren und mit ihm reden. Vielleicht finden wir ja eine Lösung.«

Es lag Coppelstone auf der Zunge zu sagen, dass die Lösung vor Buchanan auf dem Tisch lag, aber er schluckte die Bemerkung im letzten Moment herunter. Stattdessen erhob er sich und deutete mit einer fragenden Geste zur Tür.

»Ich werde mich währenddessen um meinen Wagen kümmern«, sagte er. »Gibt es eine Werkstatt hier in Magotty?«

»Einen Schmied«, antwortete Buchanan. »Aber keine Sorge – Karlsson ist ein Allroundgenie. Er repariert alles, was mit Technik zu tun hat, so zuverlässig wie jeder Ingenieur. Er ist bereits unterwegs, um Ihren Wagen zu holen. Es ist doch der schwarze Ford Modell T, nicht wahr?«

»Das ... stimmt«, antwortete Coppelstone verblüfft. »Aber woher ...?«

»Wir leben hier in einer kleinen Stadt, Mister Coppelstone«, sagte Buchanan. »Hier kommen selten Fremde her, und Neuigkeiten sprechen sich schnell herum. Keine Sorge – Karlsson wird Ihren Wagen in Ordnung bringen.«

Diese Erklärung stellte Coppelstone ganz und gar nicht zufrieden. Sie *klang* so, als könnte sie es, aber im Grunde bestand sie aus nichts anderem als jener ganz speziellen Art von Worten, wie sie vor allem Politiker und Diplomaten so gerne benutzten: Sie klangen überzeugend, beinhalteten aber rein gar nichts.

»Wo finde ich diesen ... Karlsson?«, fragte er zögernd.

»Schräg gegenüber, auf der anderen Straßenseite.« Buchanan lächelte flüchtig. »Bei uns hier in Magotty ist alles schräg gegenüber, auf der anderen Straßenseite.«

Coppelstone blieb ernst. »Auch ein Hotel?«

»Ein Hotel?« Buchanan war bereits auf halbem Wege zur Tür, blieb nun aber noch einmal stehen. Coppelstone fiel auf, dass er die Papiere, die er ihm übergeben hatte, achtlos auf dem Tisch hatte liegen lassen, aber er sagte nichts dazu. »So etwas haben wir hier nicht, fürchte ich«, sagte er. »Es kommen nicht oft genug Fremde hierher, als dass sich ein Hotel lohnte.«

»Es muss nichts Besonderes sein«, sagte Coppelstone. »Ein einfaches Gasthaus würde reichen.«

»Leider«, sagte Buchanan kopfschüttelnd. »Aber das Problem lösen wir später – falls es sich überhaupt stellt. Sie werden sehen: Karlsson ist der reinste Zauberkünstler, wenn es um Maschinen geht. In ein paar Stunden ist Ihr Wagen wieder flott, und Sie können in Ihrem eigenen Bett zu Hause schlafen.«

Das hatte Coppelstone mittlerweile nicht mehr vor. Nach der brüsken Behandlung durch den Sheriff war er sogar ganz im Gegenteil sicher, dass seine Anwesenheit hier für weitaus mehr als einen Tag vonnöten sein würde. Doch wie Buchanan selbst gesagt hatte: Dieses Problem würden sie später lösen.

4

Karlssons Werkstatt befand sich nicht wirklich schräg gegenüber, sondern ein gutes Stück die Straße hinab im letzten Haus vor dem jenseitigen Ortsausgang, und sie erwies sich tatsächlich als eine wirkliche Schmiede, komplett mit Esse, Amboss und hunderten von Hufeisen, die an Nägeln entlang der Wände aufgereiht waren. Es gab jedoch einen zweiten, unmittelbar an die eigentliche Schmiede grenzenden Raum, der mit Rädern, Reifen, Kotflügeln und Scheiben und allen nur möglichen Automobil-Ersatzteilen vollgestopft war – und zu Coppelstones maßloser Verblüffung auch seinen eigenen Ford enthielt. Der Wagen war aufgebockt. Das rechte Vorderrad und beide Kotflügel waren abmontiert, aber es war ganz zweifelsfrei sein Modell T. Coppelstone erkannte ihn trotz – oder vielleicht gerade wegen – des erbärmlichen Zustandes, in dem er sich befand, sofort.

Aber er hätte eigentlich nicht hier sein dürfen. Die Entfernung von hier bis zu der Stelle, an der er ihn stehen gelassen hatte, betrug gut fünf Meilen – selbst wenn Morrisons Gehilfe dem Schmied sofort Bescheid gegeben hätte (was er eindeutig nicht getan hatte. Schließlich hatte Coppelstone gesehen, wie er auf der Stelle kehrtmachte und wieder in Richtung Farm davonfuhr), hätte die Zeit niemals gereicht, ihn abzuholen und hierher zu bringen …

»Ist das Ihr Wagen?«

Coppelstone fuhr erschrocken zusammen und drehte sich um. Er war so sehr damit beschäftigt gewesen, seinen Wagen anzustarren, dass ihm nicht einmal auffiel, dass er nicht mehr allein war. Dabei sah der Mann, der hinter ihm aufgetaucht war, nun wirklich nicht so aus, als könne er sich lautlos bewegen. Karlsson – die schwere Lederschürze, die kräftigen, mit zahllosen Brandnarben übersäten Hände und die gewaltigen Muskelpakete an seinen Oberarmen identifizierten ihn ganz zweifelsfrei als Schmied – war, wie man so sagt, ein Kerl wie ein Baum. Er musste gute sechseinhalb Fuß messen und hatte eine entsprechende Schulterbreite, und alles an ihm, selbst seine Art, einfach nur dazustehen, drückte eine urtümliche Kraft aus, vor der Coppelstone instinktiv zurückschreckte.

»Ja«, antwortete er. »Woher wissen Sie … ich meine: Wie kommt er hierher?«

»Es sieht schlimmer aus, als es ist.« Karlsson trat mit zwei raschen Schritten an ihm vorbei und ließ die flache Hand auf die Motorhaube des Ford klatschen. »Die Felge ist verbogen, aber das kriege ich hin. Sie werden nicht allzu schnell damit fahren können, aber bis sie zu einer anderen Werkstatt kommen und eine neue Felge kaufen können, reicht es allemal.«

Coppelstone sah abwechselnd den Ford und

Karlsson an, und der Schmied schien seinen Blick wohl falsch zu deuten, denn er fuhr mit einem überraschend mitleidigen Lächeln fort: »Der Wagen ist fast neu, nicht wahr? Ich kann Sie verstehen. Der Anblick bricht einem das Herz. Unsere Straßen hier sind nun einmal nicht für diese modernen Benzinkutschen gebaut.«

»Um das zu ändern, bin ich hier«, sagte Coppelstone kühl. »Aber das alles ist keine Antwort auf meine Frage: Wie kommt der Wagen hierher?«

»Ich habe ihn abgeschleppt«, antwortete Karlsson. »Wie denn sonst?«

»Und wer hat Ihnen den Auftrag dazu gegeben?«, fragte Coppelstone.

»Niemand. Aber ich nehme doch nicht an, dass Sie dieses Prachtstück über Nacht dort draußen im Wald stehen lassen wollten, oder? Das würde ich Ihnen nicht empfehlen. Es gibt eine Menge Tiere dort draußen, die Ihnen die Kabel und Bremsleitungen durchbeißen würden – von dem, was sie den Polstern antun könnten, ganz zu schweigen.«

»Und noch mehr«, vermutete Coppelstone. »Dinge, denen man besser nicht begegnet.«

Er hielt Karlsson bei diesen Worten sehr aufmerksam im Auge, und tatsächlich schien es ihm, als ob der Schmied ein ganz kleines bisschen zusammenzuckte. Aber vielleicht sah er das auch nur, weil er es sehen *wollte*.

»Gibt es die nicht in jedem Wald?«, fragte Karlsson schließlich. Dann drehte er sich mit einem Schulterzucken um. »Ich muss mich an die Arbeit machen, sonst werde ich vor Sonnenuntergang nicht mehr fertig.«

»Wäre das so schlimm?«, fragte Coppelstone, während er Karlsson in den Nachbarraum folgte.

»Nicht, wenn Sie gerne im Freien übernachten«, antwortete Karlsson. »Es ist eine gute halbe Stunde Fahrt bis Eborat.«

»Was sollte ich dort?«

»Dort ist das nächste Gasthaus, wo Sie sich ein Zimmer nehmen können«, antwortete Karlsson. Er trat an die Esse, in der bereits ein gewaltiges Holzkohlefeuer brannte, und hob ohne sichtliche Anstrengung mit der linken Hand einen Hammer hoch, den Coppelstone vermutlich nicht einmal mit zwei Händen hätte heben können. Das Vorderrad des Ford war bereits von seinem Reifen befreit und gegen den Amboss gelehnt. Als Karlsson es hochhob und in die Glut legte, sah Coppelstone, dass die Felge tatsächlich schlimm verbogen war. Es hätte ihm gar nichts genutzt, den Wagen aus dem Spalt herauszuziehen.

Ihm fiel noch etwas anderes auf. Karlsson hatte den Reifen abgezogen und achtlos in eine Ecke geworfen. Als er ihn näher in Augenschein nahm, sah er, dass auch der Reifen selbst weit schlimmer beschädigt war, als er bisher geglaubt hatte. Das Gummi war an einer Stelle regelrecht weggerissen, sodass das nackte Metallgewebe zum Vorschein kam. Und das war eine Beschädigung, die eigentlich durch das Schlagloch allein nicht zu erklären war.

Einer vagen Eingebung folgend, ging Coppelstone wieder in den anderen Raum zurück und untersuchte auch die übrigen drei Räder. Er fand überall dasselbe: Alle drei Reifen waren an einer Stelle beschädigt. Der Gummibelag schien regelrecht weggefressen zu sein, sodass das blanke Metallgeflecht hindurchschimmerte.

Rasch ging er zu Karlsson in die Schmiede zurück und fragte: »Was ist mit den Reifen passiert?«

Karlsson schwang seinen Hammer und ließ ihn mit einem ohrenbetäubenden Knall auf die mittlerweile rot glühende Felge herabsausen, dass die Funken nur so stoben und Coppelstone hastig einen halben Schritt zurückwich. »Ich sagte Ihnen doch, dass es nicht gut ist, einen Wagen dort stehen zu lassen. Es gibt Ratten, Frettchen und alles mögliche andere Kroppzeug, die alles fressen, was nicht niet- und nagelfest ist.«

Ein zweiter, noch dröhnenderer Schlag ließ Coppelstone noch einmal um einen halben Schritt von der Esse zurückweichen und nahm ihm zugleich jede Möglichkeit, irgendetwas einzuwenden. Vermutlich hätte er es auch nicht getan. Er verstand nicht viel von *Ratten, Frettchen und anderem Kroppzeug,* wie Karlsson es ausgedrückt hatte, aber eines wusste er ganz genau: Die Beschädigungen an seinen Reifen stammten ganz bestimmt nicht von einem Tier. Die Reifen sahen vielmehr aus, als wären sie mit Säure oder irgendeiner anderen ätzenden Substanz in Berührung gekommen.

»Diese Straße«, sagte er, als Karlsson nach einiger Zeit zu hämmern aufhörte, um sich mit dem Hemdsärmel über das schweißnasse Gesicht zu wischen. »Wann wurde sie gebaut? Und von wem?«

Karlsson zuckte mit den Schultern und warf ihm einen schrägen Blick zu, der Coppelstone deutlicher als alle Worte erklärte, wie lästig ihm seine Fragen waren. Trotzdem antwortete er. »Keine Ahnung. Sie muss ziemlich alt sein. Und sie war schon immer sehr schlecht. Es lohnt nicht, sie zu nehmen. Der Weg durch das Tal ist zwar weiter, aber man braucht trotzdem nur die halbe Zeit … Was die Reifen angeht, machen Sie sich keine Sorgen. Ich habe ein paar gebrauchte Reifen da, die passen müssten. Ich überlasse Sie Ihnen zu einem guten Preis. Meinetwegen können Sie sie auch umsonst haben.«

Der Hammer fuhr mit einem ohrenbetäubenden Krachen wieder auf die Felge herab und erstickte jede mögliche Antwort Coppelstones, die wahrscheinlich ungefähr so gelautet hätte: *Hauptsache, ich verschwinde möglichst rasch wieder von hier, wie?*

Aber vielleicht war es ganz gut, dass er das nicht laut aussprach.

5

Zumindest *eine* Annehmlichkeit hatte Magotty: Direkt neben dem Kolonialwarenladen – der übrigens tatsächlich schräg gegenüber dem Sheriffbüro auf der anderen Straßenseite lag – entdeckte er ein kleines Restaurant, das zwar aus nur drei Tischen und einer winzigen Theke vor einem fast leeren Schnapsregal bestand, in dem er aber trotzdem ein ausgezeichnetes Mittagessen bekam: ein herzhaftes Steak, dazu kross gebratenen Schinken, Eier und Unmengen von Bratkartoffeln, die er mit einem Appetit vertilgte, der ihn selbst überraschte. Seine Bitte nach einem Bier wurde abschlägig beschieden, aber die wortkarge Bedienung stellte ihm eine ganze Kanne frisch aufgebrühten Kaffees auf den Tisch, nachdem sie seinen Teller abgeräumt hatte.

Während Coppelstone vorsichtig an dem brühheißen Getränk nippte, dachte er wieder an jene andere Tasse Kaffee zurück, die er einige Stunden zuvor unter weit weniger angenehmen Umständen getrunken hatte. Sein unheimliches Erlebnis jagte ihm noch jetzt einen eisigen Schauer über den Rücken. Er hatte es bisher erfolgreich vermieden, noch einmal an jene unheimliche, bleiche Kreatur zu denken, die hinter ihm in den Schatten geflohen war, aber nun fragte er sich doch, *was* er da eigentlich gesehen hatte.

Er wusste es nicht. Aber die bisherige Erklärung, dass es eine Schlange gewesen sein musste, erschien ihm immer unwahrscheinlicher; zumal seine Begegnung ja längst nicht das einzige Unheimliche an diesem Tag gewesen war.

Man konnte es in einem einzigen Satz zusammenfassen: Dieser ganze Ort war unheimlich. Allem voran natürlich Morrison – wenn er allein an den Erdwall dachte, den dieser Verrückte rings um seine Farm aufgeschüttet hatte, wurde ihm fast schwindelig. Er schätzte, dass zwei Dutzend Männer ein gutes Vierteljahr arbeiten müssten, um einen solchen Erdwall aufzuschichten. Und das Verrückteste war: Es gab absolut keinen Grund für sein Vorhandensein.

Coppelstone schrak aus seinen Gedanken hoch, als jemand an seinem Tisch Platz nahm. Automatisch nahm er an, dass es sich um die Bedienung handelte, die vielleicht die Gelegenheit nutzen wollte, ein Schwätzchen mit einem Fremden zu halten, doch er blickte in ein ihm gänzlich unbekanntes – und nicht besonders freundliches – Gesicht, das einer grauhaarigen Frau Mitte fünfzig gehörte.

»Guten Tag, Ma'am«, sagte er.

Sein grauhaariges Gegenüber nickte, erwiderte seinen Gruß jedoch nicht, sondern sagte: »Sie sind der Landvermesser, der dem alten Morrison seine Farm wegnehmen will.«

Coppelstone antwortete nicht sofort. Er war ziemlich überrascht, und auch ein bisschen verärgert. Das gute Essen und die Ruhe hatten ihn ein wenig mit sich und der Welt – und vor allem mit Magotty – versöhnt, sodass ihn diese rüde Begrüßung doppelt unangenehm ankam. »Das ist nicht ganz richtig«, sagte er. »Ich bin der stellvertretende Leiter des Straßenbauamtes in Providence. Mein Name ist Coppelstone. Joffrey Coppelstone, Misses …?«

»Garver«, antwortete die grauhaarige Frau. »Ellie Garver. Mir gehört das Restaurant.«

»Dann lassen Sie mich Ihnen ein ganz besonderes Kompliment aussprechen«, sagte Coppelstone. »Das Essen war ausgezeichnet.«

»Ich hoffe, es hat Ihnen geschmeckt«, sagte Garver. »Es wird nämlich die letzte Mahlzeit sein, die Sie in meinem Lokal bekommen haben.«

»Wie bitte?«, fragte Coppelstone verständnislos.

»Ich möchte, dass Sie mein Restaurant verlassen«, sagte Garver. »Und nicht wiederkommen.«

»Aber … aber warum?«, fragte Coppelstone stockend.

»Wir mögen hier keine Leute, die aus der Stadt kommen und uns unser Land wegnehmen wollen.«

»Niemand will Ihnen Ihr Land wegnehmen, Miss Garver«, sagte Coppelstone geduldig, wurde aber sofort wieder unterbrochen:

»Morrison ist mein Cousin zweiten Grades,

Mister Coppelstone. Das mag für Sie aus der Stadt nicht allzu viel bedeuten, aber wir hier auf dem Land halten den Zusammenhalt der Familie noch hoch. Ich habe es dem anderen schon gesagt, der vor Ihnen hier war, und ich sage es Ihnen noch einmal: Sie werden hier niemanden finden, der Ihnen hilft, den alten Morrison von seinem Land zu vertreiben.«

»Miss Garver, ich bitte Sie!«, sagte Coppelstone seufzend. »Darum geht es doch gar nicht. Ich ...«

»Das ist alles, was ich Ihnen zu sagen habe«, unterbrach sie ihn. »Und nun verlassen sie mein Lokal. Und wenn Sie auf den gut gemeinten Rat einer alten Frau hören wollen: auch die Stadt.«

Das war deutlich. Coppelstone stand auf und griff nach seiner Brieftasche, aber die Restaurantbesitzerin winkte ab. »Das Essen geht auf Kosten des Hauses.«

»Danke«, sagte Coppelstone kühl.

»Dafür gibt es einen Grund«, antwortete Ellie Garver. »Wir wollen Ihr Geld hier nicht. Gehen Sie.«

Um die Situation – so weit dies überhaupt möglich war – nicht noch peinlicher zu machen, verzichtete Coppelstone auf jede Antwort und verließ das Restaurant, so schnell es gerade noch möglich war, ohne endgültig das Gesicht zu verlieren.

Heller Sonnenschein, aber auch eine fast unnatürliche Ruhe schlugen ihm entgegen, als er auf die Straße hinaustrat. Aus der Schmiede drang noch immer das gleichmäßige Geräusch von

Karlssons Hammerschlägen, doch ansonsten herrschte eine fast geisterhafte Stille, und vor allem: Es war nicht ein Mensch auf der Straße zu sehen. Magotty lag wie ausgestorben da.

Coppelstone wusste aus seinen Unterlagen, dass die Gemeinde nicht einmal zweihundert Seelen zählte, und dabei waren die Farmer im Umkreis von fünf Meilen bereits mitgezählt. Trotzdem hätte er wenigstens *einige* Menschen sehen müssen.

Möglicherweise waren sie ja in der Kirche. Coppelstone warf einen Blick auf seine Taschenuhr, stellte fest, dass es knapp drei vorüber war – also ganz und gar nicht die Zeit für einen gemeinsamen Kirchgang –, und dann wandte er sich der kleinen Baptistenkirche am anderen Ende des Ortes zu. Nach seinem jüngsten Erlebnis schien es ihm nicht unbedingt ratsam, den Kontakt zu anderen Einwohnern Magottys zu suchen. Andererseits dachte er nicht daran, so einfach klein beizugeben, und vielleicht war es an der Zeit, Stärke zu zeigen. Er *musste* es vermutlich, wenn er hier überhaupt Erfolg haben wollte.

Nun ist es ein ziemlich schmaler Grat zwischen Stärke zeigen und provozieren, und dieser Unterschied war Coppelstone sehr wohl bewusst. Vielleicht war es keine so üble Idee, wenn er tatsächlich in die Kirche ging, gerade weil im Augenblick keiner der Dorfbewohner dort war, und mit dem Geistlichen sprach. Das war oft die einzige Möglichkeit, Einzelheiten über eine Gemeinde herauszufinden, deren Einwohner sich als wenig kooperativ erwiesen.

Während er langsam die menschenleere Straße hinunterging, dachte er an Waiden, seinen Assistenten. Die Liste der Dinge, über die sie nach seiner Rückkehr reden mussten, begann allmählich ziemlich lang zu werden.

6

Obwohl die Kirche am jenseitigen Ortsrand lag und er nur gemächlich schlenderte, brauchte er nicht einmal fünf Minuten, um sie zu erreichen. Sie war sehr klein, befand sich aber in einem ausgezeichneten Zustand und lag hinter einem schmucken, weiß gestrichenen Lattenzaun. Das winzige Grundstück war fast zur Gänze von Blumenrabatten und blühenden Büschen bedeckt, und der Geruch von frischer Farbe lag in der Luft. Die Einwohner von Magotty mochten sonderbar sein, aber sie pflegten ihr Gotteshaus mit großer Sorgfalt. Wahrscheinlich waren sie sehr gläubig, wie es bei solch kleinen Gemeinden auf dem Lande häufig der Fall war. Das konnte sich für Coppelstones Pläne als ganz besonders gut, aber auch als ganz besonders schlecht erweisen – möglicherweise war der Pfarrer ebenso verstockt wie alle anderen hier. Wenn es ihm jedoch gelang, ihn auf seine Seite zu ziehen, dann war er ein gutes Stück weiter.

Trotzdem zögerte er noch einen Moment, ehe er das Tor öffnete und die drei Stufen zur Kirchentür hinaufging, und noch einmal, bevor er die Hand auf die Klinke legte und sie herunterdrückte.

Die Tür war verschlossen. Die Klinke ließ sich

nur ein winziges Stück nach unten drücken und rührte sich dann nicht mehr. Coppelstone rüttelte zwei-, dreimal vergeblich an der Tür, hob dann die Hand und klopfte energisch.

Er bekam keine Antwort, doch als er die Hand wieder zurückzog, klebte weiße Farbe an seinen Fingerknöcheln. Die Tür schien tatsächlich vor *sehr kurzer* Zeit gestrichen worden zu sein. Prüfend hob er die Hand ans Gesicht und roch frischen Lack, wie nicht anders zu erwarten gewesen war. Doch er roch auch noch etwas anderes ... etwas ... Düsteres ... Schlechtes. Es war nur ein Hauch, noch nicht einmal das, nur die *Andeutung* eines Hauches, und doch, so schwach er auch sein mochte, so war er doch so fremdartig und falsch, dass es ihm einfach nicht möglich war, ihn zu ignorieren. Und er ... erinnerte ihn an etwas. Coppelstone konnte nicht einmal genau sagen, woran, nur, dass es keine angenehme Erinnerung war. Ganz und gar nicht.

In einer unbewussten, aber trotzdem sehr nachdrücklichen Geste wischte er sich die Hand an den Rockschößen ab; ungeachtet der Tatsache, dass er sich damit das Jackett vermutlich endgültig verdarb. Sein Blick glitt über die geschlossene, in makellosem Weiß gestrichene Tür – und ganz plötzlich flößte ihm diese Kirche beinahe Furcht ein. Das strahlende Weiß ihrer Wände schien seinen Glanz verloren und zu einem Versteck geworden zu sein, hinter dem sich etwas Uraltes, Unaussprechliches verbarg, etwas, das ...

Das alles war vollkommener Unsinn.

Coppelstone brach den Gedanken mit einer bewussten Anstrengung ab. Er war ziemlich verwirrt über seine Gedanken, aber auch zornig auf sich selbst. Wenn er nicht aufpasste, dann infizierte er sich womöglich mit der gleichen Verrücktheit, die von diesem ganzen Ort samt seinen Bewohnern Besitz ergriffen hatte. Was er roch, das war faulendes Holz. Wäre die Tür in einwandfreiem Zustand gewesen, dann hätte sich wohl kaum jemand die Mühe gemacht, sie zu streichen. So einfach war das.

Er gab es auf, an der Tür zu rütteln, und besah sich stattdessen die Kirche noch einmal genau. Sie verfügte über eine Anzahl großer Fenster, vor denen allerdings ausnahmslos die Läden vorgelegt waren. Es handelte sich jedoch nicht um geschlossene Läden, sondern um schmale Lamellen, durch die er vielleicht einen Blick ins Innere des Gebäudes werfen konnte. Vorsichtig, um die sorgsam gepflegten Blumenrabatten nicht zu beschädigen, trat er von der Treppe hinunter und stellte sich auf die Zehenspitzen, um einen Blick ins Innere des Gebäudes zu erhaschen. Es gelang ihm nicht. Zwar konnte er zwischen den Lamellen hindurchsehen, ganz wie er erwartet hatte, doch das Innere des Gebäudes musste vollkommen dunkel sein, denn er sah nichts außer absoluter Schwärze, vor der die angedeutete Spiegelung seines eigenes Gesichtes schwebte.

Dafür roch er umso mehr.

Diesmal gab es keinerlei Zweifel. Der Gestank war bestialisch, und er erkannte ihn sofort und ohne das geringste Wenn und Aber wieder. Es war der gleiche, Übelkeit erregende Gestank, den er auch auf Morrisons Farm wahrgenommen hatte, nur noch ungleich intensiver; ein Pesthauch, wie er schlimmer nicht direkt aus der Hölle hätte kommen können und der ihn mit einer solchen Übelkeit erfüllte, dass er nur noch einen halben Atemzug davon entfernt war, sich auf das gepflegte Blumenbeet zu übergeben.

Kreidebleich und mühsam um Atem ringend stolperte Coppelstone von dem Gebäude zurück, warf das Tor hinter sich zu und stützte sich schwer auf den Lattenzaun. Sein Magen rebellierte noch immer. Er atmete gezwungen tief ein und aus, bis er nicht mehr das Gefühl hatte, bei jedem Atemzug einen Mund voll bittere Galle mit hinaufzuwürgen. Erst dann öffnete er vorsichtig wieder die Augen.

Sofort wurde ihm erneut schwindelig. Die Kirche verschwamm vor seinem Blick, und die Übelkeit nahm für einen Moment sogar noch zu. Aber er kämpfte tapfer dagegen an, und schließlich gelang es ihm sogar, sich ganz aufzurichten und einen tiefen Atemzug zu nehmen, ohne dass ihm sofort wieder übel wurde.

Als er sich herumdrehte, blickte er in Sheriff Buchanans Gesicht.

Obwohl er sich fest vorgenommen hatte, sich besser zu beherrschen, fuhr er auch jetzt wieder erschrocken zusammen. Offenbar schien allen Bewohnern dieser Stadt eines gemein zu sein: Sie vermochten sich nicht nur lautlos wie Katzen zu bewegen, sondern schienen sich auch einen Spaß daraus zu machen, sich an unbedarfte Fremde anzuschleichen und sie zu Tode zu erschrecken.

»Sheriff Buchanan!«, keuchte er.

Buchanan sah ihn ohne die geringste Spur von auch nur geheuchelter Freundlichkeit an. »Was tun Sie hier?«, fragte er.

»Nun, ich … ich wollte mir … ich wollte mir die Kirche ansehen«, stotterte Coppelstone mit einer entsprechenden, fahrigen Geste.

»Warum?«

»Warum auch nicht?« Coppelstone fand seine Selbstbeherrschung allmählich wieder. »Ich wusste nicht, dass es verboten ist.«

»Das ist es auch nicht«, antwortete Buchanan grob. »Aber sie ist momentan leider nicht geöffnet. Wir sind dabei, sie zu renovieren.«

»Das ist mir aufgefallen«, antwortete Coppelstone. »Was ist dort drinnen passiert? Dieser Gestank ist ja nicht zum Aushalten!«

»Die Dachkonstruktion ist nicht mehr in Ordnung«, antwortete Buchanan. »Das Holz fault. Das ist auch der Grund, aus dem die Kirche im Moment für Besucher geschlossen ist. Nur zu Ihrer eigenen Sicherheit.«

»Quatsch!«, sagte Coppelstone in ungewohnt heftigem Ton. »Ich arbeite beim Bauamt, Sheriff. Ich habe in meinem Leben mehr baufällige Ruinen gesehen, als Sie Bohnen gegessen haben. Ich *weiß*, wie moderndes Holz riecht. Und ich sage Ihnen, das dort drinnen ist …«

»Es ist mir vollkommen gleich, was Sie glauben, Mister Coppelstone! Die Kirche ist für den Publikumsverkehr gesperrt, und damit basta.« Buchanan machte eine herrische Geste, schwieg einige Sekunden und fuhr dann in etwas – nicht viel – sanfterem Ton fort: »Ich habe Sie aus einem anderen Grund gesucht, Mister Coppelstone. Genauer gesagt: aus *zwei* Gründen. Der eine ist, dass Karlsson Ihnen ausrichten lässt, dass Sie Ihren Wagen abholen können. Er ist fertig.«

»Jetzt schon?«, fragte Coppelstone überrascht.

Buchanan zuckte mit den Schultern. »Ich sagte Ihnen doch: Der Mann ist gut. Der andere Grund ist, dass ich mit Morrison gesprochen habe.«

»So schnell?« Coppelstone runzelte zweifelnd die Stirn. Es war kaum eine Stunde her, dass er Buchanans Büro verlassen hatte. Es erschien ihm schlechterdings unmöglich, dass Buchanan in dieser Zeit die Strecke bis Morrisons Farm und wieder zurück bewältigt haben sollte. Ganz davon zu schweigen, dass er mit Morrison redete.

»Er war auf dem Weg in die Stadt«, antwortete Buchanan. »Ich habe ihn auf halber Strecke getroffen.«

»So?«, sagte Coppelstone. »Und was hat er gesagt? Dass er den Geist eines verstorbenen Medizinmannes beschwören und uns alle mit einem Fluch belegen wird?«

»Ich würde mit solchen Dingen nicht scherzen, an Ihrer Stelle«, sagte Buchanan. »Was die andere Sache angeht, so habe ich vielleicht eine Lösung gefunden.«

»Tatsächlich?«

Buchanan hob die linke Hand. »Ich sagte: vielleicht. Bis morgen früh habe ich Klarheit. So lange müssen Sie sich noch gedulden, fürchte ich.«

»Morgen?«

»Es gibt ein Gasthaus in Eborat, nur ein paar Meilen die Straße hinab«, sagte Buchanan. »Sie können sich dort ein Zimmer nehmen. Frühstücken Sie dort in Ruhe, und wenn Sie zurückkommen, habe ich eine Lösung für Ihr Problem. Und jetzt sollten Sie vielleicht besser gehen. Karlsson wartet.«

Coppelstone maß den Sheriff mit einem langen, abschätzenden Blick von Kopf bis Fuß. Buchanan war ein gutes Stück größer als er und sicherlich sehr viel kräftiger, und allein das Gewicht seiner Uniform gab ihm eine Autorität, die ihre Wirkung auch auf Coppelstone nicht verfehlte. Doch er wurde immer wütender. Er hasste es, herumgeschubst zu werden, und letztlich war auch er eine Amtsperson, die in Dienstrang und Kompetenz um etliche Stufen höher stand als dieser größenwahnsinnige Landsheriff.

»Werfen Sie mich aus der Stadt?«, fragte er schneidend. »Wenn, dann befinden Sie sich in guter Gesellschaft. Gerade eben hat mir eine … Köchin ebenfalls nahe gelegt, Magotty zu verlassen.«

»Ellie, ich weiß«, sagte Buchanan. »Sie ist manchmal ein bisschen unbeherrscht. Aber sie sagt nur gerade heraus, was sie denkt. Alle hier denken so, Mister Coppelstone. Ich werfe Sie nicht aus der Stadt, aber ich lege Ihnen nahe zu gehen, bevor etwas Schlimmes passiert. Die Menschen hier sind ein wenig altmodisch. Sie haben ihre eigenen Regeln und kümmern sich nicht unbedingt um die Gesetze.«

»Dann ist es ja wohl Ihre Aufgabe, mich zu beschützen«, sagte Coppelstone.

»Was ich auch tue, so gut ich kann«, antwortete Buchanan ruhig. »Aus diesem Grund rate ich Ihnen auch sehr eindringlich, die Stadt zu verlassen, ehe die Sonne untergeht. Sie vergeben sich nichts dadurch, Mister Coppelstone. Sie ersparen nur sich und vermutlich auch mir eine Menge unnötigen Ärger. In vierundzwanzig Stunden ist die Angelegenheit erledigt, darauf gebe ich Ihnen mein Wort.«

Coppelstone überlegte fast eine geschlagene Minute lang, doch schließlich nickte er. »Also gut«, sagte er. »Diese eine Nacht gestehe ich Ihnen und diesem närrischen alten Mann zu. Aber keine Stunde mehr. Wenn ich morgen Abend unverrichteter Dinge nach Providence zurückkehre, dann werden sich andere um diese Angelegenheit kümmern. Und die werden nicht annähernd so verständnisvoll sein wie ich, darauf gebe *ich* Ihnen *mein* Wort.«

Und damit wandte er sich auf der Stelle um und ließ Buchanan einfach stehen.

7

Er fand Karlsson nicht in seiner Schmiede, hörte ihn jedoch irgendwo hinter dem Haus hämmern, und er fand seinen Wagen im Nebenraum, zwar weiterhin ohne Kotflügel, aber auf vier unversehrten, ordentlich aufgepumpten Reifen dastehend. Karlsson – das hieß: vermutlich wohl eher Buchanan – hatte sogar noch ein Übriges getan und alle seine Papiere aus dem Büro hierher gebracht und, zu einem ordentlichen Paket verschnürt, auf dem Beifahrersitz deponiert.

Coppelstone umkreiste den Wagen einmal, wobei er ihn mit kritischen Blicken maß. Was er sah, erfüllte ihn nicht gerade mit übermäßiger Freude, aber der Wagen war zweifelsfrei fahrbereit, ganz wie Karlsson es ihm prophezeit hatte.

Er musste noch die Rechnung bezahlen – und sich außerdem nach dem Verbleib der beiden Kotflügel erkundigen – und machte sich deshalb auf die Suche nach dem Schmied. Hinter dem Haus, wo er ihn gerade zu hören gemeint hatte, war er nicht, doch gerade, als er aufgeben wollte, vernahm er erneut eine Anzahl dumpfer, hämmernder Schläge und dann die Stimmen von zwei oder drei Männern, unter denen er auch die Karlssons zu identifizieren glaubte. Sie drangen hinter der

Ecke des benachbarten Gebäudes hervor. Coppelstone ging in die entsprechende Richtung, und als er Karlsson und die anderen sah, boten sie einen so sonderbaren Anblick, dass er mitten im Schritt stehen blieb.

Der Schmied und vier oder fünf weitere Männer standen mit nackten Oberkörpern da und schwangen Hämmer und Spitzhacken, mit denen sie auf etwas am Boden einschlugen, das Coppelstone nicht erkennen konnte, denn zwischen ihm und den Männern befand sich ein gut brusthohes, sehr dichtes Gebüsch. Der Anstrengung nach zu schließen, mit der sie zu Werke gingen und die ihre nackten Oberkörper vor Schweiß glänzen ließ, hätten sie einen Felsen spalten können, doch das Geräusch, mit dem ihre Werkzeuge auf den Boden schlugen, war viel zu leise und zu dumpf.

Neugierig trat er näher – und blieb erneut mitten im Schritt stehen, als sein Blick über das Gebüsch fiel. Das Hindernis, dem Karlsson und die anderen Männer so verbissen zu Leibe rückten, war ein schwarzes, willkürlich gewundenes Band, das sich aus dem Unterholz vielleicht hundert Yards entfernt am Waldrand herausschlängelte und vielleicht einmal unter dem Fundament des benachbarten Hauses verschwunden war, bevor Karlsson und seine Helfer damit begonnen hatten, es abzureißen. Seine Farbe war das tiefste Schwarz, das Coppelstone jemals gesehen hatte, und er registrierte fast beiläufig, dass sowohl Karlsson als auch die anderen Männer sorgsam darauf bedacht zu sein schienen, es nicht zu berühren, ja, nicht einmal darauf zu treten.

Außerdem erkannte er es sofort wieder. Abgesehen davon, dass es höchstens einen halben Meter breit war, hatte es eine geradezu frappierende Ähnlichkeit mit der Teerstraße im Wald.

Plötzlich sah einer der Männer auf, blickte in seine Richtung und stieß einen erschrockenen Laut aus. Im gleichen Moment fuhren auch alle anderen herum und ließen ihre Werkzeuge sinken. Der Ausdruck auf ihren Gesichtern verhieß nichts Gutes.

Coppelstone fand jedoch nicht einmal ausreichend Zeit zu erschrecken, denn Karlsson eilte unverzüglich auf ihn zu, ergriff ihn am Arm und zerrte ihn grob ein paar Schritte weit fort. »Was tun Sie hier?«, herrschte er ihn an. »Sie haben hier nichts zu suchen! Hat Ihnen der Sheriff nicht gesagt, dass Sie die Stadt verlassen sollen?«

Sein Griff war so hart, dass Coppelstone die Tränen in die Augen schossen. »Aber ... aber deshalb bin ich hier«, stammelte er. Eine innere Stimme riet ihm, Karlsson lieber nicht nach dem zu fragen, was er und die anderen hier taten. »Ich habe Sie gesucht.«

»Dann haben Sie sich offensichtlich verlaufen«, antwortete der Schmied. »Ihr Wagen steht in meiner Werkstatt. Er ist fertig.« Bei diesen Worten stieß er ihn grob vor sich her, bis sie die Schmiede wieder erreichten, ließ ihn aber auch dann noch nicht los, sondern versetzte ihm einen weiteren

Stoß, der ihn unsanft gegen seinen Wagen stolpern ließ.

»Er ist fertig, wie Sie sehen. Sie können fahren.«

Coppelstone fand mühsam sein Gleichgewicht wieder, allerdings längst nicht seine Selbstbeherrschung. Zornig fuhr er herum und funkelte Karlsson an – allerdings nicht sehr lange. Karlsson überragte ihn um mehr als Haupteslänge, und er stand wie ein wütender nordischer Kriegsgott vor ihm, halb nackt, schweißglänzend und den Hammer noch immer in der Rechten haltend.

»Was ist mit der Rechnung?«, fragte er in einem Ton, der selbst in seinen eigenen Ohren viel mehr trotzig als herausfordernd klang. »Oder sind Sie sich auch zu schade, um mein Geld anzunehmen?«

»Keineswegs«, antwortete Karlsson. »Das erledigen wir morgen. Ich bin noch nicht fertig, wie Sie sehen – die Kotflügel müssen noch ausgebeult und wieder angebracht werden. Wir rechnen danach ab.«

»Und wenn ich nicht wiederkomme?«

»Habe ich Pech gehabt«, antwortete Karlsson trocken. »Und Recht mit dem, was ich über euch Stadtmenschen bisher gedacht habe. Und nun sollten Sie wirklich gehen, Mister Coppelstone.«

Und damit warf er seinen Hammer. Er schleuderte ihn nicht direkt nach Coppelstone, sondern warf ihn auf einen Stapel mit Werkzeugen und Schrott, der sich unordentlich neben dem Ford türmte, und er warf ihn auch nicht so, wie es Coppelstone oder irgendein anderer, den Coppelstone kannte, vielleicht getan hätte, sondern schnellte das sicher zwanzig Pfund schwere Werkzeug mit einer fast nachlässigen Bewegung nur aus dem Handgelenk heraus. Trotzdem flog es wie von der Sehne geschnellt kaum eine Handbreit an Coppelstone vorbei und schlug Funken aus dem Metall, auf das es traf.

Coppelstone starrte den Hammer noch für die Dauer eines einzelnen, schweren Herzschlags an. Dann stieg er hastig in den Wagen, startete den Motor und fuhr aus der Schmiede und kaum eine Minute später aus der Stadt hinaus.

8

Erst als er schon gute drei Meilen gefahren und Eborat damit bereits näher als Magotty war, hatte er sich wieder so weit beruhigt, dass er den Fuß vom Gaspedal nehmen und seine Geschwindigkeit auf die dreißig Meilen drosseln konnte, die ihm Karlsson einzuhalten geraten hatte.

Er war innerlich total aufgewühlt. Sein Beruf und seine Position brachten es mit sich, dass er dann und wann auf Widerstand stieß. Es war noch nicht einmal das erste Mal, dass er offen oder auch indirekt bedroht wurde: Er war bereits zweimal übel verprügelt worden, und einmal hatte ein erboster Grundbesitzer auf ihn geschossen und ihn knapp verfehlt. So etwas wie hier jedoch war ihm noch nie passiert.

Er war allerdings auch noch nie in einer Stadt wie Magotty gewesen ...

Vielleicht, überlegte er, war es tatsächlich das Beste, wenn er sich erst einmal beruhigte. Er war erregt, und er war vor allem persönlich betroffen, was seinem normalen Prinzip, stets objektiv an ein Problem heranzugehen, sicherlich nicht gut tat. Er würde tun, was ihm Buchanan geraten hatte: sich in Eborat ein Zimmer nehmen, gut zu Abend essen und gründlich ausschlafen, und morgen früh … nun, Buchanan hatte versprochen eine Lösung zu finden, und das würde er wohl oder übel auch müssen. Er hatte zwar keinen Zweifel daran gelassen, dass er auf der Seite Morrisons und der Magottyler stand, aber das Gesetz stand nun einmal auf Coppelstones Seite. Eigentlich hatte er gar keinen Grund, sich Sorgen zu machen. Wenn Morrison sich als uneinsichtig erweisen sollte, dann würde er eben in einigen Tagen mit einem Gerichtsbeschluss und einem US-Marshall zurückkommen – und, sollte es nötig sein, mit einer ganzen Armee von Deputys.

Solcherart wieder mit sich und der Zukunft versöhnt, erreichte er Eborat in einigermaßen passabler Stimmung, und allein das, was er sah, reichte schon aus, seine Laune noch einmal zu bessern. Eborat hätte eine – wenn auch größere – Kopie von Magotty sein können: Es gab die gleichen, schmucken Fachwerkhäuser, dieselben gepflegten Vorgärten und adrett gekleideten Menschen, und doch existierte ein gewaltiger Unterschied. Die Menschen hier blieben zum Teil stehen und sahen ihm nach, während er den Ford im Schritttempo die Straße hinabrollen ließ. Manche winkten ihm zu, und auf dem letzten Stück lief ihm eine grölende Kinderschar hinterher. Als er schließlich vor dem Gasthaus anhielt, das sich genau in der Ortsmitte befand, tippte ein vorübergehender Passant freundlich an seine Hutkrempe. Es waren nur Kleinigkeiten, aber sie waren wichtig. Zum ersten Mal seit dem frühen

Morgen hatte er wieder das Gefühl, frei atmen zu können.

Er gab den Kindern, die ihm gefolgt waren und nun staunend seinen Wagen umlagerten, eine Hand voll kleiner Münzen und trug ihnen auf, auf sein Gepäck und den Wagen Acht zu geben, obwohl er das sichere Gefühl hatte, dass das nicht nötig war. Doch im Gegensatz zu dem Ort, in dem er bisher gewesen war, waren die Menschen hier so freundlich, dass er einfach das Bedürfnis hatte, ebenfalls etwas Freundliches zu tun.

Coppelstone betrat das Gasthaus und mietete ein Zimmer für die Nacht. Es war erst Nachmittag, aber er fühlte sich ein wenig müde, sodass er sich angezogen auf dem Bett ausstreckte, um ein wenig auszuruhen, und obwohl er es nicht wollte, schlief er fast augenblicklich ein. Es war allerdings kein entspannender Schlaf. Er hatte einen absurden Albtraum, der zum größten Teil aus zusammenhanglosen, apokalyptischen Bildern und düsteren Schatten bestand. Schlangen spielten darin eine Rolle und fahle, kriechende Dinge, die immer nur am Rande seines Gesichtsfeldes Bestand hatten und stets sofort zu verschwinden schienen, wenn er versuchte, sie genauer anzusehen. Er erwachte schweißgebadet, mit klopfendem Herzen und einem widerwärtigen Geschmack im Mund, und er fühlte sich müder und ausgelaugter als zuvor.

Trotzdem musste er länger geschlafen haben, als er beabsichtigt hatte, denn es war bereits dunkel geworden. Von unten drang ein gedämpftes Murmeln und Gläserklirren herauf, anscheinend war bereits Essenszeit.

Coppelstone war eigentlich nicht hungrig, aber die Bilder, die ihn im Schlaf gepeinigt hatten, waren noch zu frisch in seinem Kopf, als dass er die Augen wieder hätte schließen und weiterschlafen können. Er stand auf und machte sich frisch, so gut es ging. Er hatte ein sauberes Hemd in seinem Koffer, jedoch keinen zweiten Anzug, da er eigentlich nicht damit gerechnet hatte, über Nacht zu bleiben. Der Umstand, dass er in seinen Kleidern geschlafen hatte, hatte ihnen auch nicht gerade gut getan. Er ordnete sie, so gut es ging, dann verließ er sein Zimmer und ging die Treppe hinunter in die Gaststube.

Anders als bei seiner Ankunft war der Raum voller Gäste. An den meisten Tischen wurde gegessen, Krüge mit Bier kreisten, und die Luft war voller Tabaksqualm. Es herrschte die typische, gelöste Stimmung, wie er sie in einem kleinen Landgasthaus wie diesem nach einem arbeitsreichen Tag erwartete. Die meisten Gäste sahen auf und blickten ihn fragend oder stirnrunzelnd, im Allgemeinen aber sehr freundlich an; allenfalls, dass der eine oder andere ein wenig reserviert war, aber schließlich war er ein Fremder. Was hatte er erwartet?

Es gab keinen freien Tisch mehr, sodass er seine Bestellung direkt an der Theke aufgab und dann einen Tisch am Fenster ansteuerte, an dem noch zwei freie Plätze waren.

»Gestatten Sie?«, fragte er.

Die drei Männer, die an dem runden Tisch saßen und Bier tranken, unterbrachen ihr Gespräch für einen kurzen Moment und sahen auf. Sie alle befanden sich ungefähr in Coppelstones Alter – also vielleicht Mitte dreißig – und trugen derbe Kleidung: Latzhosen und grobe Leinenhemden. Einer von ihnen nickte. »Selbstverständlich. Trinken Sie ein Bier mit uns.«

Er streckte unverzüglich die Hand nach dem Bierkrug aus, der zwischen ihm und den anderen auf dem Tisch stand, doch Coppelstone winkte ab. »Ich habe gerade Essen bestellt«, sagte er. »Vielleicht danach. Aber ich danke Ihnen für die Einladung.«

»Nicht der Rede wert.« Der Mann grinste breit. »Mein Name ist Matt. Das sind Hank und Garv.«

Er deutete nacheinander auf die anderen beiden, und Coppelstone erwiderte sein Nicken und stellte sich ebenfalls vor. Matts Redseligkeit überraschte ihn nicht. Der Mann wollte ihn offensichtlich in ein Gespräch verwickeln. Er war ein Fremder, und Fremde bedeuteten in diesen kleinen Ortschaften meist die einzige Möglichkeit, etwas über die Welt und das, was darin vorging, zu erfahren. Zwar wusste Coppelstone, dass auch in diesen ländlichen Gegenden mittlerweile fast in jedem Haus ein Radioempfänger stand, aber die Nachrichten im Radio waren eine Sache; Neuigkeiten aus erster Hand eine ganz andere. Coppelstone war normalerweise alles andere als schwatzhaft, aber nun kam ihm Matts freundliche Aufrichtigkeit ganz recht. Vielleicht würde *er* ja auf diese Weise auch das eine oder andere über Magotty erfahren.

»Sind Sie auf der Durchreise, Mister?«, fragte Matt.

»Sozusagen«, antwortete Coppelstone. »Ich bleibe nur eine Nacht ... hoffe ich.«

Matt hob fragend die Augenbrauen und griff nach seinem Bier, und Garv fragte: »Ihnen gehört der schwarze Ford draußen vor der Tür?«

»Ja.«

»Ein fantastischer Wagen«, sagte Garv in einem Ton echter Begeisterung. »Immer noch das beste Modell, nicht wahr?«

»Sie bauen schon tolle Automobile drüben in Detroit«, pflichtete ihm Hank bei.

»Heute Morgen sah er noch ein wenig besser aus«, seufzte Coppelstone. »Der Wagen ist neu. Ich habe ihn erst vor einer Woche bekommen. Ich fürchte, wenn ich zurückkomme, ist erst einmal eine größere Reparatur fällig.«

»Woher kommen Sie?«, wollte Garv wissen.

»Providence«, antwortete Coppelstone.

»Providence.« Garv nickte gewichtig. »Eine große Stadt. Mein Onkel war einmal dort, vor zehn Jahren.«

»Und der alte Petersen hat einen Neffen, der dorthin gegangen ist«, fügte Hank hinzu. »Vielleicht kennen Sie ihn ja? Sein Name ist Strohes. Marvin Strohes. Er arbeitet in der Fabrik in Providence.«

Die drei sahen ihn erwartungsvoll an, und Coppelstone schüttelte lächelnd den Kopf. »Ich fürchte, nein«, sagte er. »Es gibt mehr als eine Fabrik in Providence, wissen Sie? Und die Stadt ist zu groß, als dass man jeden kennen könnte ... aber ich kann mich gerne nach ihm erkundigen und ihm etwas ausrichten, wenn Sie es wünschen.«

»Bestellen Sie ihm Grüße von uns«, sagte Matt, blinzelte Coppelstone aber gleichzeitig zu, um ihm zu sagen, dass er natürlich ganz genau wusste, dass Coppelstone nicht nach dem Neffen des alten Petersen suchen würde, nur um ihm Grüße auszurichten.

»Was führt Sie in unsere Gegend, Mister Coppelstone?«, fragte Hank. »Sind Sie Handlungsreisender?«

Coppelstone schüttelte den Kopf. »Ich arbeite beim Straßenbauamt.«

»Also Landvermesser«, sagte Matt.

Das kam der Wahrheit nahe genug, dass Coppelstone nickte. Er hatte wenig Lust auf langwierige Erklärungen. »So könnte man es ausdrücken. Ich habe drüben in Magotty zu tun, aber dort gibt es kein Gasthaus, sodass ich hier übernachten muss.«

Es wurde still. Matt, Hank und Garv starrten ihn an, und auch die Gespräche an den Nebentischen verstummten schlagartig. Coppelstone sah sich verwirrt um.

»Habe ich ... irgendetwas Falsches gesagt?«, fragte er mit dem vergeblichen Versuch zu lachen.

»Magotty?«, fragte Hank. »Was haben Sie dort verloren?«

Coppelstone hatte plötzlich das sehr unangenehme Gefühl, dass von seiner Antwort auf diese Frage möglicherweise eine Menge abhängen würde, weshalb er sich seine nächsten Worte sehr gründlich überlegte. »Wie gesagt, ich arbeite beim Straßenbauamt«, antwortete er. »Wir planen den Bau einer Querverbindung zwischen dem Küstenhighway und der Route 84 weiter im Osten.«

»Etwa durch Morrisons Tal?«, fragte Garv. Er riss die Augen auf. »Waren Sie dort?«

»Ja«, antwortete Coppelstone. Nach einer Pause fügte er hinzu: »Leider. Anschließend sah mein Wagen so aus, wie Sie ihn gesehen haben. Hätte ich noch Zweifel gehabt, dass diese neue Straße nötig ist, wären sie jetzt zerstreut.«

Er lächelte, doch Matt und die beiden anderen blieben ernst. Nach einem Moment standen Hank und Garv wortlos auf und gingen. Coppelstone blickte ihnen kopfschüttelnd, aber auch ein wenig verschreckt nach. »Was haben sie?«, fragte er.

»Magotty«, antwortete Matt. »Niemand spricht hier gerne über Magotty. Ich auch nicht.« Er griff nach seinem Bierkrug und stand ebenfalls auf. »Ich halte Sie für einen netten Mann, Mister Coppelstone. Deshalb möchte ich Ihnen einen Rat geben. Fahren Sie nicht zurück nach Magotty. Es könnte böse für Sie enden.«

»Aber …«, begann Coppelstone, doch Matt hatte sich bereits herumgedreht und ging. Coppelstone sah ihm verwirrt nach.

Er konnte regelrecht spüren, wie die Stimmung umschlug. Als er den Blick wandte, sahen die Männer an den Nebentischen, die ihn bisher angestarrt hatten, hastig weg. Die Gespräche setzten wieder ein, doch sie schienen jetzt weitaus leiser zu sein und die Stimmung spürbar gedämpfter. Coppelstone bedauerte diese Entwicklung, doch sie war auch sehr aufschlussreich. Magotty und Eborat schienen nicht unbedingt ein gut nachbarliches Verhältnis zu haben. Offenbar genügte schon die bloße Erwähnung Magottys, um die Leute hier mit Furcht zu erfüllen.

Sein Essen kam. Coppelstone war noch immer nicht besonders hungrig, begann aber trotzdem zu essen, schon, weil es ihm mit jeder Sekunde peinlicher wurde, einfach dazusitzen und von allen angestarrt zu werden.

Als er beim Dessert angekommen war, trat eine schwarz gekleidete Gestalt an seinen Tisch und fragte: »Gestatten Sie, Mister Coppelstone?«

Coppelstone sah hoch und blickte in ein sonnengebräuntes, von einem pedantisch ausrasierten Kinnbart beherrschtes Gesicht über einem weißen Kragen.

»Selbstverständlich«, sagte er. »Aber woher ...?«

»Mein Name ist Reeves«, unterbrach ihn der Geistliche. Er zog sich einen Stuhl zurück und ließ sich darauf nieder. »Reverend Reeves. Ich bin der Gemeindevorsteher hier in Eborat. Ich konnte nicht umhin, einen Teil Ihres Gespräches gerade mit anzuhören.«

Coppelstone nickte. Er sah sich demonstrativ um. »Offenbar hat das jeder hier«, sagte er säuerlich.

»Sie müssen die Leute hier verstehen«, sagte Reeves. »Fremde kommen selten hierher, und Neugier ist die am weitesten verbreitete Krankheit unter der Dorfbevölkerung.«

Coppelstone lachte. Reeves gefiel ihm, weil er so geradeheraus war. »Nicht nur unter der Landbevölkerung, Reverend«, sagte er. »Glauben Sie mir, nicht nur unter der Landbevölkerung.« Reeves hob zwei Finger, um einen Krug Bier und zwei Gläser zu bestellen.

Coppelstone blickte erstaunt. »Sie trinken Alkohol?«

»Außerdem rauche ich und habe eine Frau und fünf Kinder«, sagte Reeves. »Überrascht Sie das? Oder gefällt es Ihnen nicht?«

»Nein, nein«, antwortete Coppelstone hastig. »Im Gegenteil. Ich dachte nur, dass Gottesmänner allen weltlichen Genüssen abschwören müssten.«

»Keineswegs«, erwiderte Reeves. »Gottes Sohn hat Wasser in Wein verwandelt, nicht Wein in Wasser. Und nirgendwo in der Bibel steht, dass der Mann dem Weibe fernbleiben soll.«

Coppelstone lachte. Reeves wurde ihm immer sympathischer. Er wartete, bis der Wirt das Bier gebracht hatte, dann sagte er: »Ich habe heute Mittag versucht, mit Ihrem … Kollegen in Magotty zu reden, Reverend. Aber ich konnte ihn nicht finden.«

»Es gibt keinen Geistlichen in Magotty«, antwortete Reeves. Seine Miene verdüsterte sich. »Schon seit langer Zeit nicht mehr. Die Kirche ist geschlossen und verfällt. Sie ist zu einem Ort des Bösen geworden.«

»Im Augenblick sind sie gerade dabei, sie zu renovieren.« Er hielt die rechte Hand in die Höhe, auf deren Fingerknöcheln noch ein Rest weißer Farbe zu sehen war.

»So?« Reeves wirkte nur mäßig beeindruckt. »Ja. Von Zeit zu Zeit streichen sie sie, damit es nicht allzu deutlich auffällt.«

»Damit *was* nicht auffällt?«, fragte Coppelstone.

»Dass Magotty dem Bösen anheim gefallen ist«, antwortete Reeves ernst.

»Sie sind nicht der Erste, der mir das sagt, Reverend«, sagte Coppelstone.

»Weil es die Wahrheit ist. Sie sollten auf Matt hören und nicht dorthin zurückkehren.«

»Wieso will mich eigentlich seit einiger Zeit jedermann verscheuchen?«, fragte Coppelstone in scharfem Ton. »Habe ich eine ansteckende Krankheit oder so etwas?«

»Diese *Stadt* hat eine ansteckende Krankheit«, antwortete Reeves. »Sie ist eine Brutstätte des Bösen, und jeder, der ihr zu nahe kommt, geht entweder zugrunde oder wird selbst ein Opfer des Bösen. Sie werden hier niemanden finden, der Ihnen etwas über Magotty erzählt. Die Leute fürchten Magotty. Sie sprechen nicht einmal diesen Namen aus, wenn es sich vermeiden lässt.«

Coppelstone nippte an seinem Bier. »Aber Sie sind nicht so, Reverend.«

»Doch«, widersprach Reeves. »Auch ich fürchte das Böse. Doch es ist auch meine Aufgabe, es zu bekämpfen. Und ich habe den stärksten Verbündeten auf meiner Seite, den ich mir nur wünschen kann.«

»Gott? Verstehen Sie mich nicht falsch, Reverend, aber Gottes Bastion in Magotty scheint nicht allzu lange standgehalten zu haben.«

»Magotty ist ein Sündenpfuhl«, antwortete Reeves stur. »Gäbe es die kirchliche Inquisition noch, würde es brennen.«

»Vielleicht sollte man es wirklich einfach anzünden«, sagte eine Stimme an einem der Nebentische. Niemand antwortete laut, aber Coppelstone vernahm trotzdem das zustimmende Murmeln, das sich überall im Raum erhob.

»Ich will solches Gerede nicht hören!«, sagte Reeves, nicht einmal besonders laut, aber in so scharfem Ton, dass seine Worte überall im Raum zu hören sein mussten. An Coppelstone gewandt und wieder merklich ruhiger, sagte er: »Gehen Sie nicht wieder dorthin, Mister Coppelstone. Und schon gar nicht nach Einbruch der Dunkelheit. Es gibt Dinge in den Wäldern rings um Magotty ...«

»... denen man besser nicht begegnet, ich weiß«, unterbrach ihn Coppelstone. »Sie sind nicht der Erste, der mir das sagt.«

»Dann sollten Sie vielleicht darauf hören«, erwiderte Reeves.

Coppelstone machte eine ärgerliche Geste, als wolle er Reeves' Worte einfach aus der Luft fegen. Es war sehr still geworden. Alle Gespräche im Schankraum waren verstummt, und Coppelstone war klar, dass ihm jedermann gebannt zuhörte. Doch das war ihm gleich. Er wollte jetzt endlich Klarheit über die Vorgänge in Magotty, und er war ziemlich sicher, dass die Menschen hier die Antworten auf die meisten seiner Fragen kannten.

»Was sind das für Dinge?«, fragte er. »Die, die im Land leben. Der Wyrm. Was ist das?«

»Woher wissen Sie von diesen Dingen?«, fragte Reeves. Er klang fast entsetzt. Coppelstone war sicher, dass nur eine Winzigkeit gefehlt hätte, und er hätte das Kreuzzeichen gemacht.

»Ich habe davon gehört«, antwortete er. »Doch viel mehr weiß ich auch nicht.«

»Und das ist auch gut so«, antwortete Reeves etwas ruhiger. »Es gibt Dinge, von denen man besser nichts weiß, glauben Sie mir.«

»Es tut mir sehr Leid, aber das kann ich nicht, Reverend«, sagte Coppelstone.

»Sind Sie Agnostiker?«, fragte Reeves.

»Nein«, antwortete Coppelstone – was ehrlich gemeint war. »Ich glaube an Gott und Jesus Christus, und ich glaube an das Gute im Menschen, auch wenn es nicht immer die Oberhand behalten mag. Aber ich glaube nicht an irgendwelche Spukgeschichten oder uralte indianische Legenden.«

»Es sind keine indianischen Legenden, Mister Coppelstone«, antwortete Reeves ernst. »Was dort oben in Morrisons Tal lebt, hat nichts mit indianischen Mythen oder gar Spukgeschichten zu tun.«

»Womit sonst?«

»Das weiß niemand«, behauptete Reeves. »Viele haben im Laufe der Zeit versucht, das Geheimnis zu lüften, doch niemandem ist es gelungen. Und die, die ihm zu nahe kamen, sind entweder verschwunden oder gestorben. Manche wurden wahnsinnig. Nur so viel: Die Menschen in Magotty haben sich mit Mächten eingelassen, die älter sind als alles, was Sie sich vorstellen können. Sie waren schon dort, lange, bevor sie kamen. Lange, bevor die Indianer in dieses Land kamen, und vielleicht lange, ehe es überhaupt Menschen auf der Welt gab. Und sie werden noch da sein, wenn es uns schon längst nicht mehr gibt.«

»Unsinn!«, widersprach Coppelstone, mit einer Heftigkeit, die ihn selbst überraschte. Vielleicht weil er tief in sich drinnen spürte, dass in Reeves' Worten mehr Wahrheit lag, als er zugeben wollte. Um seinen Worten ein wenig von ihrer Schärfe zu nehmen, lächelte er und fuhr etwas leiser fort: »Bitte verzeihen Sie, Reverend. Ich wollte Ihnen nicht zu nahe treten, aber gerade von einem Mann Gottes hätte ich etwas mehr ... nennen wir es Objektivität erwartet.«

»Nicht ein solch abergläubisches Gerede?« Reeves trank einen gewaltigen Schluck Bier und schüttelte den Kopf. »Das dort draußen hat nichts mit Gott zu tun, Mister Coppelstone. Die Schöpfung ist gewaltig. Viel gewaltiger, als wir alle ahnen. Es gibt Dinge dort draußen, die unendlich böse sind und so abgrundtief schlecht, dass schon das bloße Wissen um ihre Existenz reicht, den Fragenden zu verderben.«

»Und etwas von diesem Bösen ist dort draußen auf Morrisons Farm?«, wollte Coppelstone wissen.

Reeves schwieg.

»So oder so, es ist bald vorbei«, fuhr Coppelstone fort. »Die Zeiten ändern sich, Reverend, und auch Morrison und Magotty werden das nicht ändern. Sobald die Straße gebaut ist, werden eine Menge Fremde in diese Gegend kommen. Industrie. Fabriken. Handelsstationen. *Menschen.*«

»Sie sind nicht der Erste, der das versucht«, sagte Reeves.

Coppelstone winkte ab. »Wenn Sie Mister Waiden meinen, kann ich Sie beruhigen. Er ist ein fähiger Mann, aber er lässt sich offensichtlich leichter erschrecken als ich.«

»Davon rede ich nicht«, antwortete Reeves. »Wissen Sie nichts von der Eisenbahn?«

»Eisenbahn?«

»Es ist mehr als fünfzig Jahre her«, erklärte Reeves. »Damals plante die Regierung, eine Eisenbahnlinie durch Morrisons Tal zu legen. Sie schickten Männer hierher. Männer wie Sie, Mister Coppelstone. Männer mit Gerichtsbeschlüssen und später wohl auch mit Gewehren.«

»Was ist geschehen?«, fragte Coppelstone.

Reeves zuckte mit den Schultern. »Ich weiß es nicht. Aber die Bahnstrecke wurde nie gebaut.« Er leerte sein Glas und stand auf. »Denken Sie darüber nach, Mister Coppelstone. Doch wie immer Sie sich auch entscheiden mögen, hören Sie auf mich: Bleiben Sie auf keinen Fall länger in Magotty als bis Sonnenuntergang. Und vergessen Sie eines nie: Neugier kann töten.«

9

Er hatte dem Wirt aufgetragen, ihn eine Stunde vor Sonnenaufgang zu wecken, doch wie sich zeigte, wäre dies gar nicht nötig gewesen: Er war nach seinem Gespräch mit Reverend Reeves direkt wieder auf sein Zimmer gegangen, hatte aber nicht mehr besonders gut geschlafen. Seine Träume waren wiedergekommen, und auch wenn er hinterher keine klare Erinnerung mehr daran hatte, so sorgten sie doch dafür, dass er lange vor Sonnenaufgang erwachte. Er hatte das Gasthaus bereits verlassen, als der Wirt zu der vereinbarten Zeit kam, um ihn zu wecken.

Es war noch dunkel, als er Magotty wieder erreichte. Im Osten begann sich der Himmel zwar bereits wieder grau zu färben, doch der Ort lag noch in vollkommener Schwärze da.

Coppelstone stoppte den Wagen auf der letzten Hügelkuppe vor Magotty, und aus einem plötzlichen Gefühl heraus schaltete er den Motor und die Scheinwerfer aus, um vom Ort aus nicht gesehen zu werden. Er hatte Reeves Warnung, sich nach dem Dunkelwerden nicht mehr in Magotty aufzuhalten, nicht wirklich ernst genommen, sondern sie für das abergläubische Gerede eines Hinterwäldlers gehalten. Jetzt aber, während er dasaß und auf die in vollkommener Dunkelheit liegende Ortschaft hinabsah, konnte er sie fast verstehen.

Der Ort wirkte ... *unheimlich.* Nein, unheimlich war nicht das richtige Wort. Etwas an ihm war ... nicht, wie es sein sollte. Er lag dunkel und vollkommen leblos unter ihm, und trotzdem ... *war* da etwas. Irgendetwas Körper-, aber nicht Substanzloses, das in den schwarzen Schluchten zwischen den Häusern zu lasten und sie gleichermaßen mit einer Art unheiligem Leben zu erfüllen schien. Es war ein unheimliches, Angst machendes Gefühl, das er als umso schlimmer empfand, weil er es nicht einordnen oder werten konnte. Er versuchte es zu verscheuchen, aber dieser Versuch machte es eher schlimmer. Es war das gleiche Gefühl, das er in Morrisons Haus gehabt hatte. Irgendetwas *war hier.* Etwas Fremdes und Düsteres, dem er besser nicht zu nahe kam. Coppelstone war aber noch weit davon entfernt, an Übermächtiges zu glauben oder gar an Dinge, die älter als das menschliche Leben waren und sich in den Wäldern rings um Morrisons Farm eingenistet hatten, wie Reeves meinte, aber in einem Punkt gab er dem Reverend längst Recht: Irgendetwas Verbotenes ging hier in Magotty vor. Und er würde herausfinden, was es war.

Gerade als er weiterfahren wollte, gewahrte er ein Licht unter sich. Es war ein bleicher, gelblicher Schein, wie von einer schlecht abgeschirmten Lampe, der aus der Kirche von Magotty kam.

Coppelstone nahm die Hand vom Lichtschalter und beugte sich erregt vor. Er konnte nicht sehen, wer sich dort unten bewegte, doch es mussten drei, wenn nicht vier oder mehr Gestalten sein, die im Schein einer altmodischen Petroleumlampe aus dem Kirchenportal heraustraten. Sie waren in sonderbare, fast an Mönchskutten erinnernde Gewänder gehüllt, und als sie die Tür hinter sich geschlossen hatten und sich entfernten, da hatten ihre Bewegungen tatsächlich etwas von einer Prozession – wenn auch ganz bestimmt keiner, an der er gerne teilgenommen oder sie auch nur aus der Nähe gesehen hätte.

Plötzlich hatte er das Gefühl, der Lösung aller Rätsel ganz nahe zu sein. Vielleicht war es das, was Reeves ihm hatte sagen wollen. Möglicherweise gingen in dieser Kirche unsagbare, heidnische Dinge vor sich, und vielleicht war sie in Wahrheit schon lange keine Kirche mehr, sondern das genaue Gegenteil, das sich nur hinter der Fassade eines vermeintlichen Gotteshauses verbarg.

Er musste herausfinden, was es war.

Coppelstone wartete, bis die bizarre Prozession in der Nacht verschwunden und auch das Licht nicht mehr zu sehen war, und er ließ nur zur Sicherheit auch dann noch einmal gute fünf Minuten verstreichen, ehe er aus dem Wagen stieg, zu seinem Heck ging und das Gepäckfach öffnete. Es gehörte schon seit langem zu seinen festen Gewohnheiten, immer eine gewisse Grundausstattung von Werkzeugen und anderen nützlichen

Utensilien mit sich zu führen, zu der auch eine Grubenlampe und ein Sturmfeuerzeug gehörten. Damit und mit einem handlichen Brecheisen ausgestattet, machte er sich auf den Weg und trat zwei Minuten später durch das Tor im Lattenzaun, der die Kirche umgab.

Er wagte es nicht, das Eingangsportal zu öffnen, vermutete jedoch zu Recht, dass es eine zweite Tür auf der Rückseite der Kirche gab. Sie war ebenso verschlossen wie das Hauptportal, machte jedoch keinen sehr stabilen Eindruck, sodass er ohne lange zu zögern sein Brecheisen ansetzte und die Tür tatsächlich ohne sonderliche Mühe aufzustemmen imstande war.

Coppelstone war auf das vorbereitet gewesen, was kam – und trotzdem ließ ihn der Schwall Übelkeit erregenden Gestanks, der ihm entgegenschlug, instinktiv einen Schritt zurückweichen. Einen Moment lang stand er würgend da, dann trat er noch einige weitere Schritte zurück und nahm mehrere tiefe Atemzüge, bevor er sich der Tür ein zweites Mal näherte. Er vermied es sorgsam, durch die Nase zu atmen. Trotzdem schnürte ihm der Gestank beinahe sofort wieder die Kehle zu, und ihm wurde erneut übel. Was immer er auch finden mochte – er würde sich auf jeden Fall nicht lange in der Kirche aufhalten können.

Unmittelbar unter der Tür blieb er noch einmal stehen und versuchte die Schwärze dahinter mit Blicken zu durchdringen. Er sah nichts, aber er hörte ein unheimliches, schlürfendes Geräusch und dann etwas wie ein feuchtes Schaben; als würde ein großes Stück nassen Leders über den Boden gezerrt.

Sein Herz begann zu hämmern. Ohne dass er etwas dagegen zu tun vermochte, tauchte das Bild der bleichen Kreatur wieder vor ihm auf, die er in Morrisons Haus gesehen hatte. Seine Hände begannen sacht zu zittern, und für einen Moment war er so weit, einfach kehrtzumachen und das Geheimnis Geheimnis bleiben zu lassen.

Coppelstone verscheuchte den Gedanken und schalt sich selbst einen leichtgläubigen Narren. Mit einem entschlossenen Schritt trat er vollends in die Kirche hinein, zog die Tür hinter sich zu, verstaute das Brecheisen unter dem Gürtel und entzündete seine Grubenlampe.

Was immer er erwartet hatte, es war nicht da. Die Kirche bot einen bejammernswerten Anblick, fast noch schlimmer, als er es sich vorgestellt hatte, aber da waren weder Ungeheuer noch geifernde Schatten, die sich auf ihn stürzten.

Obwohl die Grubenlampe nicht sehr stark war, reichte ihr Schein aus, das Innere der Kirche hinlänglich zu erleuchten und ihm zu zeigen, dass das, was Reeves über dieses Gotteshaus erzählt hatte, wohl der Wahrheit entsprach. Die frische Farbe, die Blumenbeete und der ordentliche Zaun waren nur Fassade, hinter der sich ein seit mindestens einem Menschenalter andauernder Verfall verbarg. Die Bänke waren vermodert und zu unordentlichen Haufen aus aufgeweichten Spänen und grünlichem Schimmel zusammengefallen, Wände und auch Fensterscheiben waren mit einer gut fingerdicken Schmutzschicht bedeckt, die vermutlich auch das Licht eines noch sehr viel stärkeren Scheinwerfers verschluckt hätte, sodass er kaum Gefahr lief, sich durch das Licht seiner Grubenlampe zu verraten. Von der Decke hingen fast daumendicke Staubfäden herab, und der Boden war mit einer schwarzen, schmierigen Masse bedeckt, in der seine Schritte saugende, widerwärtige Geräusche verursachten.

Auch der Altar teilte das Schicksal der Bänke und war praktisch verschwunden, und von dem großen Holzkreuz, das einmal an der Wand dahinter gehangen haben musste, war nur noch ein Schatten geblieben. Die Wand war jedoch keinesfalls leer. Als Coppelstone näher herantrat und seine Lampe hob, gewahrte er eine höchst verwirrende Malerei, die den fleckigen Stein vom Boden bis zum Dach hinauf bedeckte.

Es war ein sehr, sehr sonderbares Bild. Coppelstone vermochte beim besten Willen nicht zu sagen, was es darstellte – falls es überhaupt irgendetwas darstellte und nicht nur das Gekritzel eines Wahnsinnigen war. Doch es erfüllte ihn fast augenblicklich mit einem Unbehagen, das von Sekunde zu Sekunde stärker wurde. Plötzlich musste er wieder an das denken, was Reeves erzählt hatte: dass manche von denen, die dem Geheimnis von Magotty zu nahe gekommen waren, den Verstand verloren hatten. Natürlich war er weit davon entfernt, nur durch den Anblick dieser seltsamen Wandmalerei den Verstand zu verlieren, aber er begriff jetzt besser, was er gemeint hatte.

Trotzdem brachte ihn diese Erkenntnis der Lösung des Rätsels keinen Schritt näher. Die Kirche gab weniger her, als er gehofft hatte – um nicht zu sagen, gar nichts. Es schien, als wäre das nicht geringe Risiko, das er mit seinem Einbruch hier immerhin eingegangen war, völlig umsonst gewesen. Was aber hatten die Männer in den Kutten, die er beobachtet hatte, hier drinnen getan?

Er hob seine Lampe höher, drehte sich einmal im Kreis und entdeckte schließlich eine zweite Tür, die vermutlich in die Sakristei führte. Er öffnete sie, trat hindurch und fand sich tatsächlich in einem winzigen, fensterlosen Raum wieder. Zwei Wände waren mit halb vermoderten Regalen voller faulender Bücher und schimmelig gewordenen Papierstapeln bedeckt, die gegenüberliegende Tür verbarg sich hinter einem schwarzen Vorhang, der noch relativ neu zu sein schien. Er war mit Stickereien aus dünnen Goldfäden übersät, die ihn an die unheimliche Wandmalerei draußen erinnerten; nur dass der Effekt hier noch viel, viel schlimmer war: Der Vorhang bewegte sich in einem leichten Luftzug, der aus dem Raum dahinter kam, was die verwirrenden Linien und Strichmuster nun tatsächlich zum Leben zu erwecken schien. Der Gestank, der schon draußen im Kirchenschiff schier unerträglich gewesen war, war hier drinnen noch weit schlimmer. Der

Luftzug, der den Vorhang bauschte, brachte ihn mit sich.

Coppelstone begann sorgsam den Inhalt der Wandregale zu untersuchen. Das meiste war vollkommen unbrauchbar: Die Bücher, nach denen er griff, lösten sich entweder zu Staub auf oder zerfielen unter seinen Fingern zu einer schmierigen, übel riechenden Masse, sodass er nach zwei oder drei Versuchen aufgab und es dabei beließ, die Titel auf den Buchrücken zu studieren, so weit sie noch zu entziffern waren. Bei den meisten handelte es sich um religiöse Schriften, einige wenige beschäftigten sich mit Landwirtschaft oder Botanik, eines aber war ihnen allen gemein: Nicht ein Einziges schien jünger als fünfzig Jahre zu sein.

Schließlich schien es, als hätte er zum ersten Mal seit geraumer Zeit wieder Glück: Er fand nicht nur eine Reihe ordentlich gebundener Folianten, deren handschriftliche Benennung ihm verriet, dass sie die Gemeindechronik von Magotty enthielten; zumindest die beiden letzten Bände waren noch in einem halbwegs guten Zustand. Zu seinem Bedauern waren sie zu unhandlich, um sie beide mitzunehmen, sodass er nur den letzten vom Regal nahm und unter seine Jacke schob. Dann wandte er sich dem Vorhang zu.

Er streckte die Hand danach aus, zögerte aber, ihn beiseite zu schieben. Was immer sich dahinter verbarg, es musste das wahre Geheimnis dieser vermeintlichen Kirche sein, und er hatte das sichere Gefühl, dass es ihm nicht gefallen würde. Aber er war auch schon viel zu weit gegangen, um jetzt noch kehrtzumachen.

Entschlossen öffnete er den Vorhang.

Dahinter lag ein winziger Raum, der keinen Boden hatte, sondern den Beginn einer steil in die Tiefe führenden, offenbar aus dem Felsen herausgemeißelten Treppe enthielt. Coppelstone leuchtete mit seiner Lampe hinab, konnte ihr unteres Ende aber nicht ausmachen. Immerhin sah er, dass die Stufen zwar unregelmäßig und vollkommen unterschiedlich hoch und breit waren, trotzdem aber wie glatt poliert schimmerten.

Er zögerte hinabzugehen. Der Gestank, der aus der Tiefe zu ihm heraufdrang, war so grässlich, dass er ernsthaft befürchtete, sich übergeben zu müssen. Außerdem flößte ihm die Dunkelheit dort unten eine fast übermäßige Furcht ein. Irgendetwas verbarg sich dort unten, das spürte er.

Trotzdem ging er nach einiger Zeit weiter, wenn auch mit zitternden Knien und heftig pochendem Herzen.

Die Stufen waren so glatt, wie sie aussahen. Er musste Acht geben, nicht darauf auszugleiten und die Treppe kopfüber hinunterzustürzen. Die Treppe schien kein Ende zu nehmen. Er zählte siebenundachtzig Stufen, bis er endlich unten war, was bedeutete, dass er sich mindestens zwanzig Yards unter der Erde befand, wahrscheinlich aber mehr.

Die Treppe endete jedoch nicht in einem Keller oder unterirdischen Gewölbe, wie er erwartet hatte, sondern in einem gut zwölf Fuß durchmessenden, kreisrunden Stollen, dessen Wände aus sorgsam geglättetem und anschließend offenbar poliertem Felsgestein bestanden, denn sie schimmerten im Licht der Grubenlampe wie frisch geputztes Silber. Nur auf dem Boden lag die gleiche übel riechende, zähe Masse, die auch den Boden der Kirche oben bedeckte.

Coppelstone hob seine Lampe und drehte sich einmal im Kreis, wobei er seine Lampe hin- und herschwenkte. Der Stollen erstreckte sich in beiden Richtungen, so weit er sehen konnte, und vermutlich noch sehr viel weiter. Coppelstone hätte ihn gerne erkundet, aber er spürte, dass er den Gestank nicht mehr lange aushalten würde. Außerdem wurde es Zeit, wieder nach oben zu gehen. Draußen musste es jetzt allmählich zu dämmern beginnen, und er wollte nicht das Risiko eingehen, beim Verlassen der Kirche gesehen zu werden.

Er stieg also die Treppe wieder hinauf, durchquerte die Sakristei und wollte die Kirche gerade verlassen, als er abermals ein Geräusch hörte und stehen blieb.

Es war ein furchtbarer Laut: Ein nasses Schlabbern, als tauche etwas Großes seinen Rüssel in eine weiche Masse und sauge sie auf – genau das war die Assoziation, die Coppelstone bei diesem Geräusch hatte. Die bloße Vorstellung allein reichte, ihm einen eisigen Schauer über den Rücken laufen zu lassen. Trotzdem blieb er nicht nur stehen, sondern drehte sich im Gegenteil sogar herum und bewegte sich langsam in die Richtung, aus der das Geräusch kam.

Es verstummte sofort.

Coppelstone hob seine Lampe höher, drehte sich nach rechts, nach links und wieder zurück – nichts. Vielleicht hatte er sich den Laut ja doch nur eingebildet. Seit er die verlassene Kirche betreten hatte, waren seine Nerven bis zum Zerreißen angespannt. Coppelstone wandte sich wieder zum Ausgang um … und fuhr mit einem gellenden Schrei zurück.

Hinter ihm hatte sich eine weiße, pulsierende Scheußlichkeit aus den Trümmern der Kanzel erhoben. Das Geschöpf war so dick wie sein Oberschenkel und musste mindestens zehn Fuß lang sein, wenn nicht mehr, denn sein augenloser Schädel befand sich fast in Höhe von Coppelstones Gesicht. Es hatte keinerlei sichtbare Gliedmaßen oder Sinnesorgane und anstelle eines Maules einen langen, wild peitschenden Saugrüssel, der in Coppelstones Richtung züngelte. Sein Körper war vollkommen glatt, und eigentlich war er nicht weiß, sondern hatte im Grunde gar keine Farbe; unter dem schwammigen, halb durchsichtigen Fleisch konnte man missgestaltete, dunkle Organe pulsieren sehen. Es war nicht wirklich eine Schlange, sondern erinnerte eher an eine groteske Mischung aus einem riesigen Wurm und einer gigantischen, feucht glänzenden Schnecke.

Das Geschöpf stieß einen zischenden Laut aus. Obwohl es keine Augen hatte, musste es Coppelstone irgendwie wahrnehmen, denn sein Kopf schoss plötzlich wie der Schädel einer angreifenden Kobra in Coppelstones Richtung und verfehlte ihn nur, weil er ganz instinktiv einen weiteren Schritt zurückstolperte. Gleichzeitig aber riss er auch das Brecheisen unter dem Gürtel hervor, holte aus und ließ es mit aller Gewalt auf die Grauen erregende Kreatur hinabsausen.

Das Ergebnis übertraf seine kühnsten Erwartungen. Das weiße Fleisch der Kreatur setzte dem Hieb kaum Widerstand entgegen. Das Brecheisen verwundete es nicht etwa, sondern trennte seinen Schädel sauber wie ein Schwerthieb vom Körper. Die beiden ungleichen Hälften fielen zu Boden. Das kürzere Stück rührte sich nicht mehr, das andere jedoch begann wild zu zucken und hin und her zu schlagen, wobei es die Reste der zusammengestürzten Kanzel vollends zertrümmerte.

Coppelstone wartete nicht ab, was weiter geschah. Er schleuderte das Brecheisen in hohem Bogen von sich, stürmte aus der Kirche und rannte zu seinem Wagen zurück, so schnell er nur konnte.

10

Er raste nach Eborat zurück ohne anzuhalten und brachte den Wagen mit quietschenden Bremsen unmittelbar vor dem Gasthaus zum Stehen. Der Ort war gerade im Erwachen begriffen. In den meisten Häusern brannte Licht, und auch auf der Straße bewegte sich schon der eine oder andere Passant.

Diesmal achtete Coppelstone jedoch nicht darauf, ob sie ihm freundliche, gleichgültige oder gar feindselig gesinnte Blicke zuwarfen. Obwohl seit seiner furchtbaren Begegnung in der Kirche annähernd eine halbe Stunde vergangen war, zitterte er noch immer am ganzen Leib, und sein Herz klopfte so hart, als wäre er die ganze Strecke von Magotty hierher gerannt und nicht mit dem Wagen gefahren.

Mit zitternden Knien stieg er aus, betrat das Gasthaus und registrierte ohne die mindeste Überraschung, dass ihn der Wirt mit weit aufgerissenen Augen anstarrte. Er musste auch einen furchtbaren Anblick bieten: Bleich wie ein Toter, mit wirrem Haar und zerrissenen Kleidern sah er vermutlich eher aus wie ein Gespenst denn wie ein Landvermesser aus der Stadt.

»Kann ich bei Ihnen noch länger bleiben?«, begann er, ohne sich mit einer Begrüßung aufzuhalten.

»Jetzt ... ja, Sir«, antwortete der Wirt stockend. Er rang sichtlich um seine Fassung. Als Coppelstone auf ihn zuging, wich er einen weiteren Schritt zurück, bis er fast mit dem Rücken gegen das Regal hinter der Theke stieß. »Aber was ...?«

»Gut«, fuhr Coppelstone fort. »Ich brauche das Zimmer für eine weitere Nacht. Möglicherweise länger. Und heißes Wasser wäre gut. Ich muss unbedingt ein Bad nehmen.«

»Ich setze sofort einen Kessel voll auf«, sagte der Wirt. »Aber was ist denn passiert, Sir? Hatten Sie einen Unfall?«

»So kann man es nennen«, antwortete Coppelstone ausweichend. Jetzt, als er hier drinnen war und in der – wenn auch vielleicht nur vermeintlichen – Sicherheit verheißenden Nähe anderer Menschen, beruhigte er sich rasch wieder. Doch das war nicht der Moment, Fragen zu beantworten. Er musste selbst erst ein paar Antworten finden.

»Ich erzähle Ihnen gerne alles, nur später«, sagte er. »Jetzt muss ich erst einmal aus diesen Kleidern heraus.«

»Das glaube ich Ihnen gerne, Sir«, sagte der Wirt. »Ich lasse Ihnen gleich einen heißen Kaffee aufs Zimmer bringen. Oder ist Ihnen eher nach etwas Stärkerem?«

Das war es Coppelstone tatsächlich. Doch es war wichtig, dass er einen klaren Kopf behielt, deshalb lehnte er ab und sagte: »Kaffee ist gut. Und denken Sie an das Bad.«

Er wandte sich um, ging die Treppe hinauf in sein Zimmer und schlüpfte rasch aus Jackett, Weste und Schuhen. Erst dabei fiel ihm auf, wie erbärmlich die Kleider stanken. Vermutlich war das auch der Grund gewesen, aus dem der Wirt so eifrig darum bemüht gewesen war, einen möglichst großen Abstand zu ihm einzuhalten.

Er entledigte sich auch noch seiner übrigen Kleider, warf sie in einem Haufen auf den Boden und wickelte sie in eine Decke, die er vom Bett nahm. Seine Gedanken kreisten noch immer unentwegt um das, was er gerade erlebt hatte. Er begriff einfach nicht, was das für eine Kreatur gewesen sein mochte. Er hatte niemals von einem Geschöpf wie diesem gehört, und er war auch sicher, dass es den allermeisten Menschen auf der Welt nicht anders erging. Eine Schnecke, die doppelt so lang wie ein erwachsener Mann war … Noch vor Tagesfrist hätte er diese Vorstellung als grotesk empfunden und laut darüber gelacht. Doch ihm war nicht nach Lachen zumute. Ganz im Gegenteil: Der pure Anblick des Geschöpfes war das mit Abstand Schrecklichste gewesen, was er jemals erlebt hatte.

Dabei glaubte er nicht einmal, dass es wirklich gefährlich gewesen war; dazu war die Kreatur zu plump gewesen und zu verwundbar. Viel schlimmer war das, was er in ihrer Gegenwart *spürte*. Sie strahlte etwas so vollkommen *Falsches, Andersartiges* aus, dass dieser Odem allein reichte, ihn schon bei der bloßen Erinnerung an sie wieder vor Angst zittern zu lassen. Es war, als … wäre sie nicht Teil der göttlichen Schöpfung, dachte Coppelstone, sondern das Produkt einer vollkommen anderen, düsteren Genesis. Wie hatte Reeves es genannt? Dinge, die älter waren als das Menschengeschlecht? Er wusste jetzt, was er gemeint hatte.

Trotz allem begann er sich langsam zu beruhigen. Seine Hände zitterten nicht mehr, und auch seine Gedanken begannen allmählich wieder in den gewohnten, logischen Bahnen zu verlaufen. Es gab nun absolut keinen Zweifel mehr daran, dass die Bewohner Magottys ein düsteres Geheimnis hüteten, doch er vermutete, dass es trotz allem eher biologischer als spiritistischer Natur war. Er vermutete allerdings auch stark, dass weder Buchanan noch die anderen Magottyler sich dieses Geheimnis so ohne weiteres entreißen lassen würden. Er war sicher gut beraten, wenn er auf Reeves' Warnung hörte und beim nächsten Besuch in Magotty äußerst vorsichtig war.

Da sicher noch eine Weile vergehen würde, bis der Wirt mit heißem Wasser für das Bad kam, nahm er das Gemeindebuch zur Hand, das er aus der Sakristei mitgebracht hatte, und begann vorsichtig darin zu blättern. Das Papier war so brüchig, dass er aufpassen musste, die Blätter nicht zu zerreißen, und die Tinte war verblasst und zum Teil längst unleserlich geworden.

Das wenige, was er entziffern konnte, war auf den ersten Blick wenig aufschlussreich. Es handelte sich fast ausschließlich um Geburts-, Sterbe- und Hochzeitsdaten der Dorfbevölkerung. Eine Besonderheit fiel ihm jedoch auf. Hinter manchen der Sterbedaten war ein handschriftliches ›W‹ vermerkt, und als er die Liste ein zweites Mal durchging und gezielt nach diesem Postskriptum suchte, bemerkte er auch noch etwas. Keiner der Verstorbenen, deren Namen auf diese Weise markiert worden waren, war älter als dreißig Jahre geworden – und keiner war jünger als fünfundzwanzig gewesen. Das war höchst sonderbar, und darüber hinaus vielleicht etwas, das ihm von großem Nutzen sein mochte, war es doch der erste wirkliche Hinweis darauf, dass es in Magotty nicht nur nicht mit rechten Dingen zuging, sondern dass dort möglicherweise ein Verbrechen stattgefunden hatte. Er zählte die Anzahl der mit ›W‹ markierten Namen und kam allein in diesem Band auf siebenundzwanzig. Die Sterblichkeitsrate in Magotty war erstaunlich hoch.

Einer der auf diese Weise markierten Namen lautete David Morrison.

Coppelstone starrte einige Sekunden lang verblüfft auf diesen Namenszug, ehe ihm klar wurde, dass es sich nur um einen Vorfahren Morrisons handeln konnte; vermutlich seinen Großvater. Er blätterte das Buch ein drittes Mal durch und versuchte die Familiengeschichte der Morrisons zu rekonstruieren, hatte aber wenig Glück. Er fand einige Namen, die ihm aber nichts sagten, und die letzten fünf oder sechs Seiten des Buches waren leer, was seine Vermutung zu beweisen schien, dass die Chronik irgendwann einmal nicht mehr weitergeführt worden war. Die jüngste Eintragung datierte achtundvierzig Jahre zurück. Sie lautete: Francis Joshua Morrison. Dahinter stand ein mit anderer Tinte geschriebenes ›W‹.

Es klopfte. Coppelstone schlug rasch das Buch zu, stand auf und öffnete die Tür. Es war der Wirt, der den versprochenen Kaffee brachte. In seiner Begleitung befanden sich zwei schwarze Gehilfen, die einen gewaltigen Kessel mit dampfend heißem Wasser zwischen sich schleppten. Während der Wirt den Kaffee einschenkte, schleppten sie das Wasser ins Bad und füllten die Wanne. Anschließend hatten sie es sehr eilig, das Zimmer wieder zu verlassen, doch Coppelstone entgingen keineswegs die nervösen Blicke, mit denen sie ihn und vor allem den Stapel mit schmutzigen Kleidern auf dem Boden maßen. Nun, es waren Schwarze. Coppelstone hatte nichts gegen Schwarze, wusste jedoch, dass sie schon immer ein abergläubisches Volk gewesen waren und es wohl auch immer bleiben würden.

Er wartete, bis sie gegangen waren, dann streifte er die Decke ab, in die er sich gehüllt hatte, und ging ins Bad, kehrte dann jedoch noch einmal zurück und verbarg das Gemeindebuch sorgsam unter der Matratze. Er musste über sein eigenes Tun lächeln, hatte er doch das Gefühl, allmählich einen gehörigen Verfolgungswahn zu entwickeln, fühlte sich aber hinterher trotzdem beruhigter. Danach ging er endgültig ins Bad und ließ sich in die Wanne sinken.

Das Wasser war so heiß, dass er die Zähne zusammenbiss und um ein Haar aufgeschrien hätte. Trotzdem stieg er nicht wieder hinaus, sondern genoss den brennenden Schmerz beinahe. Er fühlte sich nicht nur schmutzig, sondern regelrecht besudelt. Hätte er eine Nagelbürste dabeigehabt, dann hätte er sich von Kopf bis Fuß geschrubbt. So blieb er reglos in der Wanne liegen und wartete darauf, dass das heiße Wasser den Schmutz von seiner Haut löste.

Er hörte Geräusche aus dem Nebenraum; ein gedämpftes Rumoren und Kramen – vielleicht das Zimmermädchen, das gekommen war, um sein Bett zu machen. Vielleicht aber auch jemand anderes.

Vorsichtshalber stieg er aus der Wanne, wickelte sich ein Handtuch um die Hüften und trat wieder ins Nebenzimmer zurück.

Es war nicht das Zimmermädchen, sondern Reverend Reeves, der neben seinen Kleidern in die Hocke gegangen war und jedes Teil mit spitzen Fingern hochnahm und einzeln begutachtete. Als er Coppelstones Schritte hörte, wandte er den Kopf und sah hoch. Er sah jedoch keineswegs schuldbewusst oder auch nur überrascht aus, sondern wirkte eher ein bisschen zornig.

»Reverend.« Coppelstone nickte knapp.

»Sie haben also nicht auf meine Warnung gehört«, sagte Reeves. Er ließ Coppelstones Weste fallen und erhob sich ächzend. »Ich hätte Sie für klüger gehalten.«

»Wie Sie sehen, lebe ich noch«, antwortete Coppelstone.

»Das allein bedeutet noch nicht, dass Sie auch davongekommen sind«, behauptete Reeves. »Hat es Sie berührt?«

»Es?«

Reeves machte eine zornige Kopfbewegung auf die besudelten Kleider. »Das, dem Sie begegnet sind.«

»Ich glaube nicht«, antwortete Coppelstone nach kurzem Überlegen. »Aber das ist noch immer keine Antwort auf die Frage, was es war.«

»Das sollten *Sie* mir sagen«, sagte Reeves. »Sie sind ihm begegnet, nicht ich.«

Coppelstone seufzte. Allmählich wurde er wirklich wütend. »So kommen wir nicht weiter, Reverend«, sagte er scharf. »Ich war in dieser Kirche, oder was immer es in Wahrheit ist. Ich glaube, Sie wissen verdammt gut, welcher Kreatur ich dort begegnet bin. Und ich glaube auch, ich habe ein Recht zu erfahren, was dort vorgeht!«

»Ich weiß gar nichts«, beharrte Reeves. »Und wenn ich etwas wüsste, würde ich es nicht wissen wollen, Mister Coppelstone! Haben Sie schon vergessen, worüber wir gestern geredet haben? Schon das *Wissen* um manche Dinge kann mehr sein, als für uns Menschen gut ist.«

»Sie hätten mich wenigstens warnen können«, sagte Coppelstone.

»Das habe ich«, antwortete Reeves. »Aber Sie haben nicht auf mich gehört.«

»Ich verstehe Sie nicht«, sagte Coppelstone kopfschüttelnd. »In Magotty geht etwas Furchtbares vor. Es ist nicht nur dieses … dieses *Ding*.« Er machte eine zornige Handbewegung. »Dort sterben Menschen, Reverend, und das vermutlich seit mehr als fünfzig Jahren! Lässt Sie das wirklich vollkommen kalt?«

»Wofür halten Sie mich?«, fragte Reeves. »Ich würde ohne zu zögern mein Leben opfern, um diesem Spuk ein Ende zu bereiten! Aber es hätte keinen Sinn, glauben Sie mir. Es gibt Dinge, gegen die wir Menschen machtlos sind.«

»Woher wollen Sie das wissen, wenn Sie es nicht einmal probieren?«

»Ja, glauben Sie denn auch nur eine Sekunde, das hätten wir nicht versucht? Und zwar immer und immer wieder?« Reeves funkelte ihn zornig an. Es war grotesk: Sie sollten Verbündete sein, aber sie standen kurz davor, sich zu streiten.

»Das muss wohl eine Weile her sein«, sagte Coppelstone bitter.

Reeves ließ sich auf das Bett sinken und starrte an Coppelstone vorbei ins Leere. »Das ist es«, begann er. »Ich will Ihnen eine Geschichte erzählen, Mister Coppelstone. Es gab einmal drei Städte hier: Magotty, Eborat und Vendom.«

»Vendom? Davon habe ich nie gehört.«

»Sie werden es finden, auf der einen oder anderen Karte«, sagte Reeves. »Doch sie muss alt genug sein. Es ist fast achtzig Jahre her. Ich war damals noch gar nicht geboren, und selbst mein Großvater war noch ein junger Mann. Diese drei Städte, Mister Coppelstone, waren keine guten Nachbarn. Die Menschen in Eborat und Vendom waren aufrecht und gottesfürchtig, doch Magotty war ein Sündenpfuhl. Seine Bewohner praktizierten furchtbare, blutige Riten, und es hieß, sie hätten sich mit Mächten eingelassen, die älter und schlimmer als Satan selbst seien. Und eines Tages, in einer schrecklichen Nacht aus Feuer und Blut, taten sich die Bewohner von Eborat und Vendom zusammen und zogen nach Magotty, um das Böse aus der Welt herauszubrennen.«

Er schwieg. Sein Blick fixierte einen Punkt im Nirgendwo, und was immer er sah, es musste grauenhaft sein; Coppelstone hatte nie eine solche Furcht in den Augen eines Menschen gesehen wie jetzt in denen Reeves'. »Und was ist geschehen?«, fragte Coppelstone, als Reeves auch nach einer und einer zweiten Minute nicht weitersprach.

»Es gab viele Tote«, antwortete Reeves. Seine Stimme war leise, fast nur noch ein Flüstern. »Es war eine Nacht voller Feuer und Blut. Viele starben. Sie dachten, sie hätten das Böse ausgetilgt. Aber zwei Tage später schlugen die Bewohner von Magotty zurück. Sie entfesselten die Mächte, denen sie dienten, gegen die, die sie bekämpft hatten.«

»Und?«, fragte Coppelstone.

Reeves schlug die Hände vors Gesicht. »Vendom

wurde ausgelöscht«, sagte er. »Als es vorbei war, existierte die Stadt nicht mehr. Die Häuser waren zerstört. Alle Einwohner tot. Männer, Frauen, Kinder … alle. Vendom war vom Antlitz der Erde getilgt.

»Und Eborat?«, fragte Coppelstone.

»Nicht viele überlebten«, sagte Reeves. Er nahm die Hände wieder herunter. Sein Gesicht war grau, sein Blick der reine Terror. »Für eine Weile sah es so aus, als würde auch Eborat das Schicksal Vendoms teilen. Doch die wenigen Überlebenden stellten sich ihrem Schicksal und meisterten es am Ende. Doch seither hat niemand mehr versucht, das Böse in Magotty auszulöschen. Können Sie es den Menschen hier verübeln?«

»Nein«, antwortete Coppelstone, und diese Antwort war ehrlich gemeint. Trotzdem fuhr er fort: »Aber es wird Zeit, dass jemand diesem Spuk ein Ende bereitet.«

»Und dieser Jemand sind Sie?«

Coppelstone lauschte vergeblich auf einen Unterton von Spott oder gar Häme in Reeves' Stimme. Ganz im Gegenteil glaubte er fast so etwas wie eine verzweifelte Hoffnung in den Worten des Geistlichen zu vernehmen. Aber vielleicht war es auch nur da, weil er darauf wartete.

»Vielleicht«, antwortete er. »Vielleicht nicht ich, aber jemand *wie* ich. Die Zeit bleibt nicht stehen, Reverend. Was vor achtzig Jahren geschehen ist, kann sich heute nicht wiederholen.«

»Glauben Sie?«

»Ich *weiß* es«, antwortete Coppelstone mit einer Überzeugung, die er tief in sich ganz und gar nicht verspürte. »Niemand kann heute einfach so eine Stadt auslöschen. Schon ein Toter ruft die Behörden auf den Plan, und so viele, wie es in den letzten fünfzig Jahren in Magotty gegeben hat ...« Er machte eine vage Geste. »Lassen Sie uns diesem Spuk ein Ende bereiten, Reverend. Helfen Sie mir, und ich schwöre Ihnen, dass es in achtundvierzig Stunden vorbei ist.«

»Und wie?«, fragte Reeves.

»Gibt es ein Telefon hier in Eborat?«

»Im Postamt«, sagte Reeves. »Aber es öffnet erst mittags.«

»Das macht nichts«, erwiderte Coppelstone. »Ich schreibe Ihnen eine Nummer auf. Rufen Sie sie an und fragen Sie nach Mister Waiden. Das ist mein Assistent und einer meiner zuverlässigsten Mitarbeiter. Sagen Sie ihm, dass ich ihm auftrage, die Staatspolizei zu benachrichtigen, dass hier eine kriminelle Verschwörung im Gange ist. Sie werden sehen, dass es in spätestens zwei Tagen hier von Bundesbeamten nur so wimmelt. Es *wird* aufhören, das verspreche ich!«

»Ich kann Ihnen nicht helfen«, sagte Reeves. »Ich weiß nicht, was dort oben vorgeht. Niemand weiß es, glauben Sie mir. Die Leute *wollen* es nicht wissen. Ich würde Ihnen helfen, wenn ich es könnte, aber ich ...« Er sprach nicht weiter, sondern rang sichtbar um seine Fassung, und für einen Moment tat er Coppelstone einfach nur Leid.

»Machen Sie diesen Anruf, das ist Hilfe genug«, sagte er. »Mister Waiden wird wissen, was zu tun ist.«

Er ließ sich neben Reeves auf die Bettkante sinken und wollte sich nach seinen Kleidern bücken, doch der Reverend hielt seinen Arm fest und schüttelte den Kopf. »Das muss verbrannt werden«, sagte er. »Ich werde dafür sorgen.«

»Gibt es ein Geschäft hier in Eborat, wo ich mich neu einkleiden kann?«

»Wenn Sie in Latzhosen und Arbeitsschuhen zurück nach Magotty gehen wollen, sicher.« Reeves lächelte flüchtig. »Keine Sorge. Ich werde etwas Passendes für Sie finden. Das ist das Mindeste, was ich für Sie tun kann.«

Coppelstone nickte dankbar, griff nach seinen Schuhen und schüttelte enttäuscht den Kopf. Sie befanden sich nicht nur im gleichen bedauernswerten Zustand wie seine Kleider, sondern in einem eindeutig schlimmeren. Das Oberleder war fleckig und ausgebleicht, als wäre es mit irgendeiner ätzenden Flüssigkeit in Berührung gekommen, und die Sohlen waren vollends zerfressen.

»Ich werde mich wohl auch um neue Schuhe kümmern müssen«, sagte Reeves.

»Das ist seltsam«, murmelte Coppelstone. Er drehte die Schuhe nachdenklich in den Händen. In einer der Sohlen war ein münzgroßes Loch, und der Absatz des anderen Schuhs war regelrecht weggeätzt. »Dasselbe ist auch meinen

Reifen passiert. Als ob ich in Säure getreten wäre.«

»Ich werde mich auch um neue Schuhe kümmern«, versprach Reeves.

»Das wäre fantastisch«, murmelte Coppelstone. »Und wenn wir schon einmal dabei sind: Sie könnten mir nicht zufällig eine Waffe besorgen?«

11

Es war beinahe Mittag, als er nach Magotty zurückkam. Reeves hatte ihm die versprochenen Kleider gebracht – einen zwar schon ein wenig altmodischen, aber tadellosen Anzug, der sogar einigermaßen passte, sofern man nicht zu genau hinsah, und dazu passende Schuhe, die allerdings eine Nummer zu klein waren, sodass sie ein wenig drückten. Die schlechte Nachricht war, dass er Waiden nicht erreicht hatte; die Telefonleitung war unterbrochen, was, wie er sagte, in dieser Gegend allerdings häufig vorkam.

Coppelstone beruhigte diese Erklärung keineswegs; ihm wäre wesentlich wohler gewesen, eine gewisse Rückendeckung zu haben. Er beließ es allerdings dabei und bat Reeves lediglich darum, es später am Tage noch einmal zu versuchen. Er brach jedoch noch nicht sofort auf, sondern nahm ein zweites, noch ausgiebigeres Bad und wusch sich gründlich die Haare. Anschließend frühstückte er in aller Ruhe und mit einem für ihn selbst überraschenden Appetit, sodass es bereits lange nach elf war, als er vor Buchanans Büro anhielt.

Der Sheriff war jedoch nicht da, weshalb er das kleine Stück weiterfuhr und Karlssons Garage ansteuerte – was immer der Tag auch bringen mochte, er wollte ungern ohne seine Kotflügel zurück nach Eborat fahren. Karlsson war in seiner Schmiede und hämmerte auf ein Stück glühendes Eisen ein, und Buchanan stand neben ihm. Er blickte Coppelstone finster entgegen und machte auch keine Anstalten, etwas beiseite zu treten, als er den Wagen in die Schmiede steuern wollte.

Coppelstone brachte den Wagen so dicht vor ihm zum Stehen, dass die Stoßstange höchstens noch einen Fingerbreit von seinen Stiefeln entfernt war, und stieg aus. »Guten Morgen, Sheriff«, sagte er.

Buchanan deutete ein Nicken an; aber er gab sich eigentlich nicht sehr viel Mühe, übermäßig freundlich zu erscheinen. »Guten Tag, Mister Coppelstone«, sagte er. »Sie sind spät. Hatten Sie eine anstrengende Nacht?«

»Ich habe ausgezeichnet geschlafen, Mister Buchanan«, antwortete Coppelstone. »Und ich wollte Ihnen noch ein wenig Zeit lassen, mit Morrison zu sprechen. Haben Sie meine Kotflügel fertig, Mister Karlsson?«

Karlsson ließ seinen Hammer sinken und wandte sich mit einer bedächtigen Bewegung zu ihm um. »Ich bin nicht dazu gekommen«, sagte er. »Ich lege sie Ihnen in den Kofferraum. Sie finden bestimmt in der Stadt eine Werkstatt, die die Reparatur viel besser erledigt.«

»Ja, wahrscheinlich«, antwortete Coppelstone kühl. Buchanans und Karlssons kaum noch verhohlene Feindseligkeit stimmte ihn beinahe fröhlich. Buchanans Gespräch mit Morrison schien nicht unbedingt im Sinne des Sheriffs verlaufen zu sein.

Als er sich zu Buchanan umwandte, sagte dieser: »Jemand ist heute Nacht in unsere Kirche eingebrochen, Mister Coppelstone.«

»So?«, sagte Coppelstone. »Das ist bedauerlich. Ich hoffe doch, dass nichts Wertvolles gestohlen wurde.«

»Nein«, erwiderte Buchanan. »Der Eindringling wurde gestört. Und wir werden ihn auch dingfest machen, Mister Coppelstone. Ich habe sogar schon eine ziemlich konkrete Vorstellung von seiner Identität.«

Hinter Coppelstone schepperte es lautstark. Erschrocken fuhr er herum und sah, dass Karlsson den Gepäckraum des Ford geöffnet hatte und die Kotflügel wuchtig hineinwarf. Vielleicht war er ja der Meinung, dass sie noch nicht genug Beulen und Dellen hatten. Coppelstone triumphierte innerlich. Sowohl Buchanan als auch Karlsson waren wirklich miserabler Laune, wie es schien.

Gelassen drehte er sich wieder zu Buchanan herum und sagte: »Das hoffe ich für Sie. Aber nun lassen Sie uns über etwas anderes reden. Sie waren bei Morrison und haben mit ihm gesprochen?«

»Das habe ich«, antwortete Buchanan. Seine Miene verdüsterte sich weiter.

»Und Sie haben eine Lösung gefunden?« Coppelstone sah den Sheriff durchdringend an. Er war gespannt, wie Buchanan sich aus der Affäre ziehen würde.

»Ich denke schon.« Buchanan griff in seine Jacke, zog einen schmalen braunen Briefumschlag heraus und reichte ihn Coppelstone. Coppelstone griff danach, öffnete ihn und blinzelte ungläubig. »Das ist …«

»Ein Barscheck der First Bank of America über den Betrag von siebenhundertundzwölf Dollar und sechzehn Cent«, führte Buchanan den Satz zu Ende. »Das ist genau der Betrag, den Morrison dem Staat an fälligen Steuern und Abgaben schuldet. Damit dürfte das Problem wohl vorerst aus der Welt geschafft sein.«

Coppelstone war noch immer vollkommen fassungslos. Er hatte nicht damit gerechnet, dass Buchanan und die anderen so einfach aufgaben, aber *diese* Lösung überraschte ihn doch.

»Er ist gedeckt, Mister Coppelstone«, fuhr Buchanan fort. Er blieb ernst, gab sich aber keine Mühe, die Schadenfreude zu verhehlen, die er beim Anblick von Coppelstones fassungslosem Gesicht empfand. »Der alte Morrison ist ein komischer alter Kauz. Wahrscheinlich ist er sogar ein bisschen verrückt, aber er ist nicht arm.«

»Wieso hat er es dann überhaupt so weit kommen lassen?«, fragte Coppelstone.

Buchanan zuckte mit den Schultern. »Wie gesagt, er ist ein komischer alter Kauz. Ein bisschen altmodisch, wissen Sie? Er steht noch auf dem

Standpunkt, dass niemand ihm etwas schuldet und er niemandem etwas schuldig wäre. Ich habe seit Jahren versucht, ihm klarzumachen, dass er seine Steuern zahlen muss, ob er es nun einsieht oder nicht.«

»Und jetzt hat er es eingesehen?«

»Ich habe ihm gesagt, dass er seine Farm verliert, wenn er nicht bezahlt. Ich kann Ihnen sagen, er war ziemlich aufgebracht. Einen Moment lang hatte ich ernsthaft Angst, dass er sein Gewehr nimmt und mich über den Haufen schießt. Aber am Ende hat er dann doch noch Vernunft angenommen. Sie sehen also, ich werde Ihren Vollstreckungsbescheid nicht durchführen können.«

Coppelstone steckte den Briefumschlag mit dem Scheck wütend ein. »Damit ist die Sache noch nicht vorbei, Sheriff«, sagte er aufgebracht. »Es gibt noch andere Möglichkeiten. Der Staat wird Morrisons Farm enteignen, wenn es nötig sein sollte.«

»Möglicherweise«, sagte Buchanan. »Doch wie ich bereits sagte: Morrison ist nicht arm. Ganz im Gegenteil – man traut es ihm nicht zu, aber er ist sogar ziemlich vermögend. Ich schätze, dass es kein Problem für ihn darstellt, sich einen guten Anwalt aus der Stadt zu nehmen. So ein Prozess kann dauern, Mister Coppelstone. Unter Umständen Jahre.«

»Warum tun Sie das, Mister Buchanan?«, fragte Coppelstone seufzend.

»Was? Den Leuten hier helfen? Dafür bezahlen sie mich.«

»Das meine ich nicht«, antwortete Coppelstone. »Warum wehren Sie sich gegen den Fortschritt? Diese Straße wird ein wahrer Segen für Ihre Stadt. Es werden Menschen hierher kommen. Industrie. Geschäfte!«

»Wer sagt denn, das wir das wollen?«

»Sie können die Zeit nicht aufhalten«, antwortete Coppelstone. »Sie können uns Schwierigkeiten bereiten, aber das wird uns am Ende nicht aufhalten.«

»Wir werden sehen«, antwortete Buchanan schulterzuckend. »Sie werden jedenfalls von mir keine Hilfe dabei bekommen, den Menschen hier den Willen der Regierung aufzuzwingen. Wir wollen Ihre Straße hier nicht, Mister Coppelstone. Niemand hier will sie. Gehen Sie vor Gericht, wenn Sie es wollen. Es wird nichts ändern.«

Coppelstone sagte nichts mehr. Buchanans Stimme war bei den letzten Worten immer lauter geworden, und Karlsson hatte nicht wieder zu hämmern angefangen. Er konnte spüren, dass er hinter ihm stand und ihn anstarrte. Wie es aussah, hatte er diese Runde nach Punkten verloren.

»Schade«, sagte er. »Ich hatte gehofft, dass es anders ausgeht.«

Er wartete vergeblich auf eine Antwort. Nach einigen Augenblicken wandte er sich um, doch als er in den Wagen steigen wollte, rief Buchanan ihn noch einmal zurück. »Mister Coppelstone?«

Coppelstone drehte sich herum. »Ja?«

»Was den Einbruch von heute Nacht in unsere Kirche angeht«, sagte Buchanan kühl. »Wir werden unser Eigentum zurückbekommen, das garantiere ich Ihnen.«

»Ich hoffe es für Sie«, erwiderte Coppelstone. »Falls nicht: Ich habe gute Verbindungen zur Staatspolizei. Ich kann Ihnen gerne ein paar fähige Beamte schicken, die Ihnen bei der Aufklärung des Verbrechens helfen. Guten Tag, Mister Buchanan.«

12

Er sah den Rauch schon, als er noch eine gute Meile von Eborat entfernt war. In der unbewegten Luft stieg er wie eine kompakte schwarze Säule in den Himmel, die erst weit über der Stadt allmählich auseinander zu treiben begann; ein schwarzes Fanal, das Coppelstone mit einer unguten Vorahnung erfüllte.

Als er den Wagen auf die Hauptstraße lenkte, wurde aus dieser vagen Ahnung Gewissheit. Nahezu die gesamte Einwohnerschaft Eborats war vor dem Gasthaus zusammengelaufen, dessen Dach zur Hälfte eingebrochen war. Das Feuer selbst schien bereits gelöscht zu sein, denn er sah keine Flammen, doch sämtliche Fenster im oberen Geschoss waren geborsten, und aus vielen quoll fettiger, schwarzer Rauch. Er stieg aus dem Wagen, drängte sich grob durch die Menge und entdeckte nach kurzem Suchen den Wirt, der, Gesicht und Hände rußgeschwärzt, dastand und das anstarrte, was von seinem Besitz übrig geblieben war. Er hatte ein paar üble Brandblasen an den Armen, die er aber gar nicht zu spüren schien.

»Was ist passiert?«, fragte Coppelstone.

Der Mann wandte ganz langsam den Blick. Seine Augen waren leer. Es schien einige Sekunden zu dauern, bis er Coppelstone überhaupt erkannte. »Ah, Mister Coppelstone«, sagte er dann. »Ich fürchte, Sie werden sich für heute Abend eine andere Möglichkeit zum Übernachten suchen müssen.«

»Was ist geschehen?«, fragte Coppelstone noch einmal.

»Es ist alles zerstört«, murmelte der Mann. Er starrte wieder die brandgeschwärzte Ruine an. »Es ist nichts mehr übrig.«

»Jemand war wohl unvorsichtig mit Feuer«, sagte eine Stimme aus der Menge.

Oder hat dafür gesorgt, dass er sein Eigentum zurückerhält, fügte Coppelstone in Gedanken hinzu. *Oder dass es zumindest nicht in falsche Hände fällt.*

Er drehte sich zu dem Mann herum, der gesprochen hatte, und erkannte einen der drei, die gestern mit ihm am Tisch gesessen hatten. Garv, wenn er sich richtig erinnerte. »Wie meinen Sie das?«

»Häuser fangen nicht einfach an zu brennen, Mister Große Stadt«, sagte Garv feindselig. »Nicht einmal hier bei uns auf dem Lande.«

»Lass ihn in Ruhe, Garv«, sagte der Wirt. »Ich war in seinem Zimmer, nachdem er weggefahren ist. Es war alles in Ordnung. Außerdem sieht es ganz so aus, als wäre der Brand im Keller ausgebrochen.«

»Sie waren in meinem Zimmer?«, fragte Coppelstone. »Etwa, um die Betten zu machen?«

»Das tue ich immer, sobald die Gäste fort sind.«

»Haben Sie dabei etwas gefunden?«, fragte Coppelstone. »Vielleicht ein ... ein Buch?«

»Ein Buch? Nein.« Der Wirt schüttelte den Kopf. »Und wenn, hätte ich es nicht angerührt. Es tut mir Leid, aber ich fürchte, Ihr Gepäck und alles andere, was im Zimmer war, ist unwiderruflich verloren. Ich werde selbstverständlich für den Verlust aufkommen.«

»Oh, es ist nicht so schlimm«, sagte Coppelstone hastig. »Nur ein alter Koffer und ein wenig Wäsche. Ich denke, Sie haben im Moment andere Sorgen ... ich hoffe doch, Sie haben eine Feuerversicherung?«

Der Wirt schüttelte der Kopf. »Ich hatte eine«, sagte er. »Ich habe sie letzten Herbst gekündigt. Die Prämien waren mir zu hoch.« Er seufzte, unendlich tief, und doch sehr leise. »Aber ich werde es schon schaffen. Ein Haus kann wieder aufgebaut werden, Mister Coppelstone, und gottlob sind ja keine Menschen zu Schaden gekommen. Alle werden mir helfen, machen Sie sich keine Sorgen. Wir sind schon mit Schlimmerem fertig geworden.«

Coppelstone schwieg betreten. Er wusste nicht, ob in den Worten des Wirts eine wie auch immer geartete Anspielung verborgen war oder nicht, doch er empfand für den Mann ehrliches, tief empfundenes Mitleid. »Es tut mir aufrichtig Leid«, sagte er. »Wenn ich irgendetwas für Sie tun kann, dann lassen Sie es mich bitte wissen.«

Der Wirt antwortete nicht, doch Garv sagte: »Ja.

Sie können nach Hause fahren, ehe ein noch größeres Unglück geschieht.«

»Garv!«, sagte der Wirt scharf, doch Coppelstone hob beruhigend die Hand und sagte:

»Ich wollte ohnehin nicht mehr lange bleiben. Ich muss nur noch ein paar Worte mit Reverend Reeves wechseln. Wissen Sie, wo ich ihn finde?«

»Das wüsste ich auch gern«, antwortete Garv.

»Was soll das heißen?«, fragte Coppelstone beunruhigt.

»Er hat die Stadt kurz nach Ihnen verlassen und ist noch nicht zurück«, sagte Garv. »Niemand hat ihn seither gesehen.«

»Vielleicht ist er auf einer der Farmen«, fügte der Wirt hinzu. »Du weißt doch, wie groß seine Gemeinde ist.« Direkt an Coppelstone gewandt fuhr er fort: »Reverend Reeves ist oft für einen oder zwei Tage fort. Es gibt keinen Grund, gleich irgendetwas Schlimmes anzunehmen. Garv ist ein notorischer Schwarzseher, der nur wirklich glücklich ist, wenn er Unglücke prophezeien kann.«

»Wissen Sie zufällig, ob er den Telefonanruf erledigt hat, um den ich ihn gebeten habe?«, fragte Coppelstone.

»Nein. Aber ich glaube es nicht. Die Leitungen sind schon seit dem frühen Morgen unterbrochen. Es kann durchaus ein paar Tage dauern, bis die Telefongesellschaft jemanden schickt.«

»Vielleicht kann ich das erledigen«, bot sich Coppelstone an.

»Sie?«

»Vielleicht«, schränkte Coppelstone ein. »Während meines Studiums habe ich bei der Telefongesellschaft gearbeitet, um ein wenig dazuzuverdienen. Wenn es nur eine gerissene Leitung ist, kann ich sie vielleicht notdürftig flicken – wenigstens, bis die Telefongesellschaft jemanden schickt.«

»Das wäre uns eine große Hilfe«, sagte der Wirt. »Jemand müsste sonst in den nächsten Ort fahren, um von dort aus anzurufen. Es sind fast zwanzig Meilen.«

»Wenn ich die Leitung nicht hinkriege, erledige ich das«, versprach Coppelstone. »Das ist das Mindeste, was ich tun kann.«

Er verabschiedete sich, ging zum Wagen zurück und fuhr eine gute Meile weit aus dem Ort heraus, ehe er wieder anhielt und in seinen Papieren zu suchen begann. Unter den zahlreichen Karten, die er mitgebracht hatte, befand sich auch eine, in der der genaue Verlauf der Telefonleitungen eingezeichnet war, die diese gottverlassene Gegend mit dem Rest der Welt verbanden. Er hatte die Wahrheit gesagt, was seine Arbeit bei der Telefongesellschaft anging, jedenfalls fast: Während seiner Studienzeit hatte er tatsächlich in den Semesterferien bei einem Reparaturtrupp gearbeitet, um das schmale Salär aufzubessern, das ihm sein Vater zukommen ließ. Zwar hatte er nur Handlangertätigkeiten verrichtet, aber er hatte doch oft genug zugesehen, dass er sich durchaus zutraute, eine gerissene Leitung zu flicken.

Und sein Angebot war nicht ganz so selbstlos,

wie es sich vielleicht angehört hatte. Er hatte nicht wirklich vor, sich geschlagen zu geben und nach Providence zurückzufahren. Ganz im Gegenteil. Buchanan schätzte ihn vollkommen falsch ein, wenn er glaubte, dass für ihn nach einer verlorenen Schlacht der Krieg zu Ende war. Er sah Buchanans Schachzug nicht einmal wirklich als Niederlage an, sondern vielmehr als Herausforderung, auf die er nur entsprechend reagieren musste.

Und das würde er. Spätestens morgen Abend würde es hier von Beamten der Staatspolizei nur so wimmeln – und auch von Spezialisten der Feuerwehr, die den Brandherd im Keller des Hauses ein wenig genauer in Augenschein nehmen würden. Das Geheimnis von Magotty würde nicht mehr lange ein Geheimnis bleiben, so oder so.

Er fand die gesuchte Karte und stellte erfreut fest, dass die Telefonleitungen zum allergrößten Teil unmittelbar neben der Straße entlangführten, sodass er den überwiegenden Teil seiner Suche bequem vom Wagen aus erledigen konnte. Es gab nur eine einzige Ausnahme, wo die Straße einen großen Bogen schlug und die Leitungen diesen Umweg abschnitten.

Coppelstone war ziemlich sicher, dass er die unterbrochene Leitung genau dort finden würde. Er glaubte nicht mehr im Entferntesten daran, dass die Leitung wirklich durch einen Zufall unterbrochen worden war. Jemand hatte sie gekappt, um zu verhindern, dass er in der Stadt anrief und Hilfe herbeiorderte.

Während er langsam weiterfuhr und dabei aufmerksam die Telefonmasten am Straßenrand und die sie verbindenden Drähte im Auge behielt, fragte er sich zum ersten Mal ernsthaft, ob er vielleicht in Gefahr war. Die Ereignisse des heutigen Tages – und auch das, was er von Reeves und den anderen erfahren hatte – machten auf ziemlich drastische Weise klar, dass Buchanan und die anderen nicht zimperlich in der Wahl ihrer Mittel waren. Andererseits hatten sie bereits hinlänglich Gelegenheit gehabt, ihm etwas anzutun. Und der Scheck, den Buchanan ihm mitgegeben hatte, stellte beinahe so etwas wie eine Lebensversicherung dar. Morrison musste zumindest im Moment daran gelegen sein, dass er unbeschadet in die Stadt zurückkam. Solange er eine gewisse Vorsicht walten ließ, war er wohl nicht in Gefahr.

Er fuhr ungefähr eine halbe Stunde, bis er die Stelle erreichte, an der die Telefonmasten von der Straße abwichen und im Gehölz im Westen verschwanden, um nach gut anderthalb Meilen wieder auf die Straße zu treffen. Er stieg aus, verschloss den Wagen sorgfältig und nahm seine Werkzeugtasche aus dem Gepäckfach. Dabei fiel ihm auf, dass eines der Schlösser offen war. Er konnte sich jedoch genau erinnern, sie am Morgen alle geschlossen zu haben. Karlsson hatte offensichtlich ein wenig mehr getan, als nur die verbeulten Kotflügel in den Wagen zu werfen.

Coppelstone lächelte geringschätzig, ergriff seine Werkzeugtasche fester und marschierte los.

Der Wald erwies sich als dichter, als er angenommen hatte. Die Bäume standen weit auseinander, doch dazwischen wucherten dichtes Unterholz und kniehohes Gras, sodass er nicht besonders gut vorwärts kam; zumal er darauf achten musste, die Telefonleitungen vor dem Hintergrund der durchbrochenen Baumkronen nicht aus dem Auge zu verlieren.

Er fand die unterbrochene Stelle genau dort, wo er sie vermutet hatte, dem gleichen Platz, den auch er ausgewählt hätte, um einen Sabotageakt zu begehen. Trotzdem wäre er um ein Haar daran vorbeigelaufen.

Coppelstone hatte nach einem durchhängenden Kabel gesucht. Es genügte ja durchaus, nur eine der beiden Leitungen zu zerschneiden, um die Telefonverbindung zu unterbrechen. Plötzlich jedoch waren die Kabel einfach verschwunden.

Der Mast, zu dem sie eigentlich führen sollten, auch.

Coppelstone blieb stehen, betrachtete den Telefonmast hinter sich und dann den nächsten, den er zwischen den Bäumen ausmachen konnte, gute sechzig oder auch siebzig Schritte entfernt; und somit doppelt so weit, wie er eigentlich sein sollte. Die Telefonkabel zwischen diesen Masten hingen nicht schlaff herunter, sondern waren nicht mehr da. Offensichtlich waren Buchanan und seine Helfer sehr viel gründlicher zu Werke gegangen, als er gehofft hatte, und hatten nicht nur einfach die Drähte durchgeschnitten, sondern den kompletten Mast gefällt, wodurch sie an beiden Seiten abgerissen waren. *Diesen* Schaden würde er wohl nicht reparieren können, gestand er sich ein.

Trotzdem ging er nach kurzem Zögern weiter. Er wollte das ganze Ausmaß der Beschädigung zumindest in Augenschein nehmen, ehe er zum Wagen zurückging und die zwanzig Meilen zum nächsten Ort fuhr.

Er fand den Mast nicht. Er war nicht gefällt worden. Er war nicht mehr da. An der Stelle, wo er zwischen den beiden anderen Masten stehen sollte, gähnte ein fast zwei Fuß durchmessendes, kreisrundes Loch im Boden.

Coppelstone sah sich verwirrt um. Weder von dem Mast noch von den Leitungen war auch nur die geringste Spur zu sehen. Konnten Buchanan und die anderen tatsächlich so verrückt gewesen sein, den Mast nicht nur zu fällen, sondern ihn samt den Drähten auch mitzunehmen?

Neugierig beugte er sich über das Loch. Er sah nichts außer einem schwarzen, scheinbar bodenlosen Schacht, der lotrecht in die Tiefe führte – und aus dem ein sachter, aber unbeschreiblich widerwärtiger Gestank strömte. Der gleiche Gestank, den er schon auf Morrisons Farm wahrgenommen hatte und dann später noch einmal, in der Kirche von Magotty.

Alarmiert richtete sich Coppelstone wieder auf, trat rasch ein paar Schritte zurück und sah sich noch einmal – und aufmerksamer – um.

Er fand eine Anzahl unterschiedlich großer Keramikscherben und einige größere Holzsplitter, die rings um das Loch herum im Gras verstreut waren, fast als …

Er wollte es nicht. Er versuchte, die Vorstellung mit aller Gewalt zu unterdrücken, aber seine allmählich außer Rand und Band geratene Fantasie führte den Gedanken erbarmungslos zu Ende, und sie lieferte auch gleich die passenden Bilder dazu:

Fast, als hätte eine gigantische Faust von unten nach dem Mast gegriffen und ihn mit solcher Gewalt in die Erde hinabgerissen, dass die Querbalken wie dünne Späne gesplittert und die Drähte einfach von den anderen Balken abgerissen waren …

Coppelstone begann am ganzen Leib zu zittern. Sein Herz jagte, und plötzlich war ihm siedend heiß. Er wollte nichts als weglaufen, fort von diesem Ort des Bösen, an dem unsagbare Dinge ihr Unwesen trieben und an dem er nichts anderes als den Tod finden konnte, wenn nicht Schlimmeres. Zugleich aber war er nicht in der Lage, auch nur einen Muskel zu rühren, sondern stand da wie gelähmt, am ganzen Leibe zitternd und mit jagendem Herzen, doch auch unfähig, sich zu bewegen. Er hatte panische Angst, eine Furcht, wie er sie niemals zuvor in seinem Leben kennen gelernt hatte, und er wusste nicht einmal genau, wovor. Doch er spürte, dass da etwas war, unmittelbar in seiner Nähe, etwas Riesiges, Uraltes und unvorstellbar Böses, das ihn beobachtete und lauerte, wie eine geduldige Spinne, die unsichtbar im Zentrum ihres Netzes hockte.

Dann hörte er ein Geräusch, das aus dem Schacht heraufdrang, und dieser Laut brach den Bann. Coppelstone schrie gellend auf, fuhr auf der Stelle herum und rannte mit gewaltigen Sätzen davon. Er kam jedoch nur wenige Schritte weit, denn kaum hatte er den stehen gebliebenen Telefonmast erreicht, da stolperte er über ein Hindernis, das im Gras verborgen war, und stürzte schwer zu Boden.

Der Aufprall war so hart, dass er einen Moment lang benommen liegen blieb, ehe er vorsichtig den Kopf wieder hob und in die Richtung zurücksah, aus der er gekommen war.

Was er erblickte, das ließ für einen Moment seinen Atem stocken.

Das Loch war nicht mehr leer. Ein weißer, augenloser Schädel mit einem peitschenden Saugrüssel hatte sich gute zwei Fuß weit daraus erhoben, und die Kreatur schob sich mit pumpenden, widerwärtig anzuschauenden Bewegungen beharrlich weiter ins Freie, bis sie ganz aus der Erde herausgekrochen war. Sie war weitaus größer als das Geschöpf, dem er am Morgen begegnet war, und sah im hellen Sonnenlicht noch weitaus abstoßender aus. Ihre Farbe war tatsächlich kein Weiß, sondern ein halb transparenter Gallertton wie bei einer Qualle oder gewissen Würmern, wie man sie vornehmlich im Wasser fand. Während sie durch das Gras kroch, zog sie eine glänzende schwarze Spur hinter sich her wie eine Schnecke, die eine schwarze Schleimspur verursachte.

Coppelstone hatte seinen Schrecken noch nicht ganz überwunden, da erschien eine zweite und unmittelbar darauf eine dritte bleiche Kreatur. Danach hörte das Loch auf, Monstren zu gebären.

Coppelstone richtete sich vorsichtig auf, ließ sich jedoch gleich darauf im Schutze eines Gebüsches in die Hocke sinken und verbrachte die nächsten Minuten damit, die Ekel erregenden Geschöpfe aufmerksam zu beobachten. Sie krochen in scheinbar sinnlosen Kreisen und Schleifen umeinander, berührten mit ihren schrecklichen Saugrüsseln Büsche, Blüten und Gras und wandten die augenlosen Köpfe hierhin und dorthin. Er konnte nicht erkennen, ob sie fraßen, glaubte es aber eigentlich nicht. Irgendetwas sagte ihm, dass diese Kreaturen ihren Appetit auf eine viel schrecklichere Weise stillten.

Und plötzlich wusste er eines mit unerschütterlicher Sicherheit: Diese Monstren waren keine Geschöpfe Gottes. Sie waren Ausgeburten einer anderen, höllischen Wirklichkeit, und sie hatten kein Recht, hier und jetzt zu existieren!

Coppelstone sah sich wild um, gewahrte in nur einigen Schritten Abstand einen abgebrochenen Ast, der im Gras lag, und griff danach. Ohne sich selbst richtig darüber im Klaren zu sein, was er tat, sprang er hoch, rannte auf die Kreaturen zu und schwang brüllend seinen Knüppel.

Die Monster machten keinen Versuch, sich zu

wehren oder auch nur die Flucht zu ergreifen. Als sein Knüppel auf das erste herabfuhr, fiel es lautlos ins Gras und blieb liegen. Coppelstones Keule hatte nicht eine so verheerende Wirkung gehabt wie das Brecheisen am Morgen, doch sie hatte ausgereicht, seinen Schädel zu zertrümmern. Aus der Wunde sickerte eine farblose Flüssigkeit ins Gras, das augenblicklich zu verdorren begann, als wäre es mit Säure überschüttet worden. Die beiden anderen Ungeheuer setzten ihr sinnloses Tun unbeeindruckt fort, ohne von dem Schicksal ihres Artgenossen auch nur Notiz zu nehmen.

Coppelstone tötete sie ebenfalls, gnadenlos und mit einer so unbeherrschten Wut, dass er selbst davor erschrak. Es war, als wäre es gar nicht er selbst, der sein Tun bestimmte und ihn den Knüppel schwingen ließ, sondern etwas in ihm, etwas sehr Altes und Wissendes, das schon immer da gewesen war, ohne dass er es wusste, und das ihn spüren ließ, dass diese Geschöpfe zu fremd und zu andersartig waren, als dass sie und die Menschen in der gleichen Welt leben konnten. Er war wie in einem Blutrausch. Sein Knüppel fuhr immer und immer wieder auf die Kreaturen herab, auch als sie sich schon längst nicht mehr rührten und nur noch eine formlose Masse im Gras waren. Und selbst dann schlug er noch weiter auf sie ein, bis er so erschöpft war, dass er seine Arme nicht mehr heben konnte und den Ast fallen ließ.

Keuchend taumelte er ein paar Schritte zurück und sank ins Gras. Alles drehte sich um ihn, und nun, als sie vorüber war, erschrak er erneut und umso tiefer vor seiner eigenen Wut. Er verstand die Heftigkeit seiner eigenen Reaktion nicht. Die Geschöpfe waren hässlich, widerwärtig und vermutlich gefährlich, aber das allein erklärte nicht die Raserei, in die er für einen Moment verfallen war. Wären es hundert der Geschöpfe gewesen und nicht drei, er war sicher, er hätte sie alle getötet.

Und diese unheimliche Wut hatte etwas zurückgelassen. Er war bisher noch immer ein wenig im Zweifel gewesen, ob es wirklich klug war, das Geheimnis von Morrisons Farm auf eigene Faust zu lösen oder nicht, und er hatte sich insgeheim sogar eingestanden, dass er den Fehdehandschuh, den Buchanan und die anderen ihm hingeworfen hatten, wohl mehr aus Trotz und verletzter Eitelkeit aufhob, denn aus irgendeinem anderen Grund.

Nun gab es keine Zweifel mehr. Er musste herausfinden, woher diese Ungeheuer kamen, und er würde nicht eher hier weggehen, bis diese höllische Brut bis auf das allerletzte Exemplar ausgetilgt war.

Als er sich aufrichtete, bebte die Erde.

Es war eigentlich kein wirkliches *Beben.* Vielmehr schien eine Art sanfter und zugleich auch ungeheuer kraftvoller Wellenbewegung durch den Boden unter seinen Füßen zu laufen, als hätte tief unter ihm etwas Gigantisches, ungeheuer Großes sein Gewicht verlagert, und zugleich hörte er einen Laut, der ihm schier das Blut in den Adern gerinnen ließ: ein grollendes Seufzen, das tief aus der Erde heraufdrang und jede Faser seines Körpers zum Schwingen brachte.

Aus irgendeinem Grund war Coppelstone noch geistesgegenwärtig genug, seinen Werkzeugkoffer aufzuraffen, und dann fuhr er herum und stürzte wie von Furien gehetzt davon.

13

Morrisons Farm. Die Antwort auf alle seine Fragen lag irgendwo auf Morrisons Farm, er war vollkommen sicher. Dort hatte er das Fremde zum ersten Mal gespürt, und dort war er auch zum ersten Mal einem jener unheimlichen Geschöpfe begegnet, wenn auch beinahe, ohne es zu wissen. Er würde noch einmal ganz von vorne anfangen und dort ansetzen, wo er es von Anfang an hätte tun sollen.

Die Tatsache, dass er den Kampf nun innerlich endgültig aufgenommen – und wie es aussah, wohl zumindest die dritte Runde gewonnen – hatte, machte ihn jedoch keineswegs leichtsinnig. Er wusste, dass er weder durch Magotty fahren, noch die Straße durch das Tal nehmen konnte, und so nahm er einen Umweg von gut fünfzehn Meilen in Kauf, um den Ort zu umgehen und sich der Farm auf dem gleichen Wege wie beim ersten Mal zu nähern. Er fuhr die Teerstraße entlang, bis sie sich im Wald zu verlieren begann, und achtete sorgsam auf alle größeren Schlaglöcher und Spalten, sodass er ihr Ende diesmal unversehrt erreichte.

Eingedenk dessen, was seinen Reifen das letzte Mal widerfahren war, stellte er den Ford diesmal nicht auf der Straße ab, sondern fuhr ein Stück weit in den Wald hinein und tarnte ihn anschließend mit Zweigen und ausgerissenen Büschen, so gut er konnte. Dann machte er sich daran, das letzte Stück des Weges zu Fuß zurückzulegen.

Am oberen Rand des Hangs angekommen, verließ er den Wald jedoch nicht wie beim ersten Mal, sondern suchte nach einem Baum, der für seine Zwecke einerseits hoch genug, andererseits einfach genug zu erklettern war. Er hatte nicht vor, sich der Farm auf gut Glück zu nähern, sondern wollte sich zuerst einen guten Überblick verschaffen.

Es dauerte nicht lange, und er hatte das Gesuchte gefunden: eine annähernd hundert Fuß hohe, kerzengerade gewachsene Fichte, deren Äste in einem ausreichend geringen Abstand wuchsen, um sicher wie auf einer Leiter hinaufsteigen zu können. Er entledigte sich seiner Jacke, spuckte in die Hände und machte sich ans Werk.

Der Aufstieg erwies sich als wesentlich schwieriger, als er erwartet hatte, doch das Ergebnis lohnte die Mühe. Er kletterte bis in eine Höhe von gut fünfundzwanzig Fuß, wo er sich einen einigermaßen sicheren Halt suchte, und als er ins Tal hinabsah, stellte er fest, dass er die Farm tatsächlich in ihrer Gänze überblicken konnte.

Der Anblick hatte auch beim zweiten Mal nichts von seiner unheimlichen Wirkung verloren. Ganz im Gegenteil: Die Farm mit ihrem sonderbaren Erdwall, den geduckten, wie Schutz suchende Tiere aneinander gedrängten Gebäuden und dem viel zu großen Getreidesilo kam ihm jetzt viel düsterer und beinahe bedrohlich vor. Er konnte den Eindruck nicht genauer definieren; da war nichts, worauf er den Finger hätte legen können – aber die gesamte Farm wirkte irgendwie … *krank.* Dieses Wort kam dem, was er bei ihrem Anblick empfand, eindeutig am nächsten.

Von der Höhe seines Beobachtungspostens aus sah er auch noch etwas, was ihm bei seinem ersten Besuch entgangen war: unregelmäßig verstreut auf beiden Hängen des schmalen Tales schnitten eine Anzahl schwarzer, willkürlich gewundener Spuren durch das Gras, die scheinbar im Nichts begannen und ebenso jäh wieder endeten.

Unten auf der Farm bewegte sich etwas. Die Tür des Wohnhauses wurde geöffnet, und eine Gestalt trat heraus. Er konnte ihr Gesicht nicht erkennen, vermutete aber, dass es sich um Morrison handelte, denn sie humpelte stark und wirkte auch in ihrer Gesamtheit irgendwie missgestaltet. Einen Moment später verließ eine zweite Gestalt das Haus, die fast noch schlimmer verkrüppelt zu sein schien, denn sie hatte große Schwierigkeiten überhaupt zu gehen und bewegte sich auf eine fast groteske, hüpfende Art fort.

Die beiden näherten sich dem Erdwall, und Coppelstone nahm an, dass sie die Farm durch die Lücke darin verlassen wollten. Stattdessen jedoch begannen sie ihn zu erklettern, was bei der nicht geringen Steigung des Walles selbst für einen normalen Menschen schwierig gewesen wäre. Für diese beiden armen Menschen dort unten musste es zu einer Tortur werden. Trotzdem quälten sie sich beharrlich den Wall hinauf, obwohl beide mehrmals stürzten und einmal sogar ein ganzes Stück den Weg zurückrollten, den sie gerade erst so mühsam erklommen hatten.

Schließlich hatten sie die obere Rundung des Walls erreicht und richteten sich auf. Coppelstone bemerkte erst jetzt, dass beide mit Werkzeugen und prall gefüllten Leinenbeuteln ausgerüstet waren, mit denen sie sich nun unverzüglich ans Werk machten. Es dauerte eine Weile, bis ihm klar wurde, was sie da taten: Sie gruben kleine Löcher in den Boden und setzten Stecklinge hinein. Die beiden Männer waren dabei, den Wall zu bepflanzen. Wie es schien, hatte Morrison in der Tat nicht vor, seinen Besitz in absehbarer Zeit aufzugeben.

Coppelstone sah ihnen eine ganze Weile zu, und gerade, als er zu dem Schluss kam, dass es an der Zeit war, sein Versteck aufzugeben und wieder zum Wagen zurückzukehren, wurde die Tür im Haupthaus der Farm erneut geöffnet, und Morrison trat heraus. Coppelstone erkannte ihn zweifelsfrei – nicht an seinem Gesicht, dazu war er zu weit entfernt, wohl aber an dem Gewehr, das er in der Armbeuge trug.

Den Mann, der hinter ihm aus dem Haus trat, erkannte er ebenso schnell.

Es war Reverend Reeves.

Coppelstone riss erstaunt die Augen auf und presste sich instinktiv fester an den Baumstamm. Reeves war nicht allein. Hinter ihm verließen zwei weitere Männer das Haus, auch sie bewaffnet und auf die gleiche, unheimliche Weise verwachsen wie Morrison.

Morrison und Reeves begannen aufgeregt miteinander zu debattieren. Natürlich konnte Coppelstone nicht verstehen, was sie redeten, dazu war er viel zu weit entfernt. Aber Reeves und vor allem Morrisons ausholendes Gestikulieren machten ihm sehr bald klar, dass er Zeuge eines heftigen Streits wurde. Schließlich deutete Morrison mit einer wütenden Geste auf die Tür, woraufhin sich der Reverend widerstrebend umwandte und ins Haus zurückging. Die beiden Bewaffneten folgten ihm.

Coppelstone hatte genug gesehen. Offensichtlich hatten Morrison oder auch Buchanan Reeves entführt und hielten ihn nun hier auf der Farm gefangen. Das rückte die ganze Sache in ein vollkommen neues Licht. Nun hatte er nicht nur einen Vorwand, sondern die Verpflichtung, die Staatspolizei zu benachrichtigen. Er würde in den nächsten Ort mit einem funktionierenden Telefon fahren und von dort aus Waiden anrufen, damit er alles Notwendige in die Wege leitete.

So schnell er konnte, kletterte er vom Baum herunter und eilte zum Wagen zurück. Unterwegs hatte er die unheimliche Vision, dass er nicht mehr da sein könnte oder als fahruntüchtiges

Wrack dastand, von allem, was nicht aus Eisen war, befreit und von einer wuchernden schwarzen Masse umschlossen, die aus dem Boden quoll, doch keines von beidem war der Fall. Der Ford stand unversehrt da, wo er ihn zurückgelassen hatte. Rasch befreite er ihn von dem Buschwerk, mit dem er ihn getarnt hatte, und stieg ein, zögerte aber dann noch einmal. Es kam auf wenige Minuten nun nicht mehr an, und da war noch etwas, das er dringend überprüfen wollte, ehe er den Wald verließ.

Er ging zur Teerstraße zurück, ließ sich daneben in die Hocke sinken und legte vorsichtig die flache Hand auf ihre Oberfläche. Im ersten Moment spürte er nichts, außer der Wärme des gespeicherten Sonnenlichts, doch schon nach kaum einer Minute begann seine Haut zu prickeln und dann zu brennen. Als er die Hand wieder hob, war die Haut dort, wo sie den vermeintlichen Teer berührt hatte, sichtbar gerötet.

Coppelstone starrte seine Hand einige Sekunden lang an und überlegte fieberhaft. Was er sah, war schon fast Beweis genug für seine These, doch er wollte sichergehen und seinen Verdacht durch ein weiteres Experiment verifizieren. Er stand auf, ging in den Wald zurück und suchte einige Minuten unter Gebüsch und Steinen, bis er eine fingernagelgroße, kräftig behaarte Spinne fand. Vorsichtig nahm er das heftig zappelnde Tier zwischen Daumen und Zeigefinger, trug es zur Straße und setzte es genau in ihrer Mitte ab.

Die Spinne begann sofort auf den Straßenrand zuzurennen. Sie war wirklich schnell und bewegte sich auf die für ihre Art so typische, ruckhafte Weise, die ihr Laufen manchmal zu einem verwischten Huschen zu machen schien, dem der menschliche Blick kaum noch zu folgen imstande ist. Doch schon auf halbem Wege wurde sie langsamer. Sie schien immer mehr Mühe zu haben, die Bewegungen ihrer acht Beine zu koordinieren, kam schließlich regelrecht ins Stolpern und blieb dann stehen. Ihre beiden vorderen Beinpaare knickten ein. Sofort richtete sie sich wieder auf, zitterte aber heftig.

Normalerweise hätte Coppelstone das Tier nun von der Straße heruntergehoben, um sein Leben zu retten, doch er ahnte, dass es dafür ohnehin schon zu spät war. Nach einigen wenigen Augenblicken rollte die Spinne auf den Rücken und zog die Beine an den Leib, um zu sterben.

Doch damit war es nicht vorbei. Vor Coppelstones fassungslos aufgerissenen Augen begann sich das Tier regelrecht aufzulösen. Sein winziger Körper verlor mehr und mehr an Halt, begann auseinander zu fließen wie eine Wachsfigur, die im heißen Licht der Mittagssonne schmilzt. Es dauerte gute zehn Minuten, doch als es vorbei war, war von dem winzigen Tier nichts mehr zu sehen. Die Straße hatte es ebenso spurlos aufgesogen wie gestern den Blutstropfen, der ihm aus der Nase gelaufen war, und das blutgetränkte Taschentuch.

Er brauchte eine Probe dieser unheimlichen Substanz! Rasch richtete er sich auf, lief zum Wagen zurück und holte Hammer und Meißel aus dem Werkzeugkoffer. Es erwies sich als überraschend schwer, ein Stück des schwarzen Belages von der Straße zu meißeln, und beinahe unmöglich, es aus dem Boden zu lösen. Die Masse war nur knappe zwei oder drei Inch dick, verfügte an ihrer Unterseite jedoch über unzählige, haarfeine Fäden, mit denen sie sich in den Boden krallte. Nachdem es Coppelstone endlich gelungen war, sie abzureißen, peitschten sie einige Sekunden lang wild hin und her und erschlafften dann. Es gab keinen Zweifel daran, dass er etwas auf groteske Weise *Lebendiges* in den Händen hielt. Schaudernd vor Furcht und Ekel richtete er sich auf und drehte sich zum Wagen um.

Im nächsten Moment konnte er einen entsetzten Aufschrei nicht mehr unterdrücken.

Auf der Motorhaube des Ford ringelte sich ein fünf Fuß langer, totenbleicher Wurm. Ein weiteres, viel größeres Exemplar war ins Innere des Wagens gekrochen und glitt über die Sitze, von denen unverzüglich ein dünner grauer Rauch aufzusteigen begann, und mindestens ein halbes Dutzend der scheußlichen Kreaturen war dabei, die Reifen mit ihren peitschenden Saugrüsseln zu bearbeiten und das Gummi von den Felgen zu reißen.

»Nun, Mister Coppelstone – haben Sie gefunden, wonach Sie gesucht haben?«

Coppelstone schrie auf, wirbelte auf dem Absatz herum, ließ den Teerbrocken fallen, den er in der Linken trug, und riss gleichzeitig die rechte Hand mit dem Hammer in die Höhe. Karlsson zeigte sich davon jedoch wenig beeindruckt – was möglicherweise daran lag, dass der Hammer, den *er* in beiden Händen hielt, wesentlich größer war.

»Karlsson!«, keuchte Coppelstone. Seine Gedanken rasten. Er suchte verzweifelt nach einem Fluchtweg, aber es gab keinen. Hinter ihm waren der Wagen und die Würmer, vor ihm der riesenhafte Schmied, an dessen Intentionen es nicht den geringsten Zweifel gab. »Was ... was tun Sie hier?«

Karlsson zuckte mit den Schultern und kam mit wiegenden Schritten näher, und Coppelstone wich im gleichen Tempo rückwärts vor ihm zurück. »Sie sind vorhin so schnell abgefahren, dass Sie gar nicht mehr dazu gekommen sind, meine Rechnung zu begleichen, Mister Coppelstone«, sagte er. »Haben Sie vergessen, dass ich Ihnen gestern sagte, wir würden später abrechnen?«

»Bleiben Sie stehen!«, sagte Coppelstone. Er hob drohend seinen Hammer. »Sie sind wahnsinnig! Wenn Sie mich umbringen, dann wird man nach mir suchen! Eine Menge Leute wissen, dass ich hier bin!«

Karlsson schüttelte den Kopf. »Sie sind ein Dummkopf, Mister Coppelstone. Haben Sie wirklich geglaubt, Sie könnten uns schaden?«

»Wenn nicht ich, dann ein anderer!«, keuchte Coppelstone. Er war dem Wagen mit den Würmern schon ganz nahe. »Ich weiß, was hier vorgeht!«

»Narr«, sagte Karlsson kalt. »Sie haben ja nicht einmal eine Ahnung. Sie hätten am Leben bleiben können, wenn Sie auf die Warnungen gehört hätten, die man Ihnen zukommen ließ. Jetzt ist es zu spät!«

Und damit schlug er zu. Coppelstone *sah* den Hieb nicht einmal wirklich, so schnell bewegte sich der Vorschlaghammer, und dass er ihm entging, war reines Glück, und sonst nichts. Er warf sich in einer verzweifelten Bewegung zur Seite, prallte schmerzhaft mit der Hüfte gegen den Kühlergrill und stürzte zu Boden, und im gleichen Augenblick krachte Karlssons Hammer auf die Motorhaube des Ford, schlug eine gewaltige Delle hinein und zermalmte zugleich den Wurm, der darauf lag.

Karlsson schrie vor Wut und Enttäuschung auf und schwang seinen Hammer erneut, und Coppelstone trat im Liegen mit aller Gewalt nach seinem Knie.

Er traf. Karlsson heulte vor Schmerz und taumelte einen Schritt zurück, fand sein Gleichgewicht jedoch sofort wieder, aber die Zeit reichte Coppelstone, auf die Füße zu kommen. Er warf den Meißel nach Karlsson, doch der Schmied wich dem Werkzeug fast spielerisch aus. Obwohl Coppelstone mit aller Gewalt zugetreten hatte, humpelte er nicht einmal. Aber sein Gesicht war vor Hass zu einer Grimasse verzerrt, und in seinen Augen loderte die pure Mordlust.

»Karlsson!«, schrie Coppelstone. »Hören Sie auf! Das ist doch Wahnsinn!«

Natürlich reagierte der Schmied nicht darauf. Sein Hammer zischte erneut heran, diesmal in einer waagerechten, wie ein Sensenhieb geführten Bewegung. Coppelstone tat so, als wolle er dem Hieb ausweichen, machte dann aber im allerletzten Moment einen Schritt nach vorne und versuchte den Hammerstiel zu packen, um ihn Karlsson zu entreißen.

Ebenso gut hätte er wohl auch versuchen können, eine fahrende Dampflok mit bloßen Händen zum Entgleisen zu bringen. Ein grausamer Schmerz explodierte in seinen Händen, pulsierte durch seine Arme bis in die Schultern hinauf und breitete sich dann wie eine feurige Welle in seinem ganzen Körper aus. Er wurde von den Füßen gerissen, schlug einen kompletten Salto und landete mit markerschütternder Wucht auf dem Boden.

Auch Karlsson verlor, vielleicht durch die Wucht seines eigenen Hiebes, das Gleichgewicht und stürzte, doch diesmal würde Coppelstone die Atempause nicht mehr nutzen können. Er konnte sich nicht rühren. Seine Arme waren bis zu den Ellbogengelenken hinauf taub, und als er versuchte, sich zu bewegen, schoss ein so grausamer Schmerz durch seine Hüfte, dass er erneut gequält aufschrie. Für einen Moment wurde die Qual so unerträglich, dass er es fast als Erleichterung empfunden hätte, Karlsson mit seinem Hammer über sich auftauchen zu sehen.

Der tödliche Hieb, auf den er wartete, kam jedoch nicht. Coppelstone hatte jedes Zeitgefühl verloren, doch es mussten Minuten vergangen sein, in denen er halb besinnungslos dalag und darauf wartete, dass die Schmerzen nachließen und er wieder einigermaßen frei atmen konnte, bis er auch nur die Kraft fand, den Kopf zu drehen und nach Karlsson Ausschau zu halten.

Der Schmied lag zwei oder drei Meter neben ihm auf dem Rücken und gleich zwei der widerwärtigen Wurmgeschöpfe krochen über seinen Körper. Er stöhnte leise, und zugleich hörte Coppelstone ein furchtbares Schmatzen und Schlürfen. Offenbar war Karlsson direkt zwischen die Bestien gestürzt, als er das Gleichgewicht verlor.

Coppelstone versuchte sich aufzurichten. Seine Hüfte protestierte mit einem wütenden Schmerz, der jedoch nicht mehr annähernd so schlimm war wie zuvor, und seine Unterarme und Hände waren noch immer ohne jedes Gefühl, sodass es ihn mehrere Anläufe kostete, sich taumelnd in die Höhe zu stemmen. Mit zusammengebissenen Zähnen und weit nach vorne gebeugt, näherte er sich dem Schmied.

Karlsson lag mit weit offen stehenden Augen auf dem Rücken und war offensichtlich bei Bewusstsein, denn er stöhnte leise, und manchmal zuckten seine Mundwinkel. In seinem Blick stand eine Qual geschrieben, die die Grenzen des Vorstellbaren überstieg. Einer der beiden Würmer, die über ihn hergefallen waren, hatte seinen Saugrüssel in seine Brust versenkt, der des anderen steckte tief in Karlssons Oberschenkel. Coppelstone hörte erneut jenes furchtbare, schlabbernde Saugen, das er gerade schon vernommen hatte.

»Großer Gott!«, keuchte er entsetzt. »Karlsson, was …?!«

»Töten … Sie … mich!«, stöhnte Karlsson. »Ich flehe Sie an, Coppelstone, töten Sie mich!«

»Das kann ich nicht«, flüsterte Coppelstone. Das Entsetzen schnürte ihm schier die Kehle zu. »Ich werde Ihnen helfen!«

Die Worte waren weniger als eine fromme Lüge. Selbst wenn er eine Waffe gehabt hätte, um die Bestien zu erledigen, hätte sie ihm nichts genutzt, denn seine Hände weigerten sich noch immer, ihm zu gehorchen. Vielleicht waren sie gebrochen.

»Zu … spät«, stöhnte Karlsson. »Sie können … nichts mehr … für mich tun. Töten Sie mich, in Gottes Namen!«

Doch er konnte es nicht. Er hätte niemals einen Menschen töten können, nicht einmal, um ihn von seiner Qual zu erlösen. Alles, was er für Karlsson tun konnte, war, in seiner Nähe zu bleiben und ihm Worte des Trostes zuzusprechen, bis es vorüber war.

Es dauerte lange. Entsetzlich lange.

14

Die Kreaturen hatten sich zurückgezogen, nachdem sie ihr schreckliches Mahl beendet hatten, und auch die anderen waren eines nach dem anderen im Wald verschwunden. Sie hatten Coppelstone nicht belästigt. Nur ein einziges Mal hatte einer der Würmer seinen Schädel gehoben und mit seinem Saugrüssel in Coppelstones Richtung gezüngelt, jedoch gleich wieder das Interesse an ihm verloren, noch bevor es nötig gewesen wäre, sich zu wehren.

Der Wagen bot einen Anblick des Jammers. Er stand auf blanken Felgen da, und auch die Sitzbezüge und die Holzverkleidung des Armaturenbretts waren verschwunden. Er war über und über mit schwarzem, übel riechendem Schleim besudelt, der rasch zu einer festen Masse austrocknete, und Karlssons Hammerschlag hatte die Motorhaube tief eingebeult. Aus dem Kühler tropfte ölig verschmutztes Wasser, und wahrscheinlich hatte der Schlag im Inneren des Motorraums noch weitere, schlimmere Schäden angerichtet. Selbst wenn er seine Hände hätte bewegen können – was er auch nach einer halben Stunde immer noch nicht konnte –, würde er mit *diesem* Wagen nirgendwo mehr hinfahren.

Der Verlust des Ford verschlechterte seine Situation dramatisch. Mit dem Wagen wäre es eine Unternehmung von weniger als einer Stunde gewesen, in den nächsten Ort zu fahren, von wo aus er hätte Hilfe herbeirufen können. Zu Fuß und wahrscheinlich gejagt, denn er musste davon ausgehen, dass Karlsson nicht der Einzige war, der nach ihm suchte, hatte er kaum eine Chance, lebend dort anzukommen. Außerdem bereitete ihm das Gehen immer noch Mühe.

Es dauerte länger als eine Stunde, bis er sich weit genug erholt hatte, um den Weg zur Hauptstraße in Angriff zu nehmen. Der Schmerz in seiner Hüfte war in ein quälendes, aber erträgliches Pochen übergegangen, und endlich begann das Leben auch in seine Hände zurückzukehren; zuerst mit einem kribbelnden Gefühl, so als wären sie eingeschlafen, dann mit immer heftiger werdenden pochenden Schmerzen. Aber er konnte sie in den Gelenken drehen und auch die Finger bewegen, was ihm Anlass zu der Hoffnung gab, sich wenigstens keinen Knochen gebrochen zu haben.

Auf dem Weg zur Straße zurück überlegte er angestrengt, wohin er sich wenden sollte. Natürlich wäre es das Vernünftigste gewesen, zum nächsten Ort zu gehen. Aber der Tag war bereits weit fortgeschritten, und außerdem würden sie in *dieser* Richtung zuerst nach ihm suchen – und ihn, wie er sich eingestand, wahrscheinlich auch finden. Er war ein Stadtmensch, dem die Natur zwar nicht fremd, aber auch nicht annähernd so vertraut wie den Menschen hier war. Er hatte keine Chance, wenn er sich auf ein Versteckspiel im Wald einließ. Ihm selbst fiel zwar nichts auf, doch er war trotzdem sicher, dass die Einheimischen keine Mühe haben würden, seiner Spur zu folgen.

Magotty dagegen war nur gute zwei Meilen entfernt, und er erinnerte sich, dort mehrere Automobile gesehen zu haben. Der Gedanke, einen Wagen zu stehlen, war ihm nicht angenehm (er wusste nicht einmal, ob er es konnte), aber schließlich ging es um sein Leben, und vielleicht auch um das etlicher anderer.

Als er die Hauptstraße erreichte, schlug er deshalb den Weg nach Magotty ein. Er ging nicht auf der asphaltierten Straße, obwohl ihm seine geprellte Hüfte noch immer gehörige Schwierigkeiten bereitete und es vermutlich sehr viel leichter gewesen wäre, sondern parallel dazu durch den Wald, um nicht sofort gesehen zu werden. Auf diese Weise kam er noch langsamer voran. Obwohl die Entfernung nicht sehr groß war, erreichte er die letzte Hügelgruppe über Magotty erst eine knappe Stunde vor Sonnenuntergang.

Ein kleines Stück innerhalb des Waldes blieb er stehen, sodass er sich noch im Schutz des Unterholzes befand, den Ort jedoch gleichzeitig gut überblicken konnte. Von hier oben aus betrachtet, bot Magotty einen geradezu absurd normalen Anblick: Ein verschlafenes kleines Nest mit einer gerade dreistelligen Anzahl von Einwohnern, das nur aus einer einzigen Straße bestand, an der sich schmucke Häuser mit gepflegten Vorgärten und vielleicht nicht ganz so gepflegten, aber immer noch ordentlichen Hinterhöfen reihten. Er sah einige wenige Passanten, die ihrer Wege gingen oder auch beieinander standen und redeten, und die beiden gleichen Automobile wie am Vortag. Sie schienen sich nicht von der Stelle gerührt zu haben. Falls es ihm gelang, die Zündung kurzzuschließen, dürfte es kein Problem darstellen, eines davon zu stehlen.

Vor Einbruch der Dunkelheit jedoch konnte er nichts tun, und wahrscheinlich war er auch gut beraten, mindestens noch eine weitere Stunde verstreichen zu lassen, nachdem das letzte Licht in den Häusern dort unten erloschen war. Er hoffte, dass den Magottylern in dieser Hinsicht die Angewohnheit der meisten Landbewohner zu eigen war, sich sehr zeitig schlafen zu legen.

Er unterzog Magotty einer zweiten, aufmerksamen Musterung, und nun, wo er wusste, wonach er zu suchen hatte, entdeckte er es fast augenblicklich: Überall in und ringsum den Ort schnitten schwarze, sinnlos gewundene Linien durch Gras und Unterholz. Viele waren mehrfach unterbrochen und endeten jäh, manche aber begannen auch im Wald und schlängelten sich bis nahe an die Stadt heran. Und wenn er diese Linien in Gedanken verlängerte, dann endeten sie alle an dem gleichen Punkt.

Der Kirche.

Coppelstone fragte sich, ob sie Ausgangs- oder Endpunkt der Schneckenspuren war, hatte jedoch keine Möglichkeit, diese Frage zu entscheiden. Es spielte auch keine Rolle, dachte er grimmig. Er würde diesem Spuk ein Ende bereiten, sobald er von hier wegkam.

Er begann sich schläfrig zu fühlen. Bisher hatten ihn die Aufregung und das Laufen wach gehalten, nun jedoch spürte er deutlich die hinter ihm liegenden Strapazen. Außerdem hatte er Hunger und einen fast unerträglichen Durst. Gegen beides konnte er nichts tun, aber dennoch beschloss er, erst einmal eine Pause einzulegen. Er zog sich ein kleines Stück tiefer in den Wald zurück, lehnte sich mit dem Rücken gegen einen Baum und schloss die Augen. Er wagte es nicht einzuschlafen, aus Angst davor, entdeckt zu werden, aber auch, dass die Alpträume der vergangenen Nacht wiederkamen, dämmerte jedoch ein wenig vor sich hin, bis sich der Himmel über dem Wald allmählich grau zu färben begann. Sein Durst war noch quälender geworden, aber die Ruhe hatte ihm doch spürbar gut getan. Er spürte seine Hüfte kaum noch, und auch die Schmerzen in seinen Händen hatten ein wenig nachgelassen. Er stand auf, ging wieder zum Waldrand und musste zu seiner Bestürzung gleich zwei unangenehme Entdeckungen machen.

In Magotty waren jetzt wesentlich mehr Menschen auf der Straße als vorhin, und die beiden Automobile waren nicht mehr da. Die Menge, die er beobachtete, wirkte sehr aufgeregt, und nicht wenige Männer trugen Gewehre bei sich.

Es dauerte nur einen Augenblick, bis ihm die wahrscheinlichste Erklärung für das einfiel, was er da beobachtete: Sie hatten Karlssons Leiche gefunden und damit auch ganz automatisch den Wagen – womit ihnen klar sein musste, dass er sich noch irgendwo in der Nähe aufhalten musste. Wahrscheinlich waren sie gerade dabei, eine Suchmannschaft zusammenzustellen. Er konnte nur hoffen, dass sie auf sein Täuschungsmanöver hereinfielen und in der eigentlich logischen Richtung nach ihm suchten, nämlich etliche Meilen die Straße hinab und fort von Magotty. Und dass sie keine Hunde hatten.

Der Gedanke hallte ein paarmal hinter seiner Stirn wider, als hätte er noch eine andere, tiefere Bedeutung. Vielleicht hatte er das auch. Wenn er es recht bedachte, hatte er bisher in Magotty überhaupt noch keine Hunde gesehen. Dabei gehörte das Gekläff der Straßenköter normalerweise so zum Bild einer ländlichen Kleinstadt wie dieser wie die weiß gestrichenen Lattenzäune und das Büro des Sheriffs. Aber ... ja, er war jetzt sicher, gestern und heute weder ein Bellen gehört, geschweige denn einen Hund gesehen zu haben. Und auch keine Katze. Möglicherweise gab es in Magotty keine Haustiere. Er betete, dass es so war.

Während die Sonne allmählich unterging, beobachtete er die Menge in Magotty aufmerksam weiter. Viele von ihnen hatten Fackeln mitgebracht, die sie nun nach und nach anzündeten, sodass er trotz der hereinbrechenden Dunkelheit genau erkennen konnte, was sich unter ihm abspielte.

Für eine Weile änderte sich nichts. Die Männer (ihm fiel erst jetzt auf, dass es ausnahmslos Männer waren) standen weiter in kleinen Gruppen herum und debattierten aufgeregt, dann jedoch öffnete sich die Tür des Sheriffbüros, und Buchanan trat heraus. Er blieb auf der obersten der drei Stufen stehen, die zur Tür hinaufführten, und hob die Arme, woraufhin sich die Menge vor ihm zu versammeln begann. Natürlich konnte Coppelstone nicht verstehen, was er sagte, doch es gehörte nicht besonders viel Fantasie dazu zu erraten, was Buchanan tat: Er stellte verschiedene Gruppen zusammen, die die Umgebung nach ihm absuchen sollten.

Coppelstone verspürte ein Frösteln eisiger Furcht. Der Anblick der Menge dort unten erinnerte ihn an nichts so sehr wie an einen Lynchmob, und genau genommen war es das auch. Er zweifelte nicht daran, dass diese Männer kurzen Prozess mit ihm machen würden, wenn er ihnen in die Hände fiel.

Plötzlich hörte er Motorengeräusche. Er wandte den Blick und sah die Scheinwerfer von drei, schließlich vier Automobilen, die sich dem Ort aus nördlicher Richtung näherten. Es waren die beiden Wagen, die er schon zuvor gesehen hatte, und zwei große Lastwagen mit offenen Pritschen. Er gewahrte ein paar Schatten auf der Ladefläche, konnte sie jedoch nicht identifizieren, doch als sie sich Buchanan und der wartenden Menge näherten und schließlich anhielten, hörte er einen Laut, der sein Herz erschrocken schneller schlagen ließ: Hundegebell.

Für einen Moment drohte er in Panik zu geraten. Alles in ihm schrie danach, einfach herumzufahren und davonzustürzen, so schnell er nur konnte, doch der kleine, verbliebene Rest von klarem Denken sagte ihm auch, dass dies vermutlich sein sicheres Todesurteil gewesen wäre. Wenn er überhaupt noch eine Chance haben wollte, musste er abwarten und sehen, was Buchanan und seine Männer taten.

Er musste sich nicht lange gedulden. Buchanan gab heftig gestikulierend Anweisungen, woraufhin sich die Menge in verschieden große Gruppen aufteilte. Etwa dreißig Männer stiegen in die Wagen und verließen in raschem Tempo die Stadt, der Rest entzündete noch mehr Fackeln und begann, immer aufgeteilt in Gruppen von fünf oder sechs, sternförmig auszuschwärmen. Offenbar hatte Buchanan zumindest die Möglichkeit einkalkuliert, dass er nicht in die scheinbar einzig logische Richtung geflohen war. Coppelstone begann sich einzugestehen, dass er den Sheriff unterschätzt hatte.

Mindestens zwei der Suchtrupps bewegten sich unangenehm direkt auf ihn zu. Coppelstone dachte einen kurzen Moment lang daran wegzulaufen, entschied sich aber dann anders. Es hatte keinen Sinn, einfach in den Wald hineinzustürmen, noch dazu in der Dunkelheit. Er brauchte ein Versteck.

Suchend sah er sich um, musterte zwei, drei dichte Büsche, die ihm ausreichend erschienen, zumindest bei den herrschenden Lichtverhältnissen ein passables Versteck abzugeben, verwarf dann aber den Gedanken wieder und entschied sich dafür, auf einen Baum zu steigen. Die Suchtrupps kamen schnell näher. Der eine war nach links ausgewichen und würde weit an seiner Position vorübergehen, der andere jedoch hielt nun direkt auf ihn zu. Ihm blieb nicht viel Zeit.

Er entschied sich für eine Eiche, deren Stamm auf den unteren zwanzig Fuß zwar sehr glatt und fast ohne Äste war, die dafür jedoch eine umso größere, dicht belaubte Krone hatte. Die pure Angst verlieh ihm eine Geschicklichkeit und Kraft, die er normalerweise gar nicht gehabt hätte. Seine Hände taten so weh, dass ihm die Tränen in die Augen stiegen, aber er kletterte trotzdem verbissen und sehr rasch weiter und stieg bis hoch in die Krone hinauf. Das Blattwerk war hier oben so dicht, dass er Mühe hatte, den Boden zu erkennen. Von unten aus war er vermutlich vollkommen unsichtbar.

Nur kurze Zeit später beglückwünschte er sich zu seiner Entscheidung, sich nicht im Gebüsch versteckt zu haben. Die Männer durchsuchten den Wald unter ihm sehr gründlich und stocherten in jedem Busch, der auch nur annähernd groß genug war, einen Menschen zu verbergen. Es dauerte lange, bis das Licht ihrer Fackeln unter ihm nicht mehr sichtbar war, und noch länger, bis ihre Stimmen in der Nacht verklangen. Coppelstone ließ zur Vorsicht zwei oder drei Minuten verstreichen, dann kletterte er wieder von seinem Baum hinab.

Ihm blieb nicht viel Zeit. Es war leicht, sich auszurechnen, wohin die Wagen mit den Hunden gefahren waren: zu der Stelle im Wald, an der er den Ford zurückgelassen hatte. Dort konnten die Hunde seine Spur aufnehmen, der sie zweifellos unverzüglich folgen würden. Vermutlich waren sie jetzt schon fast dort, und er glaubte nicht, dass sie wesentlich mehr als eine Stunde brauchen würden, um herzukommen.

Bedauerlicherweise wusste er immer noch nicht, wohin er fliehen sollte. Er hatte kurz mit dem Gedanken gespielt, in Richtung Eborat zu laufen, ihn aber rasch wieder verworfen. Zum einen war die Strecke viel zu weit; selbst wenn er nicht verletzt und es heller Tag gewesen wäre, hätte ihn die Meute eingeholt, noch bevor er auch nur die halbe Entfernung zurückgelegt hätte – ganz zu schweigen von der Gefahr, unterwegs einem der anderen Suchtrupps geradewegs in die Arme zu laufen. Zum anderen wollte er die Menschen in Eborat nicht noch mehr in Gefahr bringen, als er es ohnehin schon getan hatte. Er hatte mit eigenen Augen gesehen, wie rücksichtslos Buchanan und seine Helfer vorgingen.

Er registrierte eine Bewegung unten im Ort, sah

automatisch hin und runzelte überrascht die Stirn. Nachdem die Suchmannschaften gegangen waren, war es in Magotty dunkel geworden. Nur in den wenigsten Häusern brannte Licht. Nun aber öffneten sich beinahe gleichzeitig ein gutes Dutzend Türen, und Gestalten mit brennenden Fackeln traten ins Freie. Er konnte nicht entscheiden, ob es Männer oder Frauen waren oder ob sich Buchanan unter ihnen befand, denn sie trugen die gleichen, mit spitzen Kapuzen ausgestatteten Kutten, wie er sie schon am frühen Morgen gesehen hatte. Sie versammelten sich in der Mitte der Straße, stellten sich hintereinander in einer Reihe auf und begannen mit gemessenen Schritten auf das jenseitige Ende der Stadt zuzugehen.

Coppelstone ahnte augenblicklich, wo das Ziel der unheimlichen Prozession lag. Es war die Kirche. Sie verschwanden nacheinander darin. Er konnte das Licht der Fackeln noch für einen kurzen Moment als trüben Schein durch die schmutzstarrenden Fenster erkennen, dann erlosch es.

Hinter Coppelstones Stirn begann ein tollkühner Plan Gestalt anzunehmen. Er hatte ohnehin praktisch keine Chance, den Hunden und der Suchmannschaft zu entkommen, und er konnte auch nicht ernsthaft damit rechnen, sich noch einmal auf einem Baum vor seinen Verfolgern verbergen zu können. Spätestens die Hunde würden ihn aufspüren, und dann würde sich der Mob wahrscheinlich darum prügeln, wer ihn vom Baum schießen durfte.

Warum also sollte er nicht den Männern in den dunklen Kutten folgen, die mittlerweile in der Kirche verschwunden waren? Die Kirche schien keine weitere Funktion zu haben, als den Einstieg in eine fremdartige und grausige Unterwelt zu verbergen; und er ahnte mit tödlicher Sicherheit, dass die Prozession bereits durch den Tunnel in der Kirche hinab auf dem Weg zu dem grausigen Geheimnis war, das er hatte ursprünglich ergründen wollen und das immer noch eine morbide Art der Faszination auf ihn ausübte. Zwar erfüllte ihn allein der Gedanke daran, noch einmal in diesen unheimlichen Tunnel hinabzusteigen, mit kalter, beklemmender Furcht, aber zumindest um die Hunde brauchte er sich dort unten keine Sorgen mehr zu machen. Sie würden sich nicht einmal in die Nähe der Kirche wagen; und selbst wenn, so mussten sie in dem entsetzlichen Gestank, der dort herrschte, sofort jede Witterung verlieren.

Außerdem hatte er ohnehin keine große Wahl.

Er überzeugte sich aufmerksam davon, dass niemand in seiner Nähe war, der ihn vielleicht durch einen dummen Zufall entdecken mochte, sobald er sein Versteck verließ, dann trat er aus dem Wald heraus und lief geduckt den Hang hinab. Er konnte die Straße nicht nehmen, sodass er den Ort, sich immer dicht am Waldrand haltend, in großem Bogen umging und sich zehn Minuten später der Kirche von der Rückseite aus näherte.

Wie er gehofft hatte, war die Tür, die er am frühen Morgen aufgebrochen hatte, noch nicht wieder repariert worden. Jemand hatte eine Latte quer darübergenagelt, damit sie nicht im Wind schlug, doch es bereitete ihm trotz seiner verletzten Hände keine sonderliche Mühe, sie abzureißen.

Zu seinem großen Bedauern hatte er diesmal keine Lampe dabei, doch was er in dem schwachen Licht sah, das von außen hereinfiel, zeigte ihm, dass Buchanans Leute nicht untätig gewesen waren. Nicht nur der tote Wurm, sondern auch die zusammengebrochenen Bänke und der vermoderte Altar waren entfernt worden. Coppelstone war sicher, dass hier in wenigen Tagen eine ganz normale, schmucke kleine Kirche stehen würde.

Er zog die Tür hinter sich zu und tastete sich blind und mit weit vorgestreckten Händen zur Sakristei und dem Vorhang an ihrem Ende. Der Gestank erschien ihm fast noch schlimmer als bisher. Er nahm ihm augenblicklich den Atem, und in seinem Magen erwachte ein quälendes Gefühl der Übelkeit. Trotzdem war er fast froh darüber. Kein Hund der Welt würde sich *hierher* wagen.

Behutsam schlug er den Vorhang zur Seite. Der Geruch wurde noch schlimmer, doch er sah auch das rötliche Flackern weit entfernten Fackelscheins, und als er lauschte, glaubte er Stimmen zu hören. Er konnte die Worte nicht verstehen, aber der Klang war … seltsam.

Das Licht begann schwächer zu werden, und Coppelstone beeilte sich, vollends durch den Vorhang zu treten und die Treppe hinabzusteigen. Auf der letzten Stufe zögerte er noch einmal, nahm aber dann all seinen Mut zusammen und trat entschlossen in den Tunnel hinein.

Zur Linken herrschte absolute, vollkommene Dunkelheit. Der Tunnel konnte sich dort noch zehn Schritte weit erstrecken, oder auch zehn Meilen. Auf der anderen Seite jedoch gewahrte er rötlichen Feuerschein, in dessen Flackern er die Umrisse dunkler, spitze Kapuzen tragender Gestalten ausmachen konnte, die sich langsam entfernten. Ihre Stimmen waren jetzt lauter, aber immer noch nicht deutlicher zu verstehen, und eigentlich klang es auch eher wie ein Gesang, düster, atonal und in einer Sprache, die er noch nie zuvor gehört hatte, deren bloßer Klang ihm jedoch Unbehagen bereitete.

Er schätzte, dass die Männer ungefähr drei- oder vierhundert Schritte vor ihm waren; weit genug also, dass sie seine Schritte nicht hören konnten. Und die vollkommene Dunkelheit, die ihn umgab, gab ihm auch zuverlässigen Schutz vor jeder Entdeckung.

Coppelstone löste sich endgültig von seinem Platz und folgte der unheimlichen Prozession.

15

Der Weg war länger, als Coppelstone erwartet hatte. Sehr, sehr viel länger. Um nicht vollends die Orientierung zu verlieren, hatte er angefangen, seine Schritte zu zählen, war jedoch das erste Mal bei fünfhundert und das zweite Mal ein gutes Stück jenseits der Tausend durcheinander gekommen und hatte es schließlich aufgegeben. Alles in allem schätzte er, dass er gute zwei oder auch drei Meilen zurückgelegt haben musste, bevor die Prozession endlich anhielt.

Sein Erstaunen über diesen unterirdischen Tunnel wuchs mit jedem weiteren Schritt. Dieses Gebilde konnte auf keinen Fall natürlichen Ursprunges sein, denn es war vollkommen ebenmäßig geformt; ein perfektes Rund mit einem Durchmesser von gut fünfzehn Fuß, dessen Wände so glatt wie polierter Marmor waren und sich so hart anfühlten wie Glas. Weiter vorne, wo die Kuttenträger waren, warfen sie das Licht der Fackeln in verwirrenden Reflexen zurück, was den Tunnel mit unentwegter Bewegung und tanzenden Schatten zu erfüllen schien, und die gekrümmten Wände hatten auch eine eigenartige akustische Wirkung. Sie fingen jeden noch so winzigen Laut auf und warfen ihn vielfach verstärkt, doch zugleich auch auf unheimliche Weise verzerrt und gebrochen, zurück, als hätten Töne hier eine andere Wirkung als in der Welt außerhalb dieses Stollens.

Coppelstone musste sich jedoch keine Sorgen machen, dass ihn das Geräusch seiner Schritte eventuell verriet. Die Kuttenträger hatten die ganze Zeit über nicht in ihrem Gesang innegehalten. Er konnte immer noch nicht verstehen, was die Worte bedeuteten, war aber mittlerweile zu der Auffassung gelangt, dass es sich nicht nur um sinnlose Laute handelte, wie er im ersten Moment angenommen hatte. Vielmehr *war* es eine Sprache, wenn auch eine, die kaum menschlich klang; ja, nicht einmal, als wäre sie für menschliche Sprachwerkzeuge gedacht.

War das vielleicht die wahre Erklärung für alles, was er hier sah und erlebte? Reeves' Worte waren ihm die ganze Zeit über nicht vollends aus dem Sinn gegangen: Dinge, die schon da waren, lange bevor es Menschen gab … Was, überlegte er, wenn der Reverend mit dem, was er, Coppelstone, in diesem Moment noch für abergläubisches Gerede gehalten hatte, der Wahrheit näher gekommen war, als er vielleicht selbst ahnte? Dieser Tunnel war eindeutig zu groß, um von Buchanan und den Leuten aus Magotty angelegt worden zu sein. Selbst mit vereinten Kräften hätten sie Jahrzehnte dazu gebraucht, gar nicht davon zu reden, dass sich Coppelstone kein Werkzeug vorstellen konnte, mit dem man Felsgestein so perfekt bearbeiten konnte, wie es hier geschehen war. Was also, wenn dies tatsächlich die Hinterlassenschaft einer uralten, vielleicht nicht einmal menschlichen Kultur war, die vor Äonen untergegangen war und auf deren Reste die ersten Siedler gestoßen waren, die in dieses Land kamen?

Coppelstone hatte niemals an Geschichten von Atlantis, Mu oder Lemuria geglaubt, und er gehörte nicht einmal zu denen, die ernsthaft daran glaubten, dass es auf anderen Himmelskörpern Leben geben konnte. Für ihn war die göttliche Schöpfung etwas Einmaliges und bisher jeder Gedanke daran, dass es noch etwas anderes, möglicherweise sogar Größeres geben mochte, einfach grotesk. Doch was er hier sah – er fand keine wirkliche Erklärung dafür. Zumindest keine, die er im Augenblick akzeptieren konnte.

Aber schließlich war er ja auch hier, um dieses Rätsel zu lösen.

Coppelstone war so sehr in seine Gedanken versunken, dass ihm zuerst gar nicht auffiel, dass die Prozession vor ihm angehalten hatte. Er blieb erst stehen, als er sich ihr bis auf weniger als fünfzig Schritte genähert hatte – immer noch gute dreißig Schritte außerhalb des Bereiches flackernder roter Helligkeit, den die Fackeln aus der ewigen Nacht hier unten rissen, und nicht in Gefahr, entdeckt zu werden, aber doch nahe genug, um jetzt mehr Einzelheiten zu erkennen. So sah er zum Beispiel, dass die Tunnelwände nicht ganz so gleichmäßig waren, wie er bisher geglaubt hatte: Hier und da gab es kleinere, ebenfalls kreisrunde

Stollen, die im rechten Winkel in den Haupttunnel mündeten, manche nur einen Fuß im Durchmesser, andere aber auch groß genug, dass ein Mensch gebückt hineintreten konnte. Offensichtlich befand er sich nicht einfach in einem Stollen, sondern im Herzen eines ganzen Tunnellabyrinths, das sich meilenweit unter der Erde erstreckte.

Vorsichtig bewegte er sich näher. Die unheimliche Wirkung des Gesangs nahm zu, als er den Männern näher kam. Und er begann sich fast körperlich unwohl zu fühlen. Trotzdem schlich er weiter, bis er den Rand des erhellten Bereiches fast erreicht hatte. Er wollte wissen, ob sich Buchanan unter den Männern vor ihm befand.

Er konnte ihre Gesichter jedoch nicht erkennen, denn sie hatten die Kapuzen so weit nach vorne gezogen, dass darunter nur Schwärze zu sehen war. Immerhin erkannte er nun, dass ihre Kutten nicht so schmucklos waren, wie er bisher angenommen hatte, sondern über und über mit dünnen, goldfarbenen Fäden bestickt, auf denen sich das gleiche Muster wiederholte, das er schon in der Kirche in Magotty und später auf dem Vorhang in der Sakristei gesehen hatte. Zumindest über eines glaubte er mittlerweile Klarheit zu haben: Die Einwohner Magottys huldigten irgendeinem heidnischen Kult, dessen Riten so schrecklich zu sein schienen, dass sie sich hierher, tief unter die Erde, verkrochen, um sie zu praktizieren. Und wie ihm Karlsson bewiesen hatte, waren sie sogar bereit zu töten, um ihr Geheimnis zu bewahren.

Nach einer geraumen Weile bewegte sich die Prozession weiter. Coppelstone folgte ihr nun in geringerem Abstand und konzentrierte sich nicht nur allein auf die Männer, sondern auch auf die Tunnelwände. Er entdeckte mehr und mehr der runden, unterschiedlich großen Löcher, kam jedoch mindestens einmal auch an einer Öffnung vorbei, die offensichtlich nachträglich geschaffen worden war. Sie war unregelmäßig geformt und gute anderthalb Meter hoch, und als er sie passierte, glaubte er Geräusche und ferne, menschliche Stimmen zu hören.

Der Weg war jetzt nicht mehr weit. Nach weiteren zwei- oder dreihundert Schritten erreichten sie das Ende des Tunnels. Es stellte sich als große Enttäuschung für Coppelstone heraus, denn statt des großen Geheimnisses erblickte er nur eine glatte, nach innen gewölbte Wand von der Farbe gebleichter Knochen, die den Stollen vollkommen abschloss. Die zwölf Männer nahmen in geringem Abstand davor Aufstellung. Ihr Gesang veränderte sich, und sie begannen seltsame, fast grotesk anmutende Bewegungen mit den Händen in die Luft zu zeichnen.

Coppelstone war enttäuscht. Während er den Männern hierher gefolgt war, hatte er nicht nur die Gefahr beinahe vergessen, in der er immer noch schwebte, vielmehr hatte beinahe so etwas wie Abenteuerlust von ihm Besitz ergriffen. Aber er war nicht hierher gekommen, um einem Dutzend Verrückter dabei zuzusehen, wie sie eine Wand anbeteten.

Trotzdem wartete er noch eine geraume Weile ab, gespannt darauf, was diesem merkwürdigen Singsang folgen würde. Aber es blieb alles beim Alten. Die Männer fuhren monoton mit ihrem Gesang und Gestöhne fort, und er hatte das unangenehme Gefühl, dass sie das möglicherweise noch bis zum nächsten Morgen tun würden – was sich mit seiner Beobachtung von heute früh decken würde, als er eine Gruppe beobachtet hatte, die bei Dämmerung die Kirche verließ.

Er dachte an den Seitengang, an dem er vorübergekommen war. Er war mittlerweile sicher, dass es menschliche Stimmen gewesen waren, die er hörte. Zwar war der Gang vollkommen dunkel gewesen, doch er musste ja nicht weit hineingehen. Schlimmstenfalls gab er ein passables Versteck ab, in dem er warten konnte, bis die Männer in den Kutten an ihm vorübergegangen waren, um ihnen zurück zur Kirche zu folgen. Coppelstone machte sich auf den Rückweg. Es war nicht leicht, den Gang wiederzufinden. Er tastete sich mit der Rechten an der Tunnelwand entlang, doch seine Finger stießen oft genug ins Leere, und er musste mühsam dem Verlauf der Kante vor sich folgen, nur um festzustellen, dass sie ein perfektes Rund bildete.

Schließlich jedoch fand er, wonach er suchte: eine Öffnung, die größer als die meisten anderen war und unregelmäßiger geformt. Seine suchenden Finger tasteten über die Spuren von Meißeln und anderen, gröberen Werkzeugen, die den Stein bearbeitet hatten, und nachdem er gebückt den Stollen betreten hatte, hörte er auch wieder die Stimmen und dazu ein Durcheinander der unterschiedlichsten anderen Geräusche. Vor ihm waren entweder sehr viele Menschen, oder er hatte einen anderen Ausgang aus diesem unterirdischen Labyrinth gefunden.

In absoluter Dunkelheit bewegte er sich weiter. Nachdem er sich das dritte Mal den Kopf an einem Stein gestoßen hatte, der aus der grob behauenen Decke ragte, kam er endlich auf die Idee, eine Hand in Kopfhöhe auszustrecken und etwas langsamer zu gehen.

Nach ungefähr dreißig Schritten machte der Tunnel einen rechtwinkeligen Knick, und als er ihm folgte, sah er Licht. Es war jedoch kein Tageslicht, sondern ein bleicher, grünlicher Schein, und er kam auch nicht vom Ende des Tunnels, sondern aus einem gut zwei Fuß messenden, kreisrunden Loch im Boden. In dem blassen Licht, das von den Wänden reflektiert wurde, sah er, dass es nicht das einzige Loch war. Der Boden war geradezu übersät mit unterschiedlich großen Öffnungen. Es war pures Glück, dass er bisher nicht in eine dieser Fallgruben hineingetreten war und sich verletzt hatte.

Vorsichtig näherte er sich der Öffnung, ließ sich auf Hände und Knie herab und spähte hinein. Der

Schacht war vielleicht zwanzig Fuß tief und endete ungefähr zehn Fuß über dem Boden eines anderen Tunnels. Die Stimmen kamen von dort unten.

Allerdings schien es keine Möglichkeit zu geben, in diesen anderen Gang hinabzugelangen. Die Distanz war entschieden zu groß, um zu springen, und es gab nichts, woran er sich festhalten konnte. Die Wände des Schachtes waren so glatt, als wären sie in den Fels hineingeschmolzen worden.

Coppelstone überlegte eine geraume Weile. Er hätte zurückgehen können, aber das hätte wahrscheinlich bedeutet, dass er die gesamte Nacht auf die Rückkehr der Prozession warten musste – und außerdem unverrichteter Dinge wieder nach Magotty zurückkehrte, was seine Situation auch nicht unbedingt verbesserte. Und er musste dieses Rätsel lösen. Möglicherweise hing sein Leben davon ab.

Coppelstone drehte sich um, stemmte die Füße gegen die gegenüberliegende Wand des Schachtes und ließ sich vorsichtig hineingleiten. Wie ein Bergsteiger, der einen Kamin erklimmt, indem er sich mit Beinen und Rücken abstützt, glitt er Stück für Stück weiter in die Tiefe; eine Fortbewegungsart, die überraschend gut funktionierte, aber auch enorm viel Kraft kostete.

Das letzte Stück des Weges musste er wohl oder übel springen. Er hatte sich verschätzt, als er den Tunnel von oben betrachtet hatte: Sein Durchmesser betrug nicht zehn, sondern mindestens fünfzehn Fuß, und er war ebenso glatt und perfekt geformt wie der Stollen, dem er oben gefolgt war.

Coppelstone zögerte. Fünfzehn Fuß in die Tiefe zu springen war mehr, als er sich zutraute, doch er hatte keine Wahl. Seine Kraft reichte nicht aus, um auf die gleiche Weise wieder nach oben zu klettern. Er atmete noch einmal tief ein und ließ los.

Er kam auf beiden Füßen auf, ließ sich nach vorne kippen und zehrte die größte Wucht des Aufpralles mit einer anderthalbfachen Rolle auf. Hastig sprang er wieder hoch, machte zwei rasche Schritte und blieb schwer atmend stehen. Ihm war ein wenig schwindelig, und in seinen Fußknöcheln war ein leicht taubes Gefühl, aber im Großen und Ganzen schien er den Sturz halbwegs unbeschadet überstanden zu haben.

Der Gang war in beiden Richtungen von jenem sonderbaren, phosphoreszierenden grünen Licht erfüllt, das er von oben gesehen hatte. Es stammte von zahllosen Flecken einer sonderbaren, moosartigen Flechte, die die Wände überzog wie leuchtender Ausschlag. Coppelstone hatte davon gehört, dass es gewisse Moosarten geben sollte, die im Dunkeln leuchteten, sie aber noch nie mit eigenen Augen gesehen. Er hätte sich auch nicht vorstellen können, dass ihr Leuchten so intensiv war. Das Licht, das den Tunnel erfüllte, war hell genug, um ein Buch lesen zu können.

Die Stimmen waren lauter geworden. Coppelstone sah zu seiner Erleichterung keine anderen

Menschen, gewahrte jedoch in beiden Richtungen eine Anzahl weiterer, großer Öffnungen in den Tunnelwänden. Er entschied sich willkürlich dafür, nach links zu gehen, und spähte in die erste hinein.

Er hatte einen weiteren Gang erwartet, doch was er sah, versetzte ihn in großes Erstaunen. Auf der anderen Seite der Wand lag eine große, unregelmäßig geformte Höhle, deren Wände ebenfalls mit der leuchtenden Flechte bedeckt waren.

Sie war nicht leer. Er entdeckte einige direkt aus dem Felsen herausgemeißelte Absätze, die offensichtlich als Bettstellen dienten, denn er sah Decken und Kissen darauf – auch wenn es sich eigentlich eher um zerschlissene Lumpen handelte. Auch überall sonst gewahrte er Spuren von menschlicher Anwesenheit: Kleider, Geschirr, Essensreste und andere Dinge. Von den Bewohnern dieser sonderbaren Behausung war jedoch keine Spur zu entdecken. Coppelstone war nicht unbedingt unglücklich darüber.

Er warf noch einmal einen aufmerksamen Blick in beide Richtungen hinter sich, dann trat er vollends in die Höhle hinein und begann sie gründlich zu durchsuchen. Sehr viel gab es allerdings nicht, was eines genaueren Hinschauens wert gewesen wäre. Er fand nur ein paar alte Lappen, etliche grob aus Holz gefertigte Teller und Becher und eine primitive Feuerstelle, außerdem in einer kleineren, aus einer der Seitenwände herausgemeißelten Höhle ein Loch im Boden, das offensichtlich als Toilette diente. Wenn hier tatsächlich Menschen lebten, dann vegetierten sie eher wie Tiere.

Er hörte ein Geräusch, fuhr herum und prallte entsetzt zurück. Eine Gestalt war in die Höhle getreten; vielleicht einer ihrer eigentlichen Bewohner – aber Coppelstone war im ersten Moment nicht einmal sicher, ob es überhaupt ein *Mensch* war.

Der Mann trug einen langen, verfilzten Bart und Haar, das bis zu den Hüften herabreichte. Er war in schmutzstarrende Fetzen gekleidet, und er war so schlimm verkrüppelt, dass sich Coppelstone fragte, wie er so überhaupt leben konnte. Alle seine Glieder waren unterschiedlich lang und dick und was unter den Lumpen von seiner Haut sichtbar blieb, das war mit großen, hässlichen Geschwüren übersät. Er konnte sich kaum bewegen, sondern schleppte sich nur mühsam humpelnd vorwärts. Sein Gesicht sah noch schlimmer aus als das Morrisons, und in der rechten Hand trug er eine schwarze Eisenstange mit einer faustgroßen Kugel an einem Ende. Als er Coppelstone erblickte, blieb er stehen und riss verblüfft die Augen auf.

Coppelstone erwachte endlich aus seiner Erstarrung, rannte los und stürzte an der Albtraumgestalt vorbei aus der Höhle. Der Mann wollte nach ihm greifen, aber Coppelstone wich seiner missgestalteten Hand mit einer raschen Bewegung aus. Mit weit ausgreifenden Schritten wandte er sich nach links und rannte ein gutes Stück, ehe er es zum ersten Mal wagte, auch nur einen Blick über die Schulter zurückzuwerfen.

Verblüfft blieb er stehen. Der Mann war verschwunden. Weder versuchte er ihm zu folgen, noch schien er Alarm geschlagen zu haben, was das Mindeste gewesen wäre, womit Coppelstone gerechnet hatte. Ganz im Gegenteil schien er einfach in seine Behausung zurückgegangen zu sein und jegliches Interesse an ihm verloren zu haben.

Coppelstone sah sich mit klopfendem Herzen um. In dem bleichen grünen Schein, der alle Farben aufzehrte, war es schwer, Entfernungen abzuschätzen, doch der Stollen setzte sich ohnehin in beiden Richtungen weiter fort, als er sehen konnte. Er erblickte Dutzende weiterer Durchgänge. Wenn sich hinter jedem eine weitere Wohnhöhle verbarg, dann musste dies eine regelrechte unterirdische Stadt sein.

Er trat auf den nächsten Durchgang zu, um seine Theorie zu überprüfen. Dahinter lag jedoch kein weiterer Wohnraum, sondern der Beginn einer steil nach unten führenden Treppe, die vielleicht zwanzig oder dreißig Stufen lang war. Verwirrende Geräusche und der Klang zahlreicher menschlicher Stimmen schlugen ihm aus der Tiefe entgegen.

Er ging die Treppe hinunter und fand sich in einem winzigen, kaum anderthalb Meter hohen Raum, in dessen Seitenwand ein schmaler Spalt klaffte, der in eine weitere, offenbar sehr viel größere Höhle führte. Mit einiger Mühe quetschte er sich hindurch ... und blieb wie vom Donner gerührt stehen.

Die Höhle, die sich unter ihm ausbreitete, war gigantisch. Selbst das größte Gebäude, das Coppelstone jemals gesehen hatte, hätte spielend darin Platz gefunden und obwohl Coppelstone ungefähr auf der Hälfte ihrer Höhe herausgekommen war, erhob sich ihre Decke mindestens noch einmal achtzig bis hundert Fuß über seinem Kopf.

Auf ihrem Boden erhoben sich die Ruinen einer bizarren, uralten Stadt.

Einst musste sie gigantisch gewesen sein. Die meisten Gebäude waren in sich zusammengefallen, viele zu wirren Steinhaufen ohne erkennbare Form, doch die wenigen, die stehen geblieben waren, boten selbst als halb verfallene Ruinen noch einen beeindruckenden Anblick. Beeindruckend, majestätisch und unheimlich zugleich, denn Coppelstone war auf den ersten Blick klar, dass diese Gebäude nicht von Menschen errichtet worden waren. Alles an ihnen war unvorstellbar groß und von zyklopischen Dimensionen, als wäre es für Riesen gedacht, und die Stadt wirkte in ihrer Gesamtheit ... verzerrt. Die Linien, Winkel und Rundungen schienen allesamt falsch, ohne dass er genau sagen konnte, wieso. Kein Fenster glich dem anderen, keine Tür war ebenso hoch oder breit wie die benachbarte, und es schien Winkel mit mehr als dreihundertsechzig und Parallelen mit weniger als null Grad zu geben. Es war, als wäre diese gesamte archaische Stadt nach den Regeln einer anderen als der euklidischen Geometrie erbaut worden. Da waren Türme, auf halber Höhe abgebrochen, aber noch immer gigantisch, die auf unmögliche Weise in sich selbst gebogen zu sein schienen, rechteckige Gebäude mit mehr als vier Winkeln und parallel verlaufende Wände, die sich mehrmals schnitten. Er sah nirgendwo Treppen, wohl aber hier und da gewaltige schräge Rampen, wie für riesige Schnecken oder andere kriechende Kreaturen erbaut, und einige Gebäude klebten gar gewaltigen Vogelnestern gleich an den Wänden, als wären sie für fliegende Bewohner errichtet.

Coppelstone stand minutenlang einfach da und starrte fassungslos auf das fantastische Bild hinab, das sich ihm bot. Er wusste nicht, was er da sah. Er wagte nicht einmal zu vermuten, was er da vor sich hatte. Er wusste nur eines, das aber mit absoluter Gewissheit: dass er vielleicht eines der fantastischsten Geheimnisse dieser Welt entdeckt hatte.

Und vielleicht das düsterste.

Erst nach langer Zeit bemerkte er, dass sich am Grunde der zyklopischen Straßenschluchten Gestalten bewegten. Vor den riesigen Gebäuden wirkten sie winzig, krabbelnde Insekten, die sich in eine Stadt der Giganten verirrt hatten, und soweit er das über die große Entfernung beurteilen konnte, schienen sie allesamt auf die gleiche monströse Art verkrüppelt zu sein wie Morrison, Francis und die unheimliche Gestalt, der er gerade begegnet war.

Es waren sehr viele – zwanzig, wenn nicht dreißig oder mehr, und die meisten waren mit Dingen beschäftigt, deren Sinn er nicht begriff.

Er sah auch wieder die großen, bleichen Wurmkreaturen, die Karlsson getötet hatten. Die Menschen dort unten jedoch schienen keine Angst vor ihnen zu haben. Im Gegenteil: Etliche von ihnen waren mit den schwarzen Eisenstangen ausgerüstet, die er schon kannte, und mit denen sie die Würmer behutsam, aber doch nachdrücklich vor sich hertrieben wie Schäfer eine Herde.

Ihr Ziel war ein unregelmäßig geformter Platz in der Mitte der Stadt, auf dem sich eine zyklopische Statue aus weißem Stein befand. Ob sie ein mythisches Wesen oder irgendeine Kreatur darstellte, die tatsächlich einmal gelebt hatte, vermochte Coppelstone nicht zu sagen, doch ihr Aussehen war so fremdartig und abstoßend, dass er kein zweites Mal hinsah.

Zu den Füßen dieser Statue befand sich ein schwarzer, kreisrunder See. Seine Oberfläche schimmerte matt im fahlgrünen Licht, das die Höhle erfüllte, und war in beständiger Bewegung, als striche ein sanfter Wind darüber – oder als bewege sich etwas Großes tief darunter. Die Männer trieben die Würmer in einer langsamen Prozession darauf zu. Coppelstone fiel auf, dass sie immer nachhaltiger von ihren Eisenstäben Gebrauch machen mussten, je näher sie dem schwarzen See kamen. Letztlich waren immer zwei oder drei von ihnen notwendig, um die widerwärtigen Kreaturen gewaltsam in den See hineinzustoßen, wo sie sich für einen Moment wie toll wanden, ehe sie in seiner Tiefe versanken. Sie tauchten nicht wieder auf.

Er musste herausbekommen, was dort vor sich ging!

Coppelstone trat einen weiteren Schritt vor und hätte um ein Haar das Gleichgewicht verloren, als der Boden unter ihm nachgab. Erschrocken prallte er zurück und hielt sich an der Felswand fest, ehe er den Blick senkte. Zu seinen Füßen polterte eine Miniaturlawine auf den Höhlenboden hinunter, die jedoch nicht aus Felsen oder Geröll bestand. Ebenso wenig wie die gewaltige Halde, auf deren Kuppe er stand.

Es waren Knochen. Menschliche Gebeine, Tierknochen, aber auch die Überreste von Kreaturen, wie sie vielleicht noch kein Mensch auf dieser Welt gesehen hatte. Es mussten Millionen von Knochen sein, wenn nicht Milliarden. Schädel, Rippen, Arm- und Beinknochen, Kiefer und Schulterblätter, aber auch andere, erschreckende Dinge, die unaussprechlichen Kreaturen gehört haben mussten. Vielleicht Geschöpfen von so absurder Größe und so absurdem Aussehen wie die, die Modell für die riesige Statue über dem See gestanden hatten …

Coppelstone verspürte ein fast ehrfürchtiges Frösteln, als er sich vorzustellen versuchte, wie lange es dauern musste, einen solchen Berg von Gebeinen aufzutürmen. Jahrtausende reichten nicht aus; nicht einmal annähernd. Vielleicht nicht einmal Jahrtausende von Jahrtausenden.

Was hatte Reverend Reeves gesagt? *Lange, bevor es Menschen auf dieser Welt gab ...*

Der Gedanke an Reeves brachte ihn wieder zu dem eigentlichen Grund seines Hierseins zurück. So fantastisch seine Entdeckung auch sein mochte, es gab über ihm dringendere Probleme, die einer Lösung bedurften. Er hoffte wenigstens, dass Reeves noch am Leben war.

Nach einem letzten nachdenklichen Blick auf die bizarre Ruinenstadt und ihre nicht weniger bizarren Bewohner drehte er sich herum und trat wieder durch den Spalt im Fels. Als er sich aufrichtete, blickte er in die Mündung einer doppelläufigen Schrotflinte.

16

Für die Dauer eines schweren, fast schmerzhaft harten Herzschlages wagte er nicht einmal zu atmen, und auch nicht, den Blick von den Gewehrläufen zu nehmen, und für die gleiche Zeitspanne war er felsenfest davon überzeugt, dass dieser Anblick das Letzte sein würde, was er in seinem Leben sah.

Als der alles beendende Knall nicht kam, wanderte sein Blick langsam an dem schwarzen Metall entlang, glitt über einen plump verwachsenen Zeigefinger, einen deformierten Arm und eine missgestaltete Schulter hinauf und blieb schließlich auf Morrisons Gesicht hängen.

»Worauf warten Sie?«, fragte er trotzig. »Wenn Sie mich erschießen wollen, dann tun Sie es!«

Morrison starrte ihn ausdruckslos aus seinem einzelnen, wässrig schimmernden Auge an. Coppelstone war nicht ganz sicher, ob er seine Worte überhaupt verstanden hatte – und er war ganz und gar nicht sicher, wie er reagieren würde. Seine Gedanken rasten. Er stand nahe genug, um das Gewehr mit einem raschen Griff zu packen, und er fühlte sich durchaus in der Lage, mit diesem bedauernswerten Krüppel fertig zu werden. Andererseits war die Höhle einfach zu klein, um einen

Kampf zu riskieren. Wenn Morrison abdrückte, dann konnte er ihn praktisch nicht verfehlen – und selbst wenn das der Fall war, würde der Schuss die anderen Bewohner dieser unterirdischen Welt alarmieren. Es war sicherer, er wartete auf eine bessere Gelegenheit, Morrison zu überwältigen.

»Stunse hia?«, fragte Morrison plötzlich. »Sinse vrückt gwon? Chatse gewaant, ssollnich wiedakomm!«

Im ersten Moment hatte Coppelstone enorme Schwierigkeiten, Morrison überhaupt zu verstehen. Tatsächlich *verstand* er die Worte nicht wirklich, sondern rekonstruierte ihren Sinn gewissermaßen im Nachhinein anhand ihrer Abfolge und ihres Rhythmus, sodass zwei oder drei Sekunden vergingen, bis er antworten konnte.

»Ich bin manchmal etwas stur«, antwortete er. »Was haben Sie vor? Mich erschießen?«

Morrison machte eine ärgerliche Bewegung mit dem Gewehr. »Schein lebensmüde zsen, Mista. Wnsese rwischn, tötensese. Wech hia. Und kein Laut!«

Das verstand Coppelstone nun wirklich kaum noch, doch Morrison trat einen halben Schritt zurück und machte eine eindeutige Bewegung mit dem Gewehr. Coppelstone zuckte mit den Schultern, hob die Arme und ging an ihm vorbei die Treppe hinauf. Morrisons Gewehrlauf bohrte sich zwischen seine Schulterblätter, aber er ersparte sich jeden Kommentar. Es hatte wenig Sinn, Fragen zu stellen, wenn man die Antworten nicht verstand.

Als sie das Ende der Treppe erreichten, gab Morrison ihm mit einem derben Stoß zwischen die Schultern zu verstehen, dass er stehen bleiben sollte. Coppelstone gehorchte und registrierte zu seiner Verblüffung, wie Morrison mit raschen Schritten an ihm vorbeihumpelte, einen Schritt weit auf den Gang hinaustrat und sich sichernd in beide Richtungen umsah, ehe er ihm hastig gestikulierte nachzukommen. Die Gelegenheit wäre günstig gewesen, ihm die Waffe zu entreißen, aber er war viel zu überrascht.

Mit einem raschen Schritt trat er neben ihn. Morrison hob die Waffe nicht wieder, sondern deutete hastig gestikulierend nach links und legte dann den Zeigefinger über die Lippen. So schnell er konnte, humpelte er los, und er entwickelte trotz seiner Behinderung ein erstaunliches Tempo. Coppelstone musste beinahe rennen, um mit ihm Schritt zu halten. Sie passierten mehrere Durchgänge, hinter denen sich weitere Wohnhöhlen befanden, und erreichten nach einer Strecke von gut hundert Schritten eine weitere Treppe, die in halsbrecherischem Winkel in die Höhe führte. Morrison deutete darauf und schien zu erwarten, dass Coppelstone vorging. Er gehorchte.

Die Treppe führte in engen Windungen steil nach oben, wie die Stiege in einem schmalen Kirchturm. Trotz seiner Verwirrung gelang es Coppelstone diesmal, die Stufen zu zählen. Er war bei vierhundertachtzig angekommen, als er einen grauen Lichtschein über sich gewahrte – was bedeutete, dass sie sich annähernd *dreihundert* Fuß tief unter der Erde befunden haben mussten! Das unterirdische Labyrinth, das sich unter der scheinbar so friedvollen Oberfläche der Landschaft nahe Magotty befand, musste wahrhaft gigantisch sein!

Die Treppe endete vor einer rohen Lattentür, durch deren Ritzen graues Licht und ein schwacher, aber vertrauter Geruch strömten. Als er sie öffnete, fand er sich in einer großen, vollkommen leeren Scheune wieder. Auf dem Boden lag vermodertes Stroh, und er roch den typischen, ein wenig scharfen Stallgeruch, wie man ihn an einem Ort wie diesem erwartete. Konnte es möglich sein, dass sie …?

»Die Farm!«, flüsterte er. »Wir sind auf Ihrer Farm, Morrison!«

Morrison nickte, sagte aber nichts, sondern humpelte an ihm vorbei auf das Scheunentor zu. Coppelstone folgte ihm rasch. Morrison öffnete das Tor einen winzigen Spalt, und als Coppelstone über seine Schulter hinweg ins Freie blickte, sah er seinen Verdacht bestätigt. So unglaublich ihm der Gedanke selbst jetzt noch vorkam – der unterirdische Stollen, der unter der Kirche von Magotty begann, hatte ihn bis zu Morrisons Farm geführt, also über eine Strecke von gut *fünf Meilen!*

Morrison öffnete die Tür weiter, legte erneut

den Zeigefinger über die Lippen und trat ins Freie. Coppelstone folgte ihm, als er losging und den Durchgang in dem Erdwall ansteuerte, der das gesamte Anwesen umgab. Er versuchte erst gar nicht, es zu verstehen, aber Morrison gab sich offensichtlich größte Mühe, ihm zu *helfen!*

Während sie den Hof überquerten, sah er sich schaudernd um. Jetzt, in der Nacht und aus der Nähe und vor allem mit seinem neu erworbenen Wissen betrachtet, wirkte die Farm noch viel unheimlicher. Alle Gebäude kamen ihm missgestaltet und verzerrt vor, als wären sie auf einer mit menschlichen Sinnen kaum zu erfassenden Ebene ebenso verkrüppelt wie ihre Bewohner. Vor allem der gewaltige Turm des Getreidesilos flößte ihm ein beinahe körperliches Unbehagen ein. Er überragte sämtliche Gebäude der Farm um ein Mehrfaches, und etwas Düsteres, spürbar Bedrohliches ging von ihm aus. Coppelstone fühlte sich wie von unsichtbaren Augen angestarrt, und nicht zum ersten Mal spürte er die Präsenz von etwas Uraltem, unvorstellbar Bösem, das unsichtbar über der Farm zu schweben schien wie ein übler, alles durchdringender Geruch.

Sie hatten die halbe Strecke zum Erdwall hinter sich gebracht, als Morrison plötzlich stehen blieb und die Hand hob. Auch Coppelstone lauschte, und nach ein paar Sekunden vernahm er ein Geräusch, das seine gerade eben vorsichtig aufkeimende Hoffnung jäh wieder zunichte machte: Hundegebell. Es war noch sehr weit entfernt. Der

Wind trug es über viele Meilen mit sich heran, aber es war da, und es kam näher. Wenigstens bildete er sich das ein.

»Dammt!«, fluchte Morrison. »Ham Hundeviecha! Skönn nich wech.«

Coppelstone hätte ihm gerne widersprochen, doch er konnte es nicht. Selbst wenn die Hunde tatsächlich noch Meilen entfernt waren, würden sie ihn zweifelsfrei wittern, sobald er die Farm verließ. Seine Lage war aussichtslos.

»Haben Sie ein Automobil?«, fragte er.

Die Antwort bestand genau aus dem, was er erwartet hatte: einem Kopfschütteln. »Keene Maschin«, sagte Morrison. »Da Wyrm duld keene Maschin in seina Näh.«

Sein Sprachfehler *war* schlimmer geworden. Und nicht nur das: Jetzt, als Coppelstone sein Gesicht nicht mehr im farben- und konturenverwischenden grünen Licht der unterirdischen Stollen betrachtete, meinte er auch, noch mehr, schlimmere Veränderungen zu entdecken. Das Gewächs, das eine Hälfte seines Gesichtes bedeckte, hatte sich deutlich vergrößert und arbeitete sich nun auch auf sein anderes Auge zu. Seine Nase war vollkommen verschwunden, und er konnte den Mund nur noch zur Hälfte bewegen. Kein Wunder, dachte Coppelstone, dass er kaum noch in der Lage war, verständlich zu sprechen.

»Srück zm Haus«, sagte Morrison. »Rasch. Ehsa hiasin.«

Er wandte sich um und humpelte geradewegs

auf das Wohnhaus zu. Coppelstone folgte ihm. Sie hatten jedoch erst wenige Schritte gemacht, als sich in einem anderen Gebäude eine Tür öffnete und drei oder vier Gestalten heraustraten. Coppelstones Herz machte einen erschrockenen Sprung, als er sah, dass sie schwarze, in spitzen Kapuzen endende Kutten trugen.

»Gehnse weita«, flüsterte Morrison. »Gehnsewich! Huplnse!«

Coppelstone verstand nun endgültig nicht mehr, was Morrison meinte, doch er ließ ganz instinktiv Kopf und Schultern sinken, zog den linken Arm ein wenig an den Körper und das rechte Bein hinter sich her. Er kam sich ziemlich albern vor, als er so weiterhumpelte, und er war sicher, dass seine närrische Pantomime niemanden auch nur eine Sekunde lang täuschen konnte. Doch sie passierten die Männer in den schwarzen Kutten in weniger als zehn Schritten Abstand, ohne dass diese sie auch nur eines Blickes würdigten.

Er atmete erleichtert auf, als sie das Haus betraten und Morrison die Tür hinter sich schloss. Morrison entzündete eine Petroleumlampe und wollte sofort weitereilen, doch Coppelstone hielt ihn mit einer raschen Bewegung am Arm fest. »Wo ist Reeves?«, fragte er. »Ist er noch am Leben? Wird er hier irgendwo gefangen gehalten?«

Morrison riss sich los und deutete mit einer ungeduldigen Bewegung auf die Treppe, die am anderen Ende des Raumes nach oben führte. Er wirkte sehr erschrocken.

»Da!«, sagte er. »Smüsn sch vsteckn! Skönn hekomm.«

Offensichtlich fürchtete er, dass die Männer in den schwarzen Kutten hier hereinkommen könnten – oder das, was man Reeves angetan hatte, war so entsetzlich, dass er einfach nicht darüber reden wollte. Er riss sich jedenfalls vollkommen los und humpelte auf die Treppe zu, so schnell er konnte.

Morrison bewegte sich trotz seiner Behinderung erstaunlich geschickt und, wie Coppelstone auffiel, so gut wie lautlos. Möglicherweise hatte er einen Grund dafür. Im Haus war es zwar vollkommen still, doch das bedeutete nicht, dass es auch leer sein musste. Coppelstone zog es jedenfalls vor, ihm auf Zehenspitzen gehend zu folgen und sorgsam darauf zu achten, dass die uralten Holzstufen unter seinen Schritten nicht knarrten. Er folgte ihm bis zu einer winzigen Kammer im Dachgeschoss des Hauses, die nur ein einzelnes, schmales Fenster aufwies und bis auf ein mit Lumpen bedecktes Bett und einen einzelnen Stuhl vollkommen leer war.

»Hia!« Morrison deutete auf das Bett. »Watense hia. Sicha.«

»Sie meinen, ich bin hier sicher?«, vergewisserte sich Coppelstone. »Niemand wird mich hier finden?«

»Skomm nich hiehea«, bestätigte Morrison. »Smei Zimma.«

Dieser ärmliche ... *Stall* war Morrisons Zimmer?

Coppelstone war erschüttert, aber auch empört. Buchanan und seine Helfer schienen die Menschen auf dieser Farm tatsächlich wie die Tiere zu halten.

»Wie lange soll ich hier warten?«, fragte er.

»Tag«, antwortete Morrison. »Sfürchtns Sonnlich. Komm nich raus am Tag. Mogn bringt Francisse wech.«

Er wollte gehen, doch Coppelstone streckte rasch den Arm aus und schlug die Tür zu. »Einen Moment noch, Mister Morrison«, sagte er.

Morrison sah ihn an. Er schwieg, doch Coppelstone konnte sehen, wie es hinter seiner Stirn arbeitete. Sein Anblick bereitete ihm plötzlich gar kein Unbehagen mehr, so schlimm er auch aussah. Ganz im Gegenteil – er empfand plötzlich ein tiefes Mitleid mit diesem bedauernswerten Mann und einen großen Respekt vor dem Mut, den Morrison mit seinem Tun bewies.

»Warum tun Sie das, Mister Morrison?«, fragte er. »Sie riskieren Ihr Leben, um mich zu retten.«

Morrison schwieg. Es war unmöglich, in seinem Gesicht zu lesen, doch Coppelstone spürte deutlich den Sturm von Gefühlen, der hinter seiner Stirn tobte.

»Francis ist Ihr Sohn, nicht wahr?«, fragte er.

Morrison nickte. Eine einzelne Träne quoll aus seinem Auge und lief an seinem Kinn herab. Coppelstone wollte nichts weniger, als diesem Mann wehzutun, doch er musste Gewissheit haben.

»Wenn das stimmt, dann müsste er über siebzig Jahre alt sein«, sagte er. Morrison antwortete auch darauf nicht, und nach einer weiteren Weile fragte Coppelstone leise: »Wie alt sind Sie, Mister Morrison?«

»Hundertneunundzwanzig«, antwortete Morrison. Er sprach jetzt ganz langsam, aber auch sehr deutlich. Er gab sich Mühe, die Worte schon fast übermäßig zu artikulieren; vielleicht, weil ihm das, was er Coppelstone zu sagen hatte, so überaus wichtig war. »Es dauert lange, bis man ihm ... ganz gehört. Aber der Preis ist ... hoch. Es muss ... aufhören. Zu viele Tote. Zu viele.«

»Ich werde es beenden«, versprach Coppelstone. »Wenn ich hier herauskomme, dann ist dieser Spuk in vierundzwanzig Stunden vorbei, das schwöre ich. Und ich werde persönlich dafür sorgen, dass man Ihnen und Ihrem Sohn hilft. Es gibt gute Ärzte in der Stadt.«

Er wusste selbst, dass das eine Lüge war. Nicht einmal der beste Arzt der Welt würde etwas für Morrison und seinen Sohn tun können.

Und Morrison schüttelte auch nur den Kopf. »Niemand kann ... uns helfen«, sagte er schleppend. »Wir haben uns ... mit den falschen Mächten ... eingelassen. Aber es muss ... aufhören.«

»Das verspreche ich«, antwortete Coppelstone in fast feierlichem Ton. »Ich werde höchstpersönlich dafür sorgen, dass diese ganze Brut verbrannt wird!«

»Gut«, antwortete Morrison. »Bleiben Sie ... hier. Kein ... Licht. Ich hole Sie ab, wenn es ... Tag wird.«

17

Morrison hatte die Lampe mitgenommen, und das Zimmer verfügte nur über ein einziges, schmales Fenster, sodass es fast vollkommen dunkel wurde, nachdem er gegangen war. Coppelstone fühlte seine Müdigkeit nun mit Macht, doch er wagte es hier ebenso wenig wie vorhin im Wald, ihr nachzugeben. Morrison hatte zwar gesagt, dass sie niemals hierher kamen – wer immer *sie* auch sein mochten –, doch das bedeutete nicht, dass das auch stimmte. Möglicherweise waren sie in der Vergangenheit niemals hierher gekommen, aber wahrscheinlich hatte sich auch noch nie ein Eindringling hier versteckt, der die Existenz dieser ganzen Geheimgesellschaft gefährden konnte. Besser, er blieb wachsam.

Coppelstone glaubte auch nicht, dass es so einfach sein würde, das Tal zu verlassen, wie Morrison zu glauben schien. Buchanans Leute würden nicht eher ruhen, als bis sie seiner habhaft geworden waren. Wenn er ihnen entkam, bedeutete das das sichere Ende ihrer monströsen Verschwörung, und das wussten sie. Coppelstone war sicher, dass der schwerste Teil seiner Flucht noch vor ihm lag.

Er war noch immer zutiefst erschüttert von

dem, was er von Morrison erfahren hatte. Einhundertneunundzwanzig Jahre, das war eine unvorstellbar lange Zeit; viel länger, als irgendein Mensch auf dieser Welt leben sollte, ja, Coppelstone war nicht einmal sicher, ob er, hätte man ihn vor die Wahl gestellt, so lange hätte leben *wollen*.

Er fragte sich, ob Morrisons und die Verkrüppelungen der anderen vielleicht etwas mit dieser unnatürlichen Langlebigkeit zu tun hatten. Die Natur hatte den Menschen, wie allen anderen Geschöpfen auf dieser Welt, eine bestimmte Lebensspanne zugedacht, und vielleicht war das, was er an Morrison und den anderen beobachtet hatte, das, was geschah, wenn man gegen die Gesetze der Natur verstieß.

Tief in sich glaubte er jedoch nicht daran. Vielmehr spürte er, dass es etwas mit diesen furchtbaren Wurmkreaturen zu tun hatte und mit den vielleicht noch viel größeren, düstereren Geheimnissen, die noch unter der Stadt tief unten in der Erde lauern mochten.

Um sich die Zeit zu vertreiben, aber auch, um vielleicht abzuschätzen, wie viele Stunden noch bis Sonnenaufgang vergehen mochten, trat er ans Fenster und blickte hinaus. Die Scheibe war so schmutzig, dass er kaum etwas sehen konnte, doch nachdem er sie mit dem Jackenärmel sauber gewischt hatte, bekam er einen hinlänglichen Überblick über den gesamten Hof. Er konnte das gegenüberliegende Gebäude erkennen, einen Teil der Scheune und des dahinter liegenden Erdwalls und natürlich das riesige Silo im Herzen des Hofes. Den Mond konnte er aus seinem Blickwinkel heraus nicht sehen, weshalb er nicht sagen konnte, wie spät es war. Doch der Himmel war noch immer von einer gleichmäßigen, tiefen Schwärze überzogen. Bis Sonnenaufgang würde noch einige Zeit vergehen.

Nachdem er eine Weile am Fenster gestanden hatte, hörte er wieder das Hundegebell von vorhin. Es war nun wesentlich näher. Nach etlichen Minuten gewahrte er das Licht einiger Sturmlaternen und Fackeln, die sich dem Durchgang im Wald näherten, und bald darauf konnte er auch die dazugehörigen Gestalten erkennen: ein gutes Dutzend Männer, die sich in raschem Tempo näherten und eine Anzahl kläffender Hunde mit sich führten.

Coppelstone war im höchsten Maße beunruhigt. Er hätte nicht geglaubt, dass sie ihre Suche bis auf die Farm ausdehnen würden. Wenn sie hierher – oder gar ins Haus! – kamen, dann konnte er nur hoffen, dass den Hunden der Gestank hier drinnen ebenso zuwider war wie ihm und sie seine Spur verloren.

Doch seine Sorge erwies sich diesmal als unberechtigt. Die Hunde näherten sich dem Erdwall bis auf vielleicht zwanzig Fuß und blieben dann stehen. Nicht einmal, als ihre Führer sie zu prügeln begannen, waren sie dazu zu bewegen, auch nur einen einzigen Schritt weiter zu gehen, sondern bissen im Gegenteil nach ihnen und begannen schrill zu jaulen. Eines der Tiere riss sich los und verschwand mit einem schrillen Jaulen in der Nacht.

Das Gekläff blieb auch auf der Farm nicht unbemerkt. In dem gegenüberliegenden Gebäude öffnete sich eine Tür, und zwei Gestalten in schwarzen Kutten traten heraus. Beide hatten ihre Kapuzen zurückgeschlagen, und trotz des schwachen Lichtes erkannte Coppelstone eine davon sofort. Es war Buchanan.

Coppelstone beugte sich aufmerksam vor, so weit er konnte. Er bedauerte es sehr, durch die Fensterscheibe hindurch nicht verstehen zu können, was dort unten gesprochen wurde. Gebannt beobachtete er, wie Buchanan und der andere Mann zu der Gruppe hinter dem Erdwall eilten. Sie standen eine geraume Weile dort und debattierten, dann drehten sich die Männer mit den Fackeln herum und entfernten sich wieder. Buchanan und sein Begleiter gingen wieder zu dem Haus auf der anderen Seite des Silos zurück.

Kurz bevor sie es erreichten, öffnete sich die Tür erneut, und Reverend Reeves und seine beiden Bewacher traten heraus. Buchanan eilte mit weit ausgreifenden Schritten auf ihn zu, hob die Arme und begann erregt zu gestikulieren. Coppelstone konnte immer noch nicht verstehen, was er sagte, aber seine Stimme war sehr laut; er schrie Reeves an, und der Reverend blieb ihm nichts schuldig, sondern antwortete in der gleichen Tonart, bis es Buchanan zu bunt wurde und er den beiden Bewaffneten ein Zeichen gab, Reeves wieder ins Haus zurückzuführen.

Immerhin wusste er nun, dass Reeves noch am Leben war – und er sich offensichtlich auch von Buchanan und seinen bewaffneten Gehilfen nicht einschüchtern ließ. Und er wusste sogar ungefähr, wo er war.

Sein Entschluss stand fest. Er wartete, bis Buchanan und der andere Mann wieder im Haus verschwunden und unten auf dem Hof Ruhe eingekehrt war, dann verließ er Morrisons Zimmer und schlich auf Zehenspitzen die Treppe hinunter. Unterwegs lauschte er aufmerksam auf irgendwelche verräterischen Geräusche, hörte aber nichts. Das Haus schien vollkommen leer zu sein, oder alle seine Bewohner schliefen. Coppelstone vermutete aber eher, dass alle Bewohner der Farm, die sich noch halbwegs schnell bewegen konnten, an der Jagd auf ihn beteiligt waren.

Als er das große Zimmer im Erdgeschoss durchquerte, sah er sich nach irgendetwas um, was er als Waffe benutzen konnte. In Ermangelung einer besseren Möglichkeit ging er schließlich zum Kamin und nahm ein handliches, an einer Seite angekohltes Holzscheit heraus; keine besonders überzeugende Waffe, die ihm aber trotzdem ein Gefühl von – wenn auch vielleicht nur vermeintlicher – Sicherheit gab. Mit einer leisen Verwunderung nahm Coppelstone zur Kenntnis, dass sich tief in ihm offenbar ein Kämpfer verbarg. Er war im Grunde ein sehr friedliebender Mensch. Abgesehen von ein paar Raufereien während seiner Schulzeit hatte er in seinem ganzen Leben noch keinen Kampf ausgefochten. Nun aber hatte er binnen eines einzigen Tages einen Menschen getötet – oder war zumindest an seinem Tod beteiligt gewesen – und hatte etliche der Wurmkreaturen erschlagen. Und er musste sich eingestehen, dass er bereit war, weiter zu töten, um sein eigenes Leben zu verteidigen. Was er erlebt hatte, begann ihn zu verändern, und er hatte das Gefühl, dass diese Veränderung noch lange nicht abgeschlossen war. Irgendetwas in ihm war erwacht. Selbst wenn er dieses Abenteuer überlebte, würde er nie wieder derselbe sein wie zuvor.

Er öffnete die Tür, sah sich sichernd um und huschte die ersten Schritte gebückt los, bis ihm einfiel, dass irgendjemand möglicherweise ebenso unbemerkt ihn beobachten konnte, wie er gerade auf den Hof hinabgesehen hatte. Den Rest des Weges bis zum Haus auf der anderen Seite legte er humpelnd und mit pendelnden Armen zurück.

Die Tür zu öffnen erwies sich als der mit Abstand gefährlichste Teil seines bisherigen Weges. Er konnte ja nicht wissen, ob sich jemand in dem dahinter liegenden Raum aufhielt, und seine Maskerade würde spätestens in dem Moment enden, in dem er ins Licht trat und irgendjemand sein unversehrtes Gesicht sah. Mit klopfendem Herzen presste er das Ohr gegen die Tür und lauschte. Er hörte nichts.

Das hatte aber nichts zu sagen. Buchanan oder auch ein ganzes Dutzend Bewaffneter konnten unmittelbar auf der anderen Seite der Tür auf ihn warten, ohne dass er auch nur den geringsten Laut hörte. Doch wenn er weiter tatenlos hier herumstand, konnte er erst recht nichts gewinnen. Coppelstone atmete noch einmal tief ein, packte seine improvisierte Waffe fester und trat mit einem entschlossenen Schritt durch die Tür.

Der Raum dahinter war leer. Er roch nicht so schlecht wie der im anderen Gebäude, aber er war ebenso ärmlich ausgestattet und machte auf den ersten Blick einen eindeutig unbewohnten Eindruck – ein Effekt, der zweifellos beabsichtigt war, wie Coppelstone vermutete, denn die Fenster waren mit schwarzer Teerpappe verklebt, und die Staubschicht auf dem Mobiliar sah ganz so aus, als hätte sich jemand große Mühe gemacht, sie mit aller Gewalt *nicht* zu entfernen. Hier wie drüben führte eine Holztreppe in die beiden oberen Stockwerke hinauf. An ihrem oberen Ende gewahrte er Licht, und als er näher kam, hörte er gedämpfte Stimmen.

Coppelstone schlich die Treppe hinauf, bewegte sich auf Zehenspitzen weiter und hielt vor der Tür an, durch die die Stimmen drangen. Sie war geschlossen, doch als er sich davor in die Hocke sinken ließ, konnte er durch das Schlüsselloch sehen. Er erkannte einen kleinen Ausschnitt eines fast behaglich eingerichteten, von einem flackernden Kaminfeuer und zahlreichen Kerzen erhellten

Zimmers. Zwei Männer saßen an einem niedrigen Tisch, tranken Brandy und rauchten Zigarren. Den einen, der mit dem Rücken zur Tür saß, konnte er nicht erkennen. Der andere war Sheriff Buchanan.

»… mit dem Reverend?«, fragte der ihm unbekannte Mann gerade.

Buchanan machte eine wegwerfende Bewegung mit seiner Zigarre. »Reeves ist im Moment nicht unser dringendstes Problem. Wir müssen diesen Coppelstone finden. Wenn es ihm gelingt zu entkommen, kann er uns eine Menge Schwierigkeiten bereiten.«

»Karlsson hat gleich gesagt, dass er gefährlich ist«, antwortete der andere. »Wir hätten auf ihn hören und ihn sofort töten sollen.«

»Karlsson war ein Narr!«, behauptete Buchanan wütend. »Wahrscheinlich haben wir den ganzen Ärger nur ihm zu verdanken! Was ihm passiert ist, geschah ihm ganz recht.«

»Immerhin hat Coppelstone ihn erledigt«, sagte der andere. »Das zeigt, wie gefährlich er ist.«

»Das glaube ich nicht«, erwiderte Buchanan. »Ich nehme stark an, dass es wohl eher eine Art … Unfall war. Niemand hätte Karlsson in einem fairen Kampf besiegt, das weißt du so gut wie ich; schon gar kein Ingenieur aus der Stadt. Er war unvernünftig, das ist alles.«

»Und vielleicht sind wir das im Moment auch«, sagte der andere. »Es könnte übel enden, wenn wir diesen Ingenieur unterschätzen.«

»Wer sagt, dass ich das tue?«, antwortete Buchanan. »Keine Sorge – er hält sich wahrscheinlich irgendwo versteckt und wartet darauf, dass die Sonne aufgeht. Aber er wird dieses Tal nicht lebend verlassen, darauf gebe ich dir mein Wort. Unsere Männer überwachen die Straße und kontrollieren jeden Wagen. Und wenn er versucht, in den Wäldern zu bleiben, spüren ihn die Hunde auf.«

Coppelstone hatte genug gehört. Er war beunruhigt, aber nicht besonders überrascht – Buchanans Worte hatten ihm nur bestätigt, was er ohnehin vermutet hatte: dass der weitaus schwerste Teil seiner Flucht noch vor ihm lag. Mit dem, was er nun erfahren hatte, war es Morrison oder seinem Sohn vielleicht möglich, einen anderen Weg aus dem Tal heraus zu finden.

Doch zuvor musste er Reeves finden.

Er richtete sich vorsichtig auf, schlich weiter und lauschte auch an den drei anderen Türen, die es noch auf diesem Stockwerk gab. Er hörte nichts, und er sah auch nichts, als er durch die Schlüssellöcher spähte. Möglicherweise blieb ihm nichts anderes übrig, als ein Zimmer nach dem anderen zu durchsuchen, obwohl er damit natürlich umso mehr Gefahr lief, entdeckt zu werden.

Er beschloss, mit der oberen Etage zu beginnen. Er schlich auf Zehenspitzen weiter, hielt kurz vor dem oberen Absatz an und lauschte. Über ihm war etwas. Keine Stimmen, aber Geräusche, die die Anwesenheit von Menschen verrieten. Coppelstone ließ sich auf Hände und Knie sinken, kroch die letzten Stufen hinauf und spähte in den dahinter liegenden Gang.

Er musste Reeves' Zimmer nicht suchen. Die beiden Männer, die ihn bewachten, hockten rechts und links der Tür auf zwei niedrigen Schemeln. Einer schien zu schlafen, der andere starrte mit leerem Blick vor sich hin. Beide waren verkrüppelt und wiesen die gleichen, schrecklich anzusehenden Verwachsungen wie Morrison und sein Sohn auf, aber Coppelstone zweifelte nicht daran, dass es sich um ernst zu nehmende Gegner handelte. Buchanan würde Reeves kaum von Männern bewachen lassen, die sich nicht mehr richtig bewegen konnten.

Er kroch wieder ein Stück die Treppe hinab, richtete sich auf und ging mit raschen, aber nicht zu schnellen Schritten die Stufen wieder hoch. Einer der beiden Männer sah hoch, als er im Gang erschien, der andere schnarchte unbeeindruckt weiter.

»Buchanan schickt mich«, sagte Coppelstone lächelnd. »Ich soll Ihnen etwas von ihm ausrichten.«

In den Augen des Mannes stand Misstrauen geschrieben, aber auch Unsicherheit. Er richtete sich ein wenig auf seinem Stuhl auf, und seine Hand tastete nach dem Gewehr.

Doch Coppelstone hatte ihn auch schon fast erreicht. »Wollen Sie wissen, was?«, fragte er. *»Das hier!«*

Damit hob er sein Holz und schlug mit aller Kraft zu, die er aufbringen konnte. Das Scheit prallte gegen die Schläfe des Mannes und ließ ihn wie einen gefällten Baum vom Stuhl sacken. Er gab nicht den mindesten Laut von sich.

Coppelstone fuhr auf der Stelle herum und schwang seinen Knüppel zu einem zweiten Hieb, doch der andere Mann schien nicht so tief geschlafen zu haben, wie er angenommen hatte. Er war bereits von seinem Stuhl aufgesprungen und versuchte sein Gewehr zu heben. Coppelstone schlug ihm die Waffe aus der Hand, versetzte ihm einen Stoß vor die Brust und schlug ein zweites Mal zu.

Diesmal traf er. Der Mann riss die Arme in die Höhe, ließ sein Gewehr fallen und krachte so wuchtig gegen die Tür, dass sie aufgesprengt wurde und er noch zwei Schritte weit in den dahinter liegenden Raum stolperte, ehe er rücklings zu Boden fiel. Coppelstone setzte ihm mit einem Sprung nach, doch es war nicht nötig, noch einmal zuzuschlagen. Buchanans Mann hatte das Bewusstsein verloren.

Coppelstone richtete sich hastig auf und riss die Tür des Zimmers auf, in dem man Reeves gefangen hielt. Reeves saß in einem Sessel am Kamin und las in einem Buch, sprang nun aber auf und starrte abwechselnd ihn und den Bewusstlosen am Boden an. Seine Augen waren ungläubig aufgerissen.

»Mister Coppelstone!«, keuchte er. »Aber wie …?«

»Nicht jetzt«, unterbrach ihn Coppelstone. »Ich erkläre Ihnen alles, aber nicht jetzt. Kommen Sie, Reverend. Ich bringe Sie hier raus!«

Trotz der Eile, in der sie sich befanden, konnte Coppelstone nicht umhin, seinen Blick durch das Zimmer schweifen zu lassen. Auch dieser Raum sprach dem heruntergekommenen Äußeren des Hauses Hohn. Die Fensterscheiben waren ebenfalls mit schwarzer Farbe bestrichen, doch der Raum selbst war behaglich, fast schon luxuriös eingerichtet. Es schien sich um eine Art Bibliothek oder Arbeitszimmer zu handeln. Die Wände verschwanden hinter deckenhohen Regalen voller Bücher, und es gab einen mächtigen, mit Papieren übersäten Schreibtisch.

Reeves schien noch immer so fassungslos zu sein, dass er sich nicht einmal rührte. Doch es schien ohnehin zu spät zu sein. Auf der Treppe polterten Schritte. Der Lärm, den er gemacht hatte, musste unten gehört worden sein.

Coppelstone legte den Zeigefinger über die Lippen, wich mit einem raschen Schritt hinter die Tür zurück und wartete mit angehaltenem Atem. Als Buchanan und sein Begleiter ins Zimmer stürmten, streckte er das Bein vor und ließ den Sheriff darüber stolpern. Buchanan stürzte mit einem Schrei zu Boden, und Coppelstone schwang seinen Knüppel und schlug ihn dem hinter ihm heranstürmenden Mann gegen den Hals. Noch während er verzweifelt um Atem ringend zurücktaumelte, fuhr Coppelstone erneut herum. Buchanan war bereits dabei, sich wieder hochzurappeln. Coppelstone schmetterte ihm das Holzscheit gegen die Stirn, und er kippte stöhnend zur Seite.

»Gütiger Gott!«, flüsterte Reeves. Fassungslos starrte er Coppelstone, nacheinander die drei Bewusstlosen und dann wieder Coppelstone an. »Wie haben Sie das gemacht?«

Ganz genau wusste Coppelstone das selbst nicht. Noch vor Tagesfrist hätte er nicht einmal für möglich gehalten, dass er überhaupt zu so etwas fähig war. Er hatte einfach reagiert, fast ohne zu wissen, was er tat.

»Heben Sie sich Ihre Gebete auf, bis ich Ihnen erzähle, was ich entdeckt habe, Reverend«, antwortete er hastig. »Jetzt lassen sie uns von hier verschwinden. Und keinen Laut! Ich weiß nicht, ob vielleicht noch mehr da sind.«

Reeves blinzelte. Er schwieg, aber der Ausdruck auf seinem Gesicht verwirrte Coppelstone zutiefst. Er sah bestürzt aus, und für einen Moment fast zornig.

»Ich musste es tun, Reverend«, sagte er. »Diese Männer hätten uns getötet, glauben Sie mir.«

»Ja, das ... das wird wohl die Wahrheit sein«, murmelte Reeves. »Bitte verzeihen Sie mir, Mister Coppelstone. Ich war nur ... überrascht.«

»Das war ich selbst«, gestand Coppelstone. »Aber jetzt kommen Sie! Wir haben keine Zeit!«

Reeves erwachte endlich aus seiner Erstarrung, legte das Buch aus der Hand, in dem er bei Coppelstones Eintreten gelesen hatte, und trat neben ihn. »Wie wollen Sie hier herauskommen?«, fragte er.

»Wir haben Hilfe«, antwortete Coppelstone.

»Hilfe? Hier?!«

»Morrison«, antwortete Coppelstone. »Er bringt uns hier weg.«

»Morrison?!« Reeves wirkte nun vollends fassungslos. »Sind Sie sicher?«

»Eigentlich wollten wir bis Sonnenaufgang warten«, bestätigte Coppelstone. »Aber nun werden wir unsere Pläne wohl ein wenig ändern müssen. Kommen Sie, Reverend. *Schnell!*«

Sie traten nebeneinander auf den Gang hinaus. Der Mann, den Coppelstone niedergeschlagen hatte, lag mit weit aufgerissenen starren Augen auf dem Rücken und hatte beide Hände um den Hals gekrampft. Coppelstone konnte nicht erkennen, ob er noch atmete.

Reeves kniete rasch neben ihm nieder, tastete mit den Fingern nach seiner Halsschlagader und seufzte dann tief.

»Lebt er noch?«, fragte Coppelstone.

Anstelle einer Antwort schloss Reeves dem Toten mit einer fast sanften Bewegung die Augen und machte mit dem Daumen das Kreuzzeichen auf seiner Stirn.

»Oh nein«, flüsterte Coppelstone. »Das … das wollte ich nicht.« Die Worte waren ehrlich gemeint, trotz allem, was er vorher gedacht hatte. Er hätte weiter getötet, um sein Leben zu verteidigen – aber das bedeutete nicht, dass es weniger schlimm war. »Ich wollte ihn nicht töten, Reverend. Bitte, das … das müssen Sie mir glauben.«

»Er war kein guter Mensch«, sagte Reeves leise. »Aber trotzdem ein Mensch. Doch er hat sich mit Mächten eingelassen, die nicht von Gottes Hand geschaffen wurden. Es ist nicht Ihre Schuld, Mister Coppelstone. Er hat bekommen, was ihm zustand.«

Das war nicht die Antwort, die Coppelstone erwartet hatte. Er hatte nicht ernsthaft erwartet, dass Reeves ihm die Absolution erteilte – aber auch nicht das.

Als hätte er seine Gedanken gelesen, richtete sich Reeves wieder auf und sah ihn offen an. »Ich kann nicht mehr sagen als das, Mister Coppelstone«, sagte er. »Was hier geschehen ist, müssen Sie mit sich selbst ausmachen. Doch bedenken Sie, dass auch unser Herr nicht gezögert hat, mit eiserner Hand die auszutilgen, die gegen seine Gesetze verstießen.«

Reeves schien eindeutig ein Anhänger des Alten Testaments zu sein, dachte Coppelstone. Aber jetzt war auch eindeutig nicht der Moment, über theologische Fragen zu diskutieren. Nach einem letzten Blick auf den Toten wandte er sich vollends um und begann die Treppe hinunterzugehen. Er sah nicht zurück, hörte jedoch, dass Reeves ihm folgte.

Bis auf Buchanan und seine Begleiter schien das

Haus tatsächlich leer gewesen zu sein, denn sie begegneten niemandem mehr, bis sie den großen Raum im Erdgeschoss erreichten.

»Wir müssen Morrison finden«, sagte Coppelstone. »Ich sollte in seinem Zimmer warten, bis die Sonne aufgeht, aber ich schätze, so lange können wir jetzt nicht mehr warten.«

»Kaum«, bestätigte Reeves. Coppelstone wollte die Tür öffnen und auf den Hof hinaustreten, doch Reeves legte ihm rasch die Hand auf die Schulter und schüttelte zugleich den Kopf.

»In diesem Fall warten wir vielleicht besser hier«, sagte er. »Ich habe zufällig gehört, wie Buchanan seinem Begleiter gegenüber erwähnte, dass er später noch mit Morrison reden wollte. Ich vermute, er kommt hierher.«

Coppelstone gefiel die Vorstellung nicht, hier zu warten, wo nicht nur Morrison, sondern auch andere jeden Moment auftauchen konnten. Doch er widersprach nicht. Reeves hatte ja durchaus Recht: Die Wahrscheinlichkeit, dass Morrison hier erscheinen würde, war sehr viel höher als die, dass er vor Sonnenaufgang noch einmal in sein Zimmer ging. Und so lange konnten sie keinesfalls warten. Irgendwann würden Buchanan oder einer der anderen wieder zu sich kommen und zweifellos sofort Alarm schlagen. Coppelstone dachte voller Bedauern daran, dass er es versäumt hatte, eines der Gewehre mitzunehmen, mit denen die Wächter bewaffnet gewesen waren; oder besser gleich beide. Aber diesen Fehler wieder gutzumachen hätte bedeutet, noch einmal nach oben zu gehen, und dazu fehlte ihm der Mut.

»Also gut«, sagte er schweren Herzens. »Warten wir hier.«

»Es wird sicher nicht lange dauern«, antwortete Reeves mit einer Überzeugung, die Coppelstone vollkommen rätselhaft war. Er trat an das Fenster neben der Tür, riss einen schmalen Streifen der Teerpappe ab und spähte hindurch.

»Alles ruhig«, sagte er. »Sie scheinen alle unterwegs zu sein, um nach Ihnen zu suchen.«

»Nein«, antwortete Coppelstone. »Die meisten sind hier.«

»Hier?«

Coppelstone deutete mit dem Daumen zu Boden. »Direkt unter unseren Füßen, Reverend.«

»Wie meinen Sie das: direkt unter unseren Füßen?«, fragte Reeves.

»Wie ich es sage, Reverend«, antwortete Coppelstone. »Was ich Ihnen jetzt erzähle, das mag schwer zu glauben sein, Reverend, aber es ist die Wahrheit. Erinnern Sie sich, was Sie über dieses Land erzählt haben? Dass es hier Dinge gibt, die älter sind als das Menschengeschlecht?«

Reeves nickte, und Coppelstone fuhr nach einem kurzen Moment des Zögerns fort: »Sie hatten vollkommen Recht damit, Reverend. Ich habe sie gesehen.«

18

Er hatte Reeves erzählt, was er seit seinem Weggang aus Eborat erlebt und herausgefunden hatte; in allen Einzelheiten, ohne dass der Geistliche ihn auch nur ein einziges Mal unterbrochen hätte – auch wenn sein Gesichtsausdruck ihm mehr als deutlich verriet, wie schwer es Reeves fiel, das Gehörte wirklich zu glauben.

»Ich bin fast sicher, dass sie alle hier sind«, schloss er. »Erinnern Sie sich an die Namen, von denen ich Ihnen erzählt habe? Die im Gemeindebuch von Magotty, die mit einem ›W‹ markiert waren?«

Reeves nickte. Er tat es sehr zögernd. »Aber die jüngste Eintragung war fünfzig Jahre alt!«

»Trotzdem glaube ich, dass die allermeisten noch am Leben sind«, antwortete Coppelstone. »Morrison ist hundertneunundzwanzig Jahre alt. Und einige der Männer, die ich dort unten gesehen habe, erschienen mir noch älter.«

»Aber das ist unmöglich!«, protestierte Reeves. »Niemand wird so alt! Obwohl ...« Er zögerte, dann zuckte er mit den Schultern. »Morrison war schon alt, als ich in diese Gemeinde kam – und ich war damals noch ein junger Mann. Ich habe mich oft gefragt, wie alt er wirklich ist ...«

»Vielleicht hat es etwas mit diesem Ort zu tun«, sagte Coppelstone. »Oder mit diesen unheimlichen Geschöpfen.«

»Konnten Sie herausfinden, woher sie stammen?«, fragte Reeves.

Coppelstone verneinte. »Nein. Aber dieses Rätsel werde ich auch noch lösen. Sobald ich hier herauskomme, wird dieser Spuk enden.«

»Das hoffe ich«, sagte Reeves. Er blickte Coppelstone kopfschüttelnd an. »Es ist unvorstellbar, dass sich all diese gotteslästerlichen Dinge die ganze Zeit über direkt unter unseren Augen abgespielt haben sollen, ohne dass wir etwas davon wussten!«

»Wohl eher unter unseren Füßen, Reverend«, verbesserte ihn Coppelstone sanft. »Und Sie *haben* es gewusst.«

Reeves wirkte ein bisschen erschrocken. »Wie ... wie meinen Sie das?«

»Nicht als Vorwurf, Reverend.« Coppelstone hob beruhigend die Hand. »Aber haben Sie schon vergessen, was Sie mir selbst erzählt haben? Es gibt Dinge, von denen man besser nicht spricht, weil schon das bloße Wissen um ihre Existenz das Verderben bringen kann.«

Reeves starrte ihn an. Er wirkte betroffen.

»Das war vielleicht Ihr einziger Fehler, Reverend«, fuhr Coppelstone fort. »Es ist *immer* gefährlicher, *nichts* zu wissen.«

Er wollte noch mehr sagen, aber Reeves hob plötzlich die Hand. »Jemand kommt«, sagte er, während er gespannt durch den Spalt im Fenster auf den Hof hinausblickte. Einen Moment später atmete er jedoch erleichtert auf. »Es ist Morrison. Ich habe Ihnen doch gesagt, er kommt hierher.«

Reeves wich rasch ein paar Schritte weit vom Fenster zurück, sodass er in der herrschenden Dunkelheit fast unsichtbar wurde. »Es ist besser, wenn er im ersten Moment nur Sie sieht«, sagte er. »Ich möchte nicht riskieren, dass er erschrickt. Morrison ist manchmal ein wenig zu schnell mit seinem Gewehr.«

Das klang einleuchtend – und Coppelstone blieb auch gar keine Zeit mehr, um noch irgendwelche Einwände vorzubringen. Die Tür wurde grob aufgestoßen, und Morrison kam herein.

Er erstarrte mitten im Schritt, doch Coppelstone konnte auch sehen, dass er ganz automatisch nach seinem Gewehr griff.

»Ich bin es, Coppelstone!«, sagte Coppelstone hastig. »Erschrecken Sie nicht!«

»Sie?«, keuchte Morrison. »Machnse hiea? Chab gesacht, sesolln in mei Zimma watn! Sinse vrückt geworn?!«

»Ich weiß, was Sie gesagt haben«, sagte Coppelstone hastig. »Aber wir müssen unsere Pläne ändern. Wir müssen sofort weg, nicht erst bei Sonnenaufgang, verstehen Sie? Ich habe Reeves gefunden. Er ist noch am Leben, und ich konnte ihn befreien.«

Morrisons Gesicht verlor jede Farbe. »Da Revand?«, keuchte er. »Sham mittem gesprochn?!«

»Ganz recht, mein Freund«, sagte Reeves, noch bevor Coppelstone antworten konnte. »Er hat mit mir gesprochen. Und er hat mir eine Menge wirklich interessanter Dinge erzählt.«

Reeves trat aus dem Schatten hinter Coppelstone heraus und ging mit fast gemächlichen Schritten an ihm vorbei. Der Ausdruck auf seinem Gesicht war … erschreckend, während sich der auf Morrisons Zügen allmählich in pures Entsetzen zu verwandeln begann.

»Ich muss sagen, ich bin sehr enttäuscht von Ihnen, mein Freund«, sagte Reeves. Er trat auf Morrison zu, nahm ihm das Gewehr aus der Hand, sagte noch einmal: »Wirklich, überaus enttäuscht. Und das nach allem, was ich für Sie getan habe.« Und er rammte Morrison mit aller Gewalt den Gewehrkolben in den Leib.

Morrison keuchte und brach verzweifelt um Atem ringend zusammen. Reeves drehte sich, noch immer ohne die mindeste Hast, wieder zu Coppelstone herum und fuhr in unverändertem, fast heiterem Ton fort: »Sie dagegen haben meine Erwartungen mehr als erfüllt, Mister Coppelstone. Ich muss sogar gestehen, dass Sie mich überrascht haben.«

Coppelstone starrte ihn fassungslos an. Obwohl die Situation an Eindeutigkeit nichts zu wünschen übrig ließ, weigerte er sich im ersten Moment einfach, ihre wahre Bedeutung zu begreifen. Nur ganz, ganz langsam dämmerte die Erkenntnis in ihm, dass er einen furchtbaren Fehler begangen hatte.

»Aber … aber Sie …«

»Ich wusste gleich, dass Sie Schwierigkeiten machen würden, als ich Sie sah, Mister Coppelstone«, fuhr Reeves fort. »Doch ich hätte nicht gedacht, dass Sie so weit kommen würden. Meinen Glückwunsch, Mister Coppelstone. Sie sind nicht der erste Eindringling, mit dem wir fertig werden mussten, doch vor Ihnen hat noch keiner so viel herausgefunden. Wer weiß: Nur eine Winzigkeit mehr Glück, und Sie wären uns vielleicht sogar entkommen. Aber nun ist es vorbei.«

»Sie?!«, stammelte Coppelstone. »Sie gehören … dazu?«

Reeves lächelte. »So könnte man es auch ausdrücken, ja.«

»Aber wieso?!«, keuchte Coppelstone. »Wieso Sie, Reeves? Sie sind ein Mann Gottes!«

»Das ist richtig«, antwortete Reeves. »Wenn auch vielleicht nicht unbedingt des Gottes, der Ihnen vorschwebt.«

Coppelstones Gedanken überschlugen sich. Er hatte die ganze Monstrosität von Reeves' Verrat noch lange nicht begriffen, aber er wusste doch, dass seine Lage nunmehr aussichtsloser denn je zuvor war, wenn er nicht sofort handelte. Reeves stand keine zwei Meter vor ihm und hatte sich nicht einmal die Mühe gemacht, das Gewehr auf ihn anzulegen. Wenn er schnell genug war …

»Bevor Sie irgendetwas Voreiliges tun, Mister Coppelstone«, sagte Reeves, »bedenken Sie, dass ich weitaus kräftiger bin als Sie. Und dass *ich* keine Sekunde lang den Fehler begehe, Sie zu unterschätzen.«

Vom oberen Ende der Treppe erscholl ein hartes, metallisches Klacken, und Buchanans Stimme fügte hinzu: »Und ich auch nicht mehr, Coppelstone. Und ich habe noch weitaus weniger Hemmungen als Mister Reeves, auf Sie zu schießen.«

Coppelstone drehte sich nicht zu ihm herum, aber er hob langsam die Hände in Schulterhöhe.

»Reverend – hätten Sie die Freundlichkeit, ein paar Schritte zur Seite zu treten«, fuhr Buchanan fort. »Nur, falls Mister Coppelstone auf die Idee kommt und mir den Gefallen tut, mir einen Vorwand zu liefern, um ihn zu erschießen.«

»Nicht doch«, sagte Reeves. »So dumm ist er nicht.« Trotzdem trat er rasch zwei Schritte zur Seite, damit Buchanan freies Schussfeld hatte. Ohne den Blick von Coppelstone zu wenden, doch mit erhobener Stimme an Buchanan gewandt, fuhr er fort: »Ihre Sicherheitsmaßnahmen lassen zu wünschen übrig, mein Freund. Wie konnte er nur so weit kommen? Mehr als zweihundert Männer suchen jeden Fußbreit Boden im Tal nach ihm ab, und er spaziert vollkommen unbehelligt hier herein!«

»Woher sollte ich wissen, dass er so verrückt ist, hierher zu kommen?«, fragte Buchanan trotzig. Coppelstone hörte, wie er mit schnellen Schritten die Treppe herabkam.

»Sie sind für die Sicherheit hier verantwortlich«, sagte Reeves in einem Tonfall sanften, verzeihenden Tadels. »In einer solchen Position sollte man stets mit allem rechnen. Aber ich gestehe Ihnen zu, dass Mister Coppelstone uns alle ein wenig überrascht hat.«

Buchanan trat mit stampfenden Schritten in Coppelstones Gesichtsfeld. Er sah sehr wütend aus. Auf seiner Stirn prangte eine gewaltige, grün und gelblich schillernde Beule, und seine linke Gesichtshälfte war mit halb geronnenem Blut bedeckt. »Ich dachte schon, Sie würden dieses Spiel bis in alle Ewigkeit treiben, Reverend«, sagte er.

Reeves lächelte dünn. »Ich weiß, dass ich Ihre Geduld auf eine harte Probe stellen musste, mein Freund. Aber ich hielt es für wichtig herauszufinden, wie viel Mister Coppelstone in Erfahrung gebracht hat.«

»Offensichtlich nicht genug«, sagte Coppelstone niedergeschlagen.

»Nein«, bestätigte Reeves. »Eine Menge, aber längst noch nicht alles. Doch keine Sorge – Sie werden den Rest der Geschichte auch noch erfahren.«

»Kurz, bevor Sie mich umbringen, vermute ich.«

Buchanan grinste, aber Reeves schüttelte mit gespielter Entrüstung den Kopf. »Verwechseln Sie da nicht etwas, Mister Coppelstone? Der Einzige, der hier bisher getötet hat, sind Sie.«

»Das wollte ich nicht, und das wissen Sie verdammt genau!«, antwortete Coppelstone erregt. »Es war ein Unfall. Ich wollte ihn nicht erschlagen!«

»Aber Sie haben es«, sagte Reeves, plötzlich ohne zu lächeln und so kalt, dass Coppelstone ein eisiger Schauer über den Rücken lief. »Ich nehme es Ihnen nicht einmal übel. Sie haben um Ihr Leben gekämpft, und da hätte wohl jeder so reagiert. Trotzdem ist Henderson tot. Ebenso wie Karlsson.«

»Und Sie werden für beide bezahlen«, versprach Buchanan grimmig.

Reeves machte eine besänftigende Handbewegung. Hinter ihm am Boden rührte sich Morrison stöhnend, und Buchanan trat mit zwei schnellen Schritten auf ihn zu und trat ihm so heftig in die Seite, dass Morrison einen gurgelnden Schrei ausstieß und sich noch weiter krümmte. »Genau wie du, du verdammter Verräter!«, schrie er.

»Buchanan, bitte!«, sagte Reeves scharf. »Beherrschen Sie sich! Beschädigen Sie ihn nicht – wir brauchen ihn noch!«

»Es hat wohl wenig Sinn, wenn ich wenigstens für Morrison um Gnade bitte, vermute ich«, sagte Coppelstone.

Reeves wirkte ehrlich überrascht. »Wie?«

»Mir ist klar, dass Sie mich nicht gehen lassen können«, fuhr Coppelstone fort. »Aber es gibt keinen Grund, ihn zu töten. Er wird Sie bestimmt kein zweites Mal verraten. Und wo sollte er schon hingehen, in seinem Zustand?«

»Sie überraschen mich immer wieder aufs Neue, Mister Coppelstone«, sagte Reeves kopfschüttelnd. »Doch ich kann Sie beruhigen. Der

Tod ist nicht das, was ich für Mister Morrison im Sinn habe – ebenso wenig wie für Sie, übrigens.«

»Und wieso beruhigt mich dieses Versprechen nicht?«, fragte Coppelstone.

Reeves lachte. »Sie gefallen mir, Mister Coppelstone. In der Tat, Sie gefallen mir mit jedem Moment besser. Sie sind nicht nur mutig, Sie verfügen sogar über Humor ... wollen wir hoffen, dass Sie ihn möglichst lange behalten.«

»Hören Sie endlich auf«, sagte Coppelstone zornig. »Was immer Sie mit mir tun wollen – hören Sie auf zu reden und *tun Sie es endlich!*«

Auch noch die letzte Spur eines Lächelns verschwand aus Reeves' Zügen. Er starrte Coppelstone an, und plötzlich stand in seinen Augen etwas geschrieben, das ihn erschauern ließ. »Ganz, wie Sie wollen, Mister Coppelstone«, sagte er.

19

Sie sind also hierher gekommen, um das Geheimnis von Morrisons Farm zu ergründen«, begann Reeves von neuem, als sie wenige Minuten später das Haus verließen. Sie waren nicht mehr allein: Zwei von Reeves' Männern schleiften den noch immer halb besinnungslosen Morrison zwischen sich her, gleich vier weitere mit Gewehren bewaffnete eskortierten Reeves, Buchanan und Coppelstone. Offenbar hatte sein bisheriger hartnäckiger Widerstand Reeves und den anderen doch einen gewissen Respekt abgenötigt. Coppelstone bildete sich jedoch weniger darauf ein, als Reeves vielleicht annehmen mochte. Er wusste schließlich von allen am besten, dass er bisher im Grunde nichts als Glück gehabt hatte. Und wie es aussah, war seine Glückssträhne nun endgültig zu Ende.

Coppelstone machte sich nicht die Mühe, auf Reeves' Frage zu antworten; wie er sich selbst einzureden versuchte, aus verstocktem Stolz, in Wahrheit aber wohl eher, weil ihm die Angst die Kehle zuschnürte.

»Erzählen Sie mir nicht, dass Sie nicht noch immer neugierig wären, Mister Coppelstone«, fuhr Reeves im Plauderton fort. Coppelstones Schweigen beeindruckte ihn nicht im Mindesten, sondern schien ihn im Gegenteil eher zu amüsieren.

»Und wenn doch?«, fragte Coppelstone widerwillig.

»Das würde mich enttäuschen«, gestand Reeves.

»Und wieso?«

»Ich hätte das Gefühl, dass es gewissermaßen ... gegen die Spielregeln verstieße«, sagte Reeves.

»Spielregeln? Ist es das, was das alles hier für Sie ist, Reeves? Ein Spiel?«

Reeves seufzte. »In gewissem Sinne ist alles ein Spiel«, sagte er. »Leben, Sterben, Vergehen und Werden ... wer will sagen, ob nicht das Universum selbst nicht nur ein Spielzeug ist, das die Götter zu ihrer Kurzweil erschaffen haben?«

»Ja, und wer will sagen, ob Sie nicht verrückt sind«, murmelte Coppelstone.

»Wer weiß?«, antwortete Reeves ungerührt. »Alles ist möglich.«

Sie passierten das Silo, und Coppelstone wollte ganz automatisch weiter zu dem Gebäude auf der gegenüberliegenden Seite gehen, doch Reeves winkte ab und deutete aus der gleichen Bewegung heraus auf eine niedrige Tür in dem zyklopischen schwarzen Gebäude. »Dort entlang, Mister Coppelstone.«

Coppelstones Herz begann zu hämmern. Er hatte sich vom ersten Moment an gefragt, was dieses Silo wirklich enthalten mochte, doch nun hatte er fast panische Angst davor, es zu erfahren.

Im ersten Moment, nachdem sie es betreten hatten, sah er jedoch rein gar nichts, denn in seinem Inneren herrschte absolute Finsternis. Erst nach einigen Sekunden entzündeten zwei von Reeves' Leuten gelbe Petroleumlampen, die das Gebäude mit einem bleichen Schein erfüllten, der beinahe mehr Schatten als Licht zu spenden schien.

Das Silo schien wenig mehr als eine Hülle zu sein. In seinem Inneren erhob sich ein zweiter, gewaltiger Turm, der den vorhandenen Raum fast zur Gänze ausfüllte, wodurch zwischen ihm und der äußeren Wand nur ein knapp fünf Fuß messender Spalt blieb, der gut zur Hälfte von einer metallenen Treppe mit durchbrochenen Stufen ausgefüllt wurde, die sich wie eine unendliche Spirale emporwand. Coppelstone legte den Kopf in den Nacken, woraufhin ihm fast sofort schwindelig wurde. Der Turm – und somit die Treppe – war mindestens achtzig bis hundert Fuß hoch, und es gab an der Treppe kein Geländer. Ein einziger falscher Schritt dort oben musste den sicheren Tod bedeuten.

»Nur keine Angst«, sagte Reeves. Er machte eine einladende Handbewegung. »Es ist nicht so schwer, wie es aussieht. Sie dürfen nur nicht nach unten schauen.«

Coppelstone starrte ihn finster an, setzte sich dann jedoch gehorsam in Bewegung. Er betrat die Metalltreppe als Erster und ging sogar ein wenig schneller, als er es sich eigentlich zutraute. Die

Treppe vibrierte spürbar unter seinen Schritten, und es wurde schlimmer, als ihm Reeves und die anderen folgten. Coppelstone war jedoch klug genug, sich nicht zu ihnen herumzudrehen und dabei womöglich ganz aus Versehen doch nach unten zu blicken. Das bloße Wissen um das Vorhandensein des Abgrundes war schon schlimm genug.

Er stieß ein paarmal mit der Schulter gegen die Wand des inneren Turmes zu seiner Linken und stellte dabei nicht nur fest, dass dieser offensichtlich aus massivem Gusseisen gefertigt zu sein schien, sondern auch, dass er *heiß* war. Nicht so heiß, dass er sich durch den Stoff seiner Jacke hindurch verbrannt hätte, aber doch zu heiß, um ihn mit bloßen Händen länger als wenige Sekunden berühren zu können. Zugleich glaubte er so etwas wie ein sanftes, aber trotzdem machtvolles Vibrieren zu spüren, fast, als wäre der gewaltige Metallbehälter mit Wasser oder auch einer schwereren Flüssigkeit gefüllt, die sich träge bewegte.

Als sie die erste Umrundung nahezu beendet hatten, erreichten sie eine Art Fenster, durch das ein schwacher, grünlicher Lichtschein fiel, der ihn an die Helligkeit unten in den Katakomben erinnerte. Coppelstone sah, dass sich dahinter tatsächlich eine zähe, grün leuchtende Flüssigkeit befand, durch die dunkle Wolken einer anderen Substanz trieben. Das Silo war kein Silo, sondern ein gewaltiger Tank, der mindestens eine Million Gallonen fassen musste, wenn nicht mehr. Da

Reeves nichts dagegen zu haben schien, blieb er stehen und versuchte mehr Einzelheiten in dem trübgrünen Wabern jenseits der Scheibe zu erkennen. Er musste dabei aufpassen, dass er dem Glas nicht zu nahe kam, denn es war so heiß, dass er sich daran verbrannt hätte.

Nach einer Weile gewahrte er einen hellen Schemen, der mit schlängelnden Bewegungen durch die grüne Unendlichkeit glitt. Er verschwand, tauchte wieder auf, verschwand dann erneut und erschien schließlich so nahe vor der Scheibe, dass Coppelstone ihn deutlich erkennen konnte. Es war eine der großen, weißen Wurmkreaturen, wie er ohne besondere Überraschung zur Kenntnis nahm. Aber irgendetwas war … anders an ihr. Er konnte nicht genau sagen, was, doch der Gesamteindruck stimmte einfach nicht.

Das Geschöpf verschwand, als hätte es beschlossen, dass Coppelstone es nun ausreichend lange angestarrt hatte, und sie gingen weiter. Nachdem sie die nächste Rundung hinter sich gebracht hatten und schon fast auf halber Höhe des Tanks waren, kamen sie an einem anderen Fenster vorbei, hinter dem Coppelstone weitere der fahlen Kreaturen erkennen konnte. Eine von ihnen war dem Glas so nahe, dass Coppelstone fast meinte, sie berühren zu können. Auf jeden Fall nahe genug, um ihn den Unterschied zwischen dieser und allen anderen Wurmkreaturen, denen er bisher begegnet war, sofort erkennen zu lassen.

Der Wurm hatte *Augen*.

Coppelstone schrak mit einem entsetzten Keuchen zurück, als er in die dunklen, fast menschlich wirkenden Augen des Geschöpfes blickte. Es war nicht einmal der bloße Anblick dieser Augen, so erschreckend sie auch in dem bleichen, konturlosen Wurmgesicht wirken mochten. Viel schlimmer war der Ausdruck, den er darin las: einen so tiefen, unlöschbaren Schmerz, dass Coppelstone selbst mit dieser so abstoßenden Kreatur plötzlich Mitleid empfand.

Er warf einen Blick auf die anderen Würmer, und nach und nach fielen ihm immer mehr Einzelheiten auf. Einige von ihnen schienen noch über die Stummel ehemaliger Gliedmaßen zu verfügen, andere hatten angedeutete Köpfe, Beine, Arme und Schwänze; bei einem glaubte er sogar winzige Händchen zu erkennen, die direkt aus dem Leib herauswuchsen.

Und endlich begriff er.

»Sie … Sie *züchten* sie hier!«, keuchte er. »Sie züchten diese Kreaturen in diesem Tank!«

»Sie wachsen hier heran, das ist richtig«, antwortete Reeves. »Man könnte sagen, sie entwickeln sich hier bis zu dem Zeitpunkt, zu dem wir sie sich selbst überlassen können.«

»Sie meinen, bis Sie sie auf die Welt draußen loslassen können!«, sagte Coppelstone erregt. »Wie viele von diesen … *Bestien* haben Sie hier schon ausgebrütet, Reverend? Tausende? Millionen? Und was haben Sie vor? Sich eine ganze Armee davon zu züchten, bis Sie alle Menschen in diesem Tal unter Ihre Kontrolle bringen können? Oder vielleicht gleich im ganzen Land?«

Reeves schüttelte beinahe traurig den Kopf. »Ich sehe schon, Sie verstehen immer noch nicht, Mister Coppelstone. Aber wie könnten Sie auch?« Er machte eine Handbewegung. »Gehen Sie weiter, Mister Coppelstone. Ich werde Ihnen gerne alles erzählen, was Sie wissen wollen.«

»Danke«, sagte Coppelstone erregt. »Ich weiß schon mehr, als ich eigentlich wollte.«

»Diese Erkenntnis kommt ein wenig spät, meinen Sie nicht?«, fragte Reeves amüsiert. »Außerdem glaube ich Ihnen nicht. Sie meinen also, dass wir all das hier tun, weil wir etwas so Närrisches wie *Macht* anstrebten, oder gar Geld und irdischen Besitz?«

»Nein«, antwortete Coppelstone höhnisch. »Ich bin sicher, Sie streben viel hehrere Ziele an.«

»Wir dienen einer Macht, die Sie sich nicht einmal *vorstellen* können«, sagte Reeves scharf. »Was mit uns oder Ihnen oder irgendeinem anderen Menschen auf dieser Welt geschieht, spielt dabei keine Rolle.«

»Ist Ihnen ein Menschenleben deshalb so wenig wert?«, fragte Coppelstone.

»Wir haben niemals jemanden getötet, Mister Coppelstone«, erwiderte Reeves. »*Sie* waren es, der hierher kam und alles zum Schlechten gewendet hat. Durch Ihre Schuld ist Karlsson gestorben, und Sie waren es auch, der Henderson erschlagen hat. So lange wir hier sind und unser

Werk verrichten, haben wir kein einziges Menschenleben genommen. Es waren stets die anderen, die hierher kamen und mit dem Töten begonnen haben.«

Coppelstone schwieg; vielleicht, weil da tief in ihm der furchtbare Verdacht war, dass Reeves tatsächlich die Wahrheit sagen könnte. Zugleich aber spürte er auch, dass ihm der Reverend etwas verschwieg. Etwas Wichtiges. Vielleicht das furchtbarste Geheimnis von allen.

»Und was ist mit diesen ... *Würmern?*«, fragte er schließlich. »Sie töten Menschen. Sie sind gefährlich.«

»Sie verlassen die Wälder nie«, antwortete Reeves. »Und wir achten darauf, dass sich keine Fremden hierher verirren, die zu Schaden kommen könnten. Auch der Wolf und der Bär sind gefährlich, Mister Coppelstone. Auch sie töten Menschen, wenn man unvorsichtig ist. Sprechen Sie Ihnen deshalb das Recht ab zu existieren?«

»Das ist etwas anderes!«, behauptete Coppelstone.

»Wieso?«

»Sie sind ...« Coppelstone suchte vergeblich einen Moment lang nach Worten, dann begann er von Neuem. »Sie gehören hierher, auf diese Welt! Diese ... *Dinger* nicht!«

»Was sind Sie nur für ein kleingläubiger Mensch«, seufzte Reeves.

»Kleingläubig?« Coppelstone ächzte. »Das sagen gerade Sie zu mir, ein ehemaliger Mann

Gottes? Oder waren Sie das nie? Verraten Sie mir eines, Reeves – war das schwarze Gewand, das Sie tragen, immer nur Verkleidung, oder haben Sie Ihren Glauben irgendwann einmal verloren?«

»Nein«, antwortete Reeves ernsthaft. »Ich habe ihn *gefunden,* Mister Coppelstone. Ich war lange Zeit so wie Sie und die meisten anderen. Bis ich entdeckte, dass Gottes Schöpfung in Wahrheit unendlich größer und vielfältiger ist, als wir jemals begreifen können. Sie glauben, dass die Erde das Zentrum des Universums ist und der Mensch das einzig vernunftbegabte Geschöpf darin, doch ich kann Ihnen versichern, dass das nicht die Wahrheit ist. Das Universum ist voller Welten, auf denen andere Wesen leben, Geschöpfe, die unendlich viel älter und wissender sind als wir.«

»Wissender? Diese Dinger sind Bestien!«

»Sie sind Kinder«, antwortete Reeves geduldig. »Sie werden ohne Schuld geboren, wie jedes Wesen, und sie müssen lernen. Es ist unsere Aufgabe, über sie zu wachen – sie vor der Welt zu beschützen, aber auch die Welt vor ihnen. Aus keinem anderen Grund sind wir hier.«

»Und dann?«, fragte Coppelstone. Er fühlte sich immer unsicherer, und er wusste nicht einmal genau, warum. »Was geschieht mit ihnen, wenn sie alt genug sind?«

»Sie gehen«, antwortete Reeves.

»Gehen? Wohin?«

»An einen anderen Ort«, sagte Reeves. »Sie haben Recht, Mister Coppelstone. Sie können auf dieser Welt nicht leben. Wir bringen sie zu einer anderen. Sie haben es gesehen.«

»Gesehen?« Coppelstone hielt mitten im Schritt inne und drehte sich herum. Reeves blickte ihn mit einem fast väterlich wirkenden Lächeln an, und Coppelstone musste plötzlich wieder an die Szene zurückdenken, die er in der unterirdischen Ruinenstadt beobachtet hatte: die Männer mit den Eisenstangen, die die Würmer in den vermeintlichen See trieben. Der Anblick hatte ihn an Schäfer erinnert, die sich um ihre Herde kümmerten, aber er begriff erst jetzt, wie treffend dieser Vergleich gewesen war.

»Was meinen Sie damit, eine andere Welt?«, fragte er.

Reeves gab ihm ein Zeichen weiterzugehen. »Ich sagte Ihnen bereits, das Universum ist voller Leben«, sagte er. »Manche dieser Wesen sind uns sehr ähnlich, andere wiederum so fremd, dass ihr bloßer Anblick uns töten würde. Manche reisen zwischen den Welten, wie wir über die Meere, und manche werden auf einer Welt geboren, wachsen auf einer anderen auf und gehen zu einer dritten, um zu sterben oder ihre Nachkommen zu zeugen. Wir dienen diesen Geschöpfen, Mister Coppelstone. Wir beschützen ihre Kinder, bis sie alt genug sind, zu der Welt zurückzukehren, auf der sie leben. Wir sind nicht mehr als Schäfer, aber unsere Herde ist unendlich kostbar.«

Coppelstone war nahe daran, ihm zu glauben; schon weil seine Geschichte so fantastisch und zugleich erregend war, dass er sie glauben *wollte*. Zugleich aber wäre die Konsequenz daraus, sie als wahr zu akzeptieren, einfach zu fürchterlich, denn sie hätte nicht weniger bedeutet, als dass in Wahrheit *er* der Eindringling hier war und seine Sache die falsche, nicht die Reeves und der anderen.

Und beinahe hätte er Reeves sogar geglaubt. Doch in diesem Moment hörte er Morrison im Griff der beiden Männer hinter Reeves und Buchanan stöhnen, und der Laut machte ihm schlagartig klar, was er bei all dem Fantastischen, das er gerade erfahren hatte, beinahe vergessen hätte.

»Und Morrison und all die anderen?«, fragte er. »Sind auch sie *nicht zu Schaden gekommen?*«

»Sie alle haben sich uns freiwillig angeschlossen«, antwortete Reeves. »Wir haben nie auch nur einen Einzigen gezwungen, uns zu dienen. Sie haben das Gemeindebuch gesehen, Mister Coppelstone. Nur wer alt genug ist, die ganze Tragweite seiner Entscheidung zu begreifen, kann sich uns anschließen.«

»Dieser Meinung schien mir Morrison nicht zu sein«, sagte Coppelstone.

»Morrison ist ein bedauernswerter Mann, Mister Coppelstone«, antwortete Reeves. »Er hat mein ehrliches Mitleid. Offensichtlich hat er eine Entscheidung getroffen, die er nun bedauert. Das ist schlimm, doch auch andere Menschen treffen Entscheidungen, die ihr Leben verändern, und die sie anschließend bedauern. Wir können nicht riskieren, dass unser Geheimnis gelüftet wird, Mister Coppelstone. Die Konsequenzen wären furchtbar.«

»Für Sie oder für uns?«, fragte Coppelstone.

»Für beide«, antwortete Reeves mit unerwarteter Offenheit. »Und aus diesem Grund können wir Sie auch nicht wieder gehen lassen.«

»Das heißt, Sie werden mich umbringen«, sagte Coppelstone grimmig.

»Ich sagte Ihnen doch: Wir haben noch nie einen Menschen getötet, Mister Coppelstone«, antwortete Reeves. »Wir halten das Leben für heilig. Alles Leben im Universum.«

Sie hatten das Ende der Treppe erreicht und damit das des Tanks, der in einer flachen, vielleicht dreißig Fuß messenden Metallplatte endete. In seiner Mitte befand sich ein fünf mal fünf Schritte messendes wuchtiges Metallgatter, dessen Zwischenräume aus Glas bestanden, sodass man die grün leuchtende Flüssigkeit darunter erkennen konnte. Weiße, missgestaltete Schemen bewegten sich darin, und obwohl Coppelstone nun wusste, dass diese Geschöpfe vielleicht nicht die blutrünstigen Bestien waren, für die er sie gehalten hatte, lief ihm erneut ein eisiger Schauer über den Rücken.

»Wie lange gibt es das alles hier schon?«, fragte er.

Reeves trat dicht hinter ihm auf die Metallplatte und machte eine vage Handbewegung. »Die Farm? Seit Morrisons Vorfahren in dieses Land kamen und sie erbauten. Die Stadt dort unten ist viel älter. Sie wurde von Wesen erbaut, die lange vor uns hier waren und die gingen, noch bevor der erste Mensch auf dieser Welt erschien. Wir haben unsere Aufgabe von ihnen übernommen, und wenn es uns nicht mehr gibt, werden andere kommen und sie fortführen. Die Wesen, denen wir dienen, rechnen in anderen Zeiträumen als wir, Mister Coppelstone. Ein Jahrhundert ist nur ein Atemzug für sie, und ihre Träume währen Jahrmillionen.«

Hinter ihm hatten Buchanan, Morrison und die vier Männer die Plattform betreten. Coppelstone registrierte beiläufig, dass die beiden, die die Petroleumlampen trugen, diese dicht am Rand des stählernen Deckels abstellten, während die beiden anderen Morrison bis dicht vor das Gatter schleiften und ihn dann grob niederstießen. Einer hielt ihn mit seinem Gewehr in Schach, während der andere niederkniete und sich an einem Handrad zu schaffen machte, das neben dem Gatter angebracht war. Als er daran drehte, begannen die beiden Hälften des Gatters quietschend auseinander zu klappen und sich zu heben. Ein brodelndes Zischen war zu hören, und zugleich schlugen Coppelstone eine intensive Hitzewelle und ein so durchdringender Ammoniakgestank entgegen, dass er unwillkürlich einen Schritt zurückwich. Auch Morrison begann zu stöhnen und versuchte davonzukriechen, wurde jedoch von seinem Bewacher brutal daran gehindert.

»Was haben Sie vor?«, fragte Coppelstone. Ein sehr ungutes Gefühl begann sich in ihm auszubreiten, eine noch vage Ahnung, die einfach zu schrecklich war, als dass er ihr gestattete, Substanz anzunehmen. »Reeves, was ... was geschieht hier?«

»Was immer geschieht«, antwortete Reeves, noch immer lächelnd. »Was geschehen muss.«

»Sie haben versprochen, ihn nicht zu töten!«, sagte Coppelstone.

»Das werden wir auch nicht«, antwortete Reeves.

Die beiden Hälften des Gatters hatten sich mittlerweile fast in die Senkrechte erhoben und Coppelstone sah, dass die Flüssigkeit darunter tatsächlich brodelte. Sie musste kurz vor dem Siedepunkt stehen. Mindestens ein halbes Dutzend der bleichen Wurmkreaturen bewegten sich aufgeregt unter ihrer Oberfläche hin und her. Wie Raubfische, dachte Coppelstone entsetzt, die auf die Fütterung warten.

»Reeves!«, keuchte – nein: *schrie* Coppelstone. »Das können Sie nicht tun!«

Reeves machte eine befehlende Geste, woraufhin zwei der Männer Morrison grob in die Höhe rissen. Im gleichen Moment fühlte sich auch Coppelstone gepackt und mit eiserner Hand festgehalten.

Morrison begann zu schreien und sich mit der Kraft der Verzweiflung zu wehren. Obwohl die beiden Männer ihm körperlich weit überlegen waren, leistete er ihnen einige Sekunden verbissenen Widerstand: Er stemmte die durchgedrückten Beine gegen den Boden, sodass ihn die beiden trotz aller Gewalt nicht weiter auf das offen stehende Gatter zubewegen konnten. Schließlich trat Buchanan hinter ihn und versetzte ihm einen harten Tritt in die Kniekehlen, was seinen Widerstand brach. Die beiden Männer zerrten ihn weiter und stießen ihn ohne noch einmal zu zögern in die brodelnde Flüssigkeit. Morrisons Schreie wurden für einen Moment noch spitzer und verstummten dann abrupt. Einen Moment lang schlug und trat er noch mit verzweifelter Kraft um sich, doch dann erlahmten seine Bewegungen. Die kochende Flüssigkeit musste ihn praktisch auf der Stelle getötet haben. Ein furchtbares Ende, aber zumindest ein schnelles.

Nach einigen Sekunden jedoch begann sich Morrison wieder zu bewegen. Seine Arme und Beine regten sich, und er versuchte sich träge auf den Rücken zu drehen, hatte aber offenbar nicht die nötige Kraft dazu. Die anderen Würmer umkreisten ihn, stießen ihn mit den Leibern an oder tasteten mit ihren verkümmerten Gliedmaßen über seinen Körper.

Und dann, endlich, begriff Coppelstone die ganze Wahrheit …

»Oh mein Gott!«, flüsterte er. Seine Stimme war fast nur noch ein Krächzen, und die Knie wurden ihm weich. Hätten die beiden Männer hinter ihm ihn nicht gehalten, wäre er gestürzt. »Großer Gott,

Reeves! Was tun Sie? Das … das kann nicht sein! Sagen Sie, dass Sie das nicht tun! Nicht das! Um alles in der Welt, *nicht das!*«

Reeves sah ihn nur mit steinernem Gesichtsausdruck an und schwieg. Coppelstone blickte wieder in den Tank hinab. Es war Morrison – vielleicht mit Hilfe der anderen Verdammten in seiner Nähe – gelungen, sich auf den Rücken zu drehen und für einen Moment schien sich der Blick seines einzigen sehenden Auges direkt in den Coppelstones zu bohren. Coppelstone las eine Verzweiflung darin, die ihm schier das Herz zusammendrückte, aber auch einen so tiefen, bitteren Vorwurf, dass er diesem Blick nicht länger als einige Sekunden standzuhalten vermochte.

Die Flüssigkeit musste nicht nur kochend heiß, sondern auch überaus ätzend sein, denn sie löste in rasender Schnelligkeit Morrisons Haar und Kleider auf, und sie schien auch seine Haut anzugreifen, denn sie begann vor Coppelstones Augen zu verblassen, bis sie fast so bleich und durchscheinend war wie die der Würmer.

Allmählich begann er in die grün leuchtende Tiefe hinabzusinken. Das Letzte, was Coppelstone von ihm sah, waren seine pendelnden Arme, die sich in dem brodelnden Pfuhl bewegten. Es sah aus, als winke er ihm zu.

»Ungeheuer«, flüsterte Coppelstone. »Ihr … verdammten … Ungeheuer. Es waren … Menschen. All diese … diese Bestien waren einmal … Menschen! Ihr seid schlimmer als der Teufel!«

»Ich kann verstehen, dass Sie so empfinden, Mister Coppelstone«, sagte Reeves leise. »Manche Dinge sind nun einmal notwendig, auch wenn sie uns vielleicht grausam erscheinen. Auch das Lamm, das zur Schlachtbank geführt wird, empfindet sein Schicksal vermutlich als grausam. Und doch ist es notwendig, damit wir überleben können.«

»Mehr sind wir also nicht für Sie«, sagte Coppelstone bitter. »Schlachtvieh. Sie sind kein Schäfer, Reverend Reeves. Sie sind ein Schnitter. Sie fahren die Ernte ein, aber Sie haben niemals gesät!«

Reeves lächelte. »Ein amüsanter Vergleich. Sie wissen mit Worten umzugehen, Mister Coppelstone, das muss man Ihnen lassen. Schade, dass wir keine Gelegenheit haben, weiter miteinander zu plaudern. Ich bin sicher, ich hätte es genossen.« Er machte eine befehlende, eindeutige Handbewegung. »Ersparen Sie sich die Demütigung, um Ihr Leben zu winseln, oder ziehen Sie es vor, wie Morrison zu enden?«

»Wenn Sie glauben, dass ich freiwillig dort hineinspringe, täuschen Sie sich«, antwortete Coppelstone. »Sie werden schon selbst Hand anlegen müssen. Und danach schauen Sie in den Spiegel und behaupten noch einmal, dass Sie kein Mörder sind.«

»Aber Sie werden nicht sterben, Mister Coppelstone«, antwortete Reeves lächelnd. »Sie erwartet ein wunderbares Schicksal. Sie werden Dinge erleben, die kein lebender Mensch auf dieser Welt jemals erfahren wird. Ich erwarte nicht, dass Sie mich jetzt schon verstehen, doch es wird der Tag kommen, an dem Sie begreifen, welch wunderbares Geschenk ich Ihnen gemacht habe. Werft ihn hinein.«

Den letzten Satz hatte er in dem gleichen, unveränderten Ton gesagt, mit dem er auch zu Coppelstone gesprochen hatte, sodass fast eine Sekunde verging, ehe die beiden Missgestalteten hinter ihm darauf reagierten. Dann aber ergriffen sie Coppelstone mit roher Kraft an den Oberarmen und schleiften ihn auf das Gatter zu. Coppelstone versteifte sich, doch die beiden schienen seinen Widerstand gar nicht zu spüren. Mit drei, vier raschen Schritten zerrten sie ihn zum Rand des grün brodelnden Rechteckes und machten sich daran, ihn in die kochende Flüssigkeit hinabzustoßen.

Ein bleicher Schemen tauchte aus der Tiefe des Tanks empor, barst in einer schäumenden Explosion durch die Oberfläche und griff mit beiden Händen nach den Beinen des Mannes zu Coppelstones Linken. Der Angriff kam so blitzartig, dass der Mann nicht einmal Widerstand leistete oder auch nur um sein Gleichgewicht rang, sondern einfach nach vorne gerissen wurde und dicht neben Morrison in der brodelnden, grünen Flüssigkeit verschwand.

Coppelstone warf sich mit einer verzweifelten Bewegung zurück und riss sich dabei mehr aus

Zufall los. Der Mann neben ihm stürzte, glitt auf der Kante aus und geriet mit einem Bein bis über das Knie in die kochende Flüssigkeit. Er kreischte vor Schmerz schrill auf. Seine Kleider und sein Schuh schwelten, als er das Bein zurückriss.

Auch Coppelstone war gestürzt, stemmte sich nun mühsam auf Hände und Knie hoch und sah Buchanan mit hassverzerrtem Gesicht auf sich zustürmen. Er rechnete damit, dass Buchanan nach ihm treten würde, wie er es vorhin mit Morrison getan hatte, und zog instinktiv den Kopf zwischen die Schultern, doch stattdessen riss Buchanan ihn mit einer kraftvollen Bewegung in die Höhe; vielleicht, um ihn endgültig in den Tank zu werfen. Coppelstone wehrte sich jedoch nicht, sondern sprang im Gegenteil in die Höhe, womit er nun Buchanan vollkommen überraschte und halbwegs aus dem Gleichgewicht brachte. Er versetzte ihm einen zusätzlichen Stoß, der ihn ein paar Schritte weit zurücktaumeln ließ, fuhr herum und stürzte auf die Treppe zu.

Die beiden grotesk entstellten Männer versuchten ihm den Weg zu versperren. Irgendwie gelang es Coppelstone, ihnen auszuweichen, doch er hatte in der ganzen Aufregung den Reverend vergessen, und Reeves packte ihn blitzschnell am Arm, als er vorbeistürmte. Zwar gelang es Coppelstone noch einmal, sich loszureißen, aber er verlor das Gleichgewicht, machte noch einen ungeschickten stolpernden Schritt und schlug der Länge nach hin. Auf dem Rücken liegend, schlitterte er auf den Rand der eisernen Plattform zu und sah sich schon hundert Fuß weit in die Tiefe stürzen, kam dann aber im allerletzten Moment direkt zwischen den beiden Petroleumlampen zur Ruhe.

Ihm war trotzdem klar, dass er nur wenige Sekunden gewonnen hatte. Einer von Reeves' Truppe wälzte sich noch immer am Boden und umklammerte stöhnend sein Bein. Reeves selbst blickte nur in seine Richtung und machte keine Anstalten, ihm zu folgen. Die beiden anderen jedoch humpelten mit grotesken, trotzdem aber alles andere als langsamen Schritten auf ihn zu, und auch Buchanan stemmte sich bereits wieder in die Höhe.

Coppelstones Blick streifte eine der beiden Lampen, zwischen die er aufgeschlagen war. Blindlings griff er nach einer Lampe und schleuderte sie in Richtung der beiden Missgestalteten. Er traf nicht, aber seine Attacke war trotzdem nicht ganz erfolglos: Die Lampe flog in hohem Bogen über seine Gegner hinweg und erlosch, noch bevor sie auf der anderen Seite des Tanks in die Tiefe stürzte, doch zuvor zog sie eine Spur lodernder Petroleumfunken hinter sich her, die auf die Plattform, aber auch auf die beiden Missgestalteten und Reeves hinabregneten. Die Entstellten sprangen hastig zurück und begannen auf die winzigen Flammen einzuschlagen, die an einem halben Dutzend Stellen aus ihren Kleidern züngelten, und auch Reeves' Jacke fing an Schulter und Armen Feuer.

Er schlug die Flammen jedoch nicht aus, sondern wirbelte mit einer fast verzweifelt anmutenden Bewegung herum, war mit einem einzigen Satz neben dem Gatter und trat die Petroleumfunken aus, die in der Nähe der Öffnung niedergeregnet waren. Erst danach kümmerte er sich um die Flammen, die aus seiner Jacke schlugen. Und plötzlich erinnerte sich Coppelstone auch wieder daran, dass ihm auch vorhin schon aufgefallen war, in welch respektvollem Abstand die Männer ihre Lampen abgestellt hatten.

Die Flüssigkeit in dem Tank … *musste brennbar sein!*

Coppelstone ergriff die zweite Lampe und warf sie in hohem Bogen in die Öffnung direkt hinter Reeves.

Der Reverend schrie entsetzt auf, warf sich zurück und schlug die Arme über den Kopf, während Buchanan mit weit ausgestreckten Armen nach der Lampe sprang und versuchte sie aufzufangen. Er verfehlte sie und schlug schwer zu Boden, und im gleichen Moment schoss eine zehn Fuß hohe brüllende Stichflamme aus der Öffnung im Boden. Der gesamte Tank bebte. Die Druckwelle riss auch die beiden Missgestalteten von den Füßen und trieb Coppelstone noch weiter auf die Kante zu. Vergeblich versuchte er sich an dem glatten Eisen festzuklammern. Seine Hände fanden keinen Halt. Er schlitterte über den Rand – und schlug so schmerzhaft auf den eisernen Treppenstufen auf, dass ihm übel wurde. Erst nach fünf oder zehn quälenden Atemzügen hatte er sich wieder so weit erholt, dass er sich aufrichten und nach Reeves und den anderen sehen konnte.

Aus der Öffnung im Tankdeckel loderten zwei Meter hohe, orangerote Flammen. Die Hitze war selbst hier fast unerträglich. Trotzdem waren weder Reeves noch die beiden Missgestalteten von der Öffnung zurückgewichen, sondern mühten sich mit vereinten Kräften ab, das eiserne Handrad zu drehen. Offensichtlich hatten sie vor, das Gatter zu schließen, um die Flammen auf diese Weise zu ersticken. Dabei musste das Metall glühen und die Luft, die sie atmeten, so heiß sein, dass sie ihre Kehlen versengte. Der dritte Mann lag neben ihnen am Boden und rührte sich nicht mehr. Vielleicht hatte er durch die pure Wucht der Explosion das Bewusstsein verloren, oder er war tot.

Ein Schuss krachte, und nur einen Sekundenbruchteil später schlug eine Kugel Funken sprühend unmittelbar neben Coppelstones Gesicht gegen das Eisen und heulte davon. Coppelstone drehte erschrocken den Kopf und sah, dass Buchanan sich auf ein Knie erhoben hatte und mit einem Gewehr auf ihn zielte. Hastig zog er den Kopf ein, und die nächste Kugel zischte so dicht über ihn hinweg, dass er den Luftzug spüren konnte!

»Coppelstone!«, brüllte Buchanan. »Ich kriege Sie!« Zu den anderen gewandt, brüllte er: »Schließt das Gatter! Ich hole ihn mir!«

»Erschießen Sie ihn, Buchanan!«, schrie Reeves

zurück. Seiner Stimme waren die furchtbaren Schmerzen anzuhören, die er leiden musste. »Er darf nicht entkommen!«

Coppelstone kroch einige Stufen weit auf Händen und Knien in die Tiefe, bis er es wagte, sich aufzurichten und gebückt die Treppe hinunterzustürmen. Das Metall kam ihm noch heißer vor als zuvor. Trotzdem presste er sich mit der Schulter dagegen, während er weiterrannte, denn auf der anderen Seite gähnte ein geländerloser, hundert Fuß tiefer Abgrund.

Buchanan schoss zweimal von oben auf ihn ohne zu treffen, dann hatte Coppelstone den Tank das erste Mal umrundet und die Treppe als Schutz über sich. Buchanan fluchte, gab noch einen dritten, sinnlosen Schuss ab und setzte dann zur Verfolgung an. Coppelstone konnte am rasenden Hämmern seiner Schritte hören, dass er sich viel schneller bewegte als er. Er lief ein wenig schneller, wagte es aber nicht, auch nur annähernd so rasch auszugreifen wie Buchanan.

Der Sheriff holte ihn ein, als er auf der Höhe des ersten Fensters angekommen war. Ein Schuss krachte. Die Kugel verfehlte Coppelstone um Haaresbreite, prallte unmittelbar neben seinem Gesicht gegen das Glas und heulte als Querschläger davon. *»Halt!«*, donnerte Buchanan.

Coppelstone stolperte noch ein paar Schritte weiter, blieb dann aber stehen und drehte sich mit erhobenen Armen herum. Ein Teil seines Verstandes versuchte ihm klarzumachen, dass er besser beraten wäre weiterzulaufen, denn eine Kugel zwischen die Schulterblätter war mit Sicherheit gnädiger als alles, was Buchanan und Reeves ihm antun würden. Aber er hörte nicht darauf. Jede Sekunde, die er länger am Leben blieb, wog alles auf, was danach kommen würde. Er hatte nie gewusst, dass er solche Angst vor dem Tod hatte.

Buchanan stand nur wenige Stufen über ihm. Sein Gesicht war blutüberströmt, und seine Kutte wies zahlreiche Brandflecken auf, doch das Gewehr in seinen Händen deutete ohne zu zittern auf Coppelstones Gesicht.

»Sie Narr!«, flüsterte er hasserfüllt. »Sie abgrundtief dummer, dummer Mensch! Wissen Sie überhaupt, was Sie da beinahe getan hätten? Wissen Sie überhaupt, was Sie da um ein Haar *angerichtet hätten?!*«

Die beiden letzten Worte schrie er, doch Coppelstone antwortete nicht. Sein Blick glitt über das Fenster, das sich unmittelbar neben Buchanans Gesicht befand. Er sah jetzt, dass es den Schuss doch nicht gänzlich unbeschadet überstanden hatte: In dem gut fingerdicken Glas war ein haarfeiner Riss erschienen. Noch während er hinsah, wurde er länger und begann dünne Verästelungen zu entwickeln. Ein paar Tropfen einer zähen, schwach leuchtenden grünen Flüssigkeit quollen heraus und liefen am Glas hinab.

»Nein, das wissen Sie nicht!«, fuhr Buchanan erregt fort. Seine Stimme zitterte immer stärker, doch das Gewehr in seinen Händen bewegte sich keinen Millimeter. »Sie hätten beinahe etwas zerstört, das älter als die gesamte Menschheit ist und tausendmal wertvoller! Und nur, weil Sie zu dumm sind, es zu verstehen!«

»Dann erklären Sie es mir«, sagte Coppelstone nervös. Der Riss im Glas war breiter geworden. Die wenigen Tropfen hatten sich zu einem beständigen Rieseln entwickelt, das dicht neben Buchanans Schulter an der Wand hinablief. Er bemühte sich, nicht zu auffällig hinzusehen, damit Buchanan nicht aufmerksam wurde. Wenn der Sheriff nur einmal nach oben blickte, war alles aus.

Dann bemerkte er noch etwas: Aus der Tiefe des grün leuchtenden Ozeans näherte sich eine bleiche, schlängelnde Gestalt. In Farbe und Größe glich sie den meisten anderen Wurmkreaturen, aber sie hatte Arme, Beine und ein Gesicht mit einem einzelnen, verzweifelten Auge.

Er musste wohl doch auffälliger hingesehen haben, als er meinte, denn Buchanan runzelte plötzlich die Stirn, wandte den Kopf und machte ein überraschtes Gesicht. Morrison verschwand blitzartig; so schnell, dass Coppelstone nicht einmal sicher war, ob Buchanan ihn überhaupt gesehen hatte.

»Na, so was!«, sagte Buchanan. Er streckte die linke Hand aus, wie um das Glas zu berühren, tat es aber dann doch nicht. Seine andere Hand hielt noch immer das Gewehr, und es zielte weiter unverrückbar auf Coppelstones Gesicht.

»Kein schlechter Versuch«, sagte er anerkennend. »Der Reverend hatte Recht: Sie sind ein gefährlicher Mann, Mister Coppelstone. Aber ich muss Sie enttäuschen: Dieses Glas hält eine Menge mehr aus als einen Gewehrschuss. Wir werden es später reparieren. Und jetzt ...«

Aus der Tiefe des Tanks schoss ein weißer Blitz heran. Morrison bewegte sich so schnell, dass Coppelstone ihn tatsächlich nur noch als verschwommenen Schemen erkennen konnte, und prallte mit solcher Wucht gegen das Glas, dass ihm der Zusammenstoß auf der Stelle den Schädel zertrümmern musste.

Das Glas zerbrach nicht unter dem Anprall, doch der Riss wurde breiter, und ein feiner Sprühregen der ätzenden Flüssigkeit schoss heraus und traf Buchanans Gesicht. Buchanan schrie auf, ließ sein Gewehr fallen und taumelte einen halben Schritt zur Seite. Sein linker Fuß stieß ins Leere. Er schrie erneut und noch lauter, ruderte eine halbe Sekunde lang verzweifelt mit den Armen und kippte dann rücklings ins Leere. Einen Moment später hörten seine Schreie mit dem Geräusch eines dumpfen Aufpralls auf.

Coppelstone sah schaudernd in die Tiefe, konnte aber nichts erkennen. Reeves und die anderen mussten die Flammen nahezu erstickt haben, denn der Feuerschein wurde immer schwächer; er erkannte nur Schwärze unter sich. Langsam wandte er sich wieder dem Fenster zu und versuchte irgendetwas dahinter auszumachen. Er sah aber nur treibende grüne Schlieren. Von Morrison war nichts mehr zu sehen. Er musste tot sein. Coppelstone *betete,* dass er tot war.

Der Riss im Glas war nicht breiter geworden, doch der feine Sprühregen hatte sich zu einem doppelt fingerdicken Sturzbach entwickelt, der sich zischend in die Tiefe ergoss. Coppelstone überlegte einen Moment, ob er die Scheibe vollends einschlagen sollte, entschied sich aber fast sofort dagegen. Er hatte kein geeignetes Werkzeug, und ein solcher Versuch würde ihn nur aufhalten, ohne ernst zu nehmenden Schaden anzurichten. Er bildete sich keine Sekunde ein, Reeves mit einer eingeschlagenen Fensterscheibe aufhalten zu können. So rasch er konnte, eilte er hinab. Er erreichte das Ende der Treppe unbehelligt, musste aber mit einem vorsichtigen Schritt über die brodelnde Pfütze hinwegtreten, die sich mittlerweile dort angesammelt hatte.

Und er sah sich beinahe augenblicklich mit dem nächsten Problem konfrontiert. Der Lärm und die Schüsse mussten gehört worden sein, denn er hörte aufgeregte Stimmen, die draußen vor dem Silo durcheinander riefen und schrien, und jemand hämmerte mit den Fäusten gegen die Tür. Er erinnerte sich, dass es eine sehr stabile Tür war, sodass er nicht unmittelbar damit rechnen musste, dass jemand hereinkam – doch was nutzte ihm das? Auf diese Weise kam *er* auch nicht hinaus.

Er brauchte eine Waffe.

Buchanans Gewehr fiel ihm ein. Er sah sich nach der Leiche des Sheriffs um, ging hin und hob die Waffe auf, wobei er es sorgsam vermied, Buchanans zerstörtes Gesicht allzu genau zu betrachten. Mit dem Gewehr in der Hand fühlte er sich etwas sicherer, sagte sich aber zugleich auch selbst, dass dieses Gefühl wohl eher auf Wunschdenken beruhte denn auf Überzeugung.

Das Hämmern gegen die Tür wurde lauter, und eine Stimme schrie: »Reverend! Sheriff? Ist alles in Ordnung?«

»Keine Sorge!«, schrie Coppelstone zurück. »Wir hatten Probleme, aber nun haben wir die Situation wieder unter Kontrolle!«

Er hoffte, dass die Tür und die Lautstärke, mit der er schrie, seine Stimme hinlänglich verzerrten, damit die Lüge nicht sofort auffiel. Zumindest wurde die Tür nicht sofort eingeschlagen, und selbst das Hämmern hörte auf, doch nach einem Moment drang Reeves' Stimme aus der Höhe des Silos herab:

»Coppelstone? Sind Sie das?«

»Erwarten Sie noch andere Gäste?«, schrie Coppelstone zurück.

Einige Sekunden lang herrschte verblüfftes Schweigen, dann rief Reeves: »Was ist mit Buchanan passiert? Haben Sie ihn getötet?«

Coppelstone schwieg. Er dachte immer verzweifelter nach, kam aber einfach zu keinem Ergebnis. Und das, zu dem er hätte kommen können, war niederschmetternd: Es war alles umsonst gewesen. Seine Lage hatte sich keinen Deut verbessert.

»Sie haben ihn getötet«, fuhr Reeves fort, als er nicht antwortete. »Sie versetzen mich immer mehr in Erstaunen, Mister Coppelstone. Aber was haben Sie jetzt vor? Sie können uns nicht alle erschießen – ich nehme doch an, Sie haben sich Buchanans Gewehr bemächtigt?«

»Kommen Sie herunter, und Sie finden es heraus!«, rief Coppelstone zurück. Er war sich darüber im Klaren, dass das ein Fehler war. Auch nur mit Reeves zu reden, bedeutete bereits Schwäche einzugestehen. Er musste irgendetwas tun. Ein Ablenkungsmanöver.

»Sie haben keine Chance, Mister Coppelstone«, fuhr Reeves fort. »Dort draußen sind Dutzende von Männern, und selbst wenn Sie an ihnen vorbeikämen, hätten Sie nichts gewonnen. Das Tal wimmelt von Suchtrupps. Sie haben Hunde und Gewehre.«

Coppelstone fragte sich, ob das, was für ihn galt, möglicherweise auch auf Reeves zutraf. Vielleicht hatte er Angst.

»Das kann schon sein!«, rief er. »Aber wenn ich hier nicht mehr lebend herauskomme, dann Sie auch nicht! Ich schwöre Ihnen, dass ich Sie mitnehme!«

Sein Blick tastete über den Boden, über die allmählich größer werdende Pfütze der grün leuchtenden Flüssigkeit und glitt dann an dem plätschernden Rinnsal empor, das seinen Ursprung in dem geborstenen Fenster hatte. Ein verzweifelter Plan nahm allmählich hinter seiner Stirn Gestalt an.

»Das wäre höchst unerfreulich!«, rief Reeves. »Für uns beide, meinen Sie nicht, Mister Coppelstone? Hören Sie mir zu! Ich mache Ihnen einen Vorschlag!«

»Sie schießen sich freiwillig eine Kugel in den Kopf, und dafür bekomme ich freies Geleit?« Coppelstone legte das Gewehr aus der Hand und begann in seinen Taschen zu suchen.

Reeves überging seine Worte. »Sie wissen, dass Sie hier nicht lebend herauskommen!«, sagte er noch einmal. »Und ich traue Ihnen umgekehrt durchaus zu, noch mehr Schaden anzurichten!«

Ganz genau das hatte Coppelstone vor. Er hatte gefunden, wonach er gesucht hatte und stand langsam auf.

»Ich brauche einen Nachfolger für Buchanan!«, fuhr Reeves fort. »Und wer wäre besser dazu geeignet als der Mann, der ihn getötet hat? Überlegen Sie es sich, Coppelstone! Ich meine es ehrlich! Ich habe kein Interesse an Ihrem Tod!«

Coppelstone war nicht einmal sicher, ob Reeves' Vorschlag nicht tatsächlich ernst gemeint war. Reeves war komplett wahnsinnig, davon war er mittlerweile felsenfest überzeugt. Vielleicht hatte der Kontakt zu den *uralten Mächten*, von denen er ständig sprach, seinen Geist auf die Dauer genauso deformiert, wie er die Körper der Männer dort unten in den Höhlen zerstört hatte.

»Wie ist es?«, schrie Reeves. Seine Stimme klang schrill. Sie zitterte. »Überlegen Sie es sich, Coppelstone! Keiner von uns hat irgendetwas zu gewinnen, wenn wir uns weiter bekämpfen. Wir können nur verlieren!« Er *hatte* Angst.

Coppelstone hatte die Pfütze erreicht, ließ sich in respektvollem Abstand davor in die Hocke sinken und riss sein Sturmfeuerzeug an. Mit weit ausgestrecktem Arm hielt er die Flamme über die Flüssigkeit.

Reeves kreischte. *»Coppelstone! Was tun Sie?!«*

Die Pfütze fing Feuer, noch bevor die Flamme sie berührte. Offenbar waren selbst die Dämpfe, die die Flüssigkeit abgab, schon hochbrennbar.

»Coppelstone!«, brüllte Reeves mit sich überschlagender Stimme. *»Was tun Sie?! Was tun Sie da?!«*

»Ich sorge dafür, dass wir gemeinsam zur Hölle fahren, Reeves«, antwortete Coppelstone. Sehr viel leiser, fast nur flüsternd, fügte er hinzu: »Und ich löse mein Versprechen ein, Morrison.«

Die Flammen breiteten sich rasend schnell aus, verwandelten die Pfütze in einen lodernden Feuersee und rasten nach rechts und links, bis der gesamte Tank von einem feurigen Ring umgürtet war, aber sie huschten auch in Windeseile an seiner Wand in die Höhe, bis sie das Fenster erreichten. Sie schlugen nicht nach innen, bildeten aber eine lodernde Fackel, wie die Lüftung eines gigantischen Hochofens. Die Hitze stieg rasend schnell, und die Luft wurde schon nach wenigen Augenblicken so schlecht, dass Coppelstone kaum noch atmen konnte.

»Coppelstone, sind Sie wahnsinnig!«, brüllte

Reeves. »Sie bringen uns um! Hören Sie? Wir sterben!« Der Rest seiner Worte ging in einem gequälten Husten unter.

Tatsächlich musste die Hitze dort oben noch viel grausamer sein als hier unten und wenn nicht sie, so würde der Sauerstoffmangel Reeves und die anderen binnen weniger Minuten töten. Aber mich vermutlich auch, dachte Coppelstone. Er hatte zunehmend Mühe, sich auf den Beinen zu halten. Die Hitze raubte ihm fast das Bewusstsein, und die Flammen zehrten den Sauerstoff hier drinnen rasend schnell auf. Halb blind und ununterbrochen hustend, taumelte er zu Buchanans Leichnam zurück und fiel neben ihm auf die Knie.

Dem Toten die Kutte auszuziehen, überstieg fast seine Kräfte, und als er sie überstreifte, wurde ihm für einen Moment schwarz vor Augen. Vielleicht verlor er auch tatsächlich für wenige Sekunden das Bewusstsein, denn als er die Augen wieder aufschlug, erstrahlte das gesamte Silo in einem grellen, rot lodernden Feuerschein. Der Tank war fast bis zu halber Höhe von Flammen umgeben, und das Fenster musste wohl doch geplatzt sein, denn aus der Öffnung ergoss sich ein grell lodernder Wasserfall aus flüssigem Feuer über seine Flanke.

Coppelstone wollte atmen, aber er konnte es nicht. Seine Lungen füllten sich mit Feuer, nicht mit Luft, und als er nach dem Gewehr griff, war das Metall so heiß, dass es seine Finger verbrannte. Trotzdem hielt er die Waffe eisern fest, und irgendwoher nahm er nicht nur die Kraft, sich in die Höhe zu stemmen und auf den Ausgang zuzutaumeln, sondern sogar noch die Geistesgegenwart, die Kapuze hochzuschlagen.

Das Brüllen der Flammen war so ohrenbetäubend geworden, dass es jeden anderen Laut einfach verschluckte. Coppelstone sah aus tränenverschleierten Augen, dass die Tür unter einer Folge harter, rasch aufeinander folgender Schläge erzitterte, hörte aber nichts außer dem Brausen und Tosen der Feuersbrunst. Mit allerletzter Kraft zog er den Riegel zurück und stürzte den Männern, die die Tür aufrissen, in die Arme.

Hinter ihm loderten die Flammen zu noch grellerer Glut auf, als frischer Sauerstoff durch die Tür hereinströmte. Ein Chor von Schreien gellte in seinen Ohren, und zahllose Stimmen begannen gleichzeitig auf ihn einzureden.

»Feuer!«, stammelte er. »Feuer! Alles ... brennt. Der Reverend ... Er ist ... noch dort ... drinnen ...«

Die Worte hatten genau die Wirkung, die er erhofft hatte. Einige Männer zerrten ihn rasch vom Eingang fort, die meisten verloren jedoch schlagartig das Interesse an ihm und versuchten ins Innere des Silos zu gelangen, wurden jedoch von der intensiven Hitze zurückgetrieben.

»Was ist passiert?«, schrie eine Stimme. »Wo ist der Reverend!?« Starke Hände ergriffen ihn bei den Schultern und begannen ihn wild hin und her zu schütteln. *»Wo ist der Reverend?!«*

Coppelstone hob stöhnend die Arme vor das

Gesicht, damit man ihn nicht erkannte. Er hustete, spuckte Rauch und schwarzen Schleim aus, dann wurde die Übelkeit mit der Wucht einer Explosion übermächtig. Er konnte sich gerade noch losreißen und herumdrehen, bevor er sich übergeben musste.

Hinterher fühlte er sich keineswegs besser, sondern noch genauso übel und noch viel kraftloser als zuvor, doch zumindest hatte man ihn allein gelassen. Er musste wohl wieder für eine Weile bewusstlos gewesen sein, ohne es überhaupt bemerkt zu haben, denn der Hof glich einem wahren Hexenkessel. Dutzende von Männern rannten schreiend hin und her, schleppten Eimer oder andere Gefäße mit Wasser oder rannten einfach blindlings durcheinander. Das Silo hatte mittlerweile zur Gänze Feuer gefangen. An zahllosen Stellen hatten die Flammen seine Wände durchbrochen, und das Dach musste eingestürzt sein, denn es spuckte Feuer wie ein gewaltiger Kamin. Der Himmel über dem gesamten Tal hatte sich rot gefärbt.

Niemand schien Notiz von ihm zu nehmen. Coppelstone mobilisierte die in seinem geschundenen Körper noch verbliebenen Kraftreserven, zwang seine Arme und Beine irgendwie sich zu bewegen und stemmte sich stöhnend in die Höhe. Es gab keinen Quadratzentimeter an seinem Leib, der nicht entsetzlich wehtat. Wenn er es gekonnt hätte, hätte er ununterbrochen geschrien. Trotzdem kämpfte er sich irgendwie auf die Füße und machte einen ersten, taumelnden Schritt.

Nachdem er einmal in Bewegung war, ging es etwas besser. Jeder Schritt war die Hölle, aber er zwang sich mit zusammengebissenen Zähnen, immer wieder einen Fuß vor den anderen zu setzen und auf die Lücke im Erdwall zuzutaumeln. Die Farm war verloren. Es war höchstens noch eine Frage von Minuten, bis die Flammen auch auf die anderen Gebäude übergreifen mussten und dann konnte niemand überleben, der sich im Inneren dieses makaberen Festungswalles befand.

Coppelstone taumelte weiter. Er fiel ein paarmal auf Hände und Knie, kämpfte sich aber immer wieder hoch und setzte seinen Weg mit einer Verbissenheit fort, die er bei klarem Bewusstsein wohl nie aufgebracht hätte. Irgendwie erreichte er den Wall und die Lücke darin, wandte sich nach rechts und begann den Hang hinaufzutaumeln. Er wusste nicht, warum. Der Weg durch das Tal wäre viel leichter gewesen, doch er schlug ganz instinktiv diese Richtung ein; vielleicht aus dem simplen Grund, weil es die war, aus der er sich der Farm bisher stets genähert hatte, und er nicht mehr klar denken konnte, sondern reagierte wie ein verwundetes Tier, das sich instinktiv in die einzige Richtung schleppte, die es kannte.

Auf halber Höhe des Hangs verließen ihn endgültig die Kräfte. Er sank auf die Knie, stützte sich noch einen Moment mit der Hand im Gras auf und fiel dann endgültig auf die Seite. Morrisons Farm lag unter ihm.

Was er erwartet hatte, war eingetreten: Das Feuer hatte auf die anderen Gebäude übergegriffen. Die Farm war zu einem lodernden Inferno geworden, in dessen Mitte das Silo wie ein gigantischer Scheiterhaufen brannte. Auch aus allen anderen Gebäuden schlugen Flammen und selbst der Erdwall brannte an einigen Stellen. Coppelstone sah, dass der Boden rings um das Silo herum geborsten war und wie in einem unterirdischen unheimlichen Feuer glühte. Ein Spinnennetz gezackter, in greller Weißglut flammender Linien verlief von dort bis zu Morrisons Erdwall, als gäbe es dort unterirdische Verbindungen, die ebenfalls Feuer gefangen hatten.

Und dann explodierte die Farm.

Es geschah ungeheuer schnell und im ersten Moment mit gespenstischer Lautlosigkeit. Das Silo verwandelte sich von einem Sekundenbruchteil auf den anderen in einen weißen, ungeheuer *hellen* Feuerball, der sich rasend schnell ausbreitete und auf seinem Weg Häuser, Menschen und schließlich den Erdwall verschlang, ehe er zu einer brodelnden Flammenwalze wurde, die sich noch immer ausdehnte.

Erst dann erreichte der Donner der Explosion den Hang und löschte Coppelstones Bewusstsein auf der Stelle aus.

20

Die Sonne schien, als er erwachte. Ein sanfter Wind strich den Hang hinauf und brachte einen intensiv stechenden Brandgeruch mit sich. Das Erste, was ihm auffiel, war die unnatürliche Stille. Er öffnete die Augen und blickte in einen wolkenlosen, klaren Himmel, dessen strahlendes Blau der Situation nicht nur vollkommen unangemessen war, sondern ihm für einen Moment beinahe wie böser Hohn vorkam. Außerdem sagte es ihm, dass er sehr lange besinnungslos gewesen sein musste. Der Frühdunst hatte sich bereits verzogen. Es war nicht Morgen, sondern bereits Tag.

Coppelstone richtete sich auf und sah ins Tal hinab.

Die Farm war verschwunden.

Er hatte damit gerechnet, sie als Ansammlung verkohlter Ruinen zu erblicken, aber sie war einfach nicht mehr da. Wo das Silo gestanden hatte, gähnte ein mindestens zehn Fuß tiefer Krater von gut doppeltem Durchmesser des ehemaligen Gebäudes, und auch von den anderen Häusern, Schuppen und Scheunen war nichts mehr geblieben. Die Erde war schwarz verkohlt und wie leer gefegt, als hätten sich die Gebäude in der ungeheuren Glut des Feuerballes einfach aufgelöst.

Selbst der Erdwall war verschwunden. Wo er sich erhoben hatte, markierte ein unregelmäßiger Graben mit schräg nach außen aufgeworfenen Rändern den Bereich verbrannter Erde. Wahrscheinlich, dachte Coppelstone, hatte der Wall die Wucht des Feuerballes gebrochen und sich in seiner Glut aufgelöst, und mit großer Wahrscheinlichkeit war das auch der einzige Grund, weswegen er noch am Leben war. Er erinnerte sich voller Schaudern an die letzten Sekundenbruchteile, bevor ihn das Bewusstsein verließ: Der Feuersturm hatte sich mit unvorstellbarer Geschwindigkeit ausgebreitet und wäre zweifellos den Hang bis zum Grat hinaufgerast, hätte nichts seiner Wucht Einhalt geboten.

Trotzdem wunderte er sich, noch am Leben und darüber hinaus in Freiheit zu sein. Nichts, was sich auf der Farm befunden hatte, konnte die ungeheure Explosion überstanden haben. Reeves und alle seine Männer waren tot, doch die Explosion und der Feuerschein mussten auf viele, viele Meilen im Umkreis zu sehen und zu hören gewesen sein. Nach allem, was normal war, hätte es hier von Menschen nur so wimmeln müssen.

Er sah jedoch niemanden. Auch als er den Kopf wandte und einen aufmerksamen Blick in die Runde warf, sah er keine Spur von Leben, weder menschlichem noch tierischem. Erneut fiel ihm die unnatürliche Stille auf. Er hörte das leise Wispern, mit dem der Wind durch das Gras fuhr, darüber hinaus jedoch keinen Laut. Es war, als hätte das, was geschehen war, nicht nur alles Leben auf der Farm ausgelöscht, sondern auch in weitem Umkreis vertrieben.

Wäre es anders, dachte er, dann wäre er jetzt auch kaum noch in der Lage, diesen Gedanken zu denken. Er wagte sich nicht einmal *vorzustellen,* was die Männer aus Magotty mit ihm anstellen würden, wenn er ihnen in die Hände fiel.

Coppelstone stand mühsam auf und stellte erst dabei fest, dass er noch immer die Kutte trug, die er Buchanan abgenommen hatte. Beinahe angeekelt streifte er sie ab, warf sie jedoch nicht, wie es sein erster Impuls war, im hohen Bogen davon, sondern wickelte sie unordentlich zusammen und klemmte sie sich unter den linken Arm, um sie als Beweis mitzunehmen. Es würde ihm schwer genug fallen, seine Geschichte glaubhaft zu machen, denn zusammen mit Reeves und der Farm waren auch die meisten Spuren ihres gotteslästerlichen Tuns verschwunden. Aber da waren schließlich noch die Kirche von Magotty, der unterirdische Gang und vor allem die gewaltige Stadt, die sich tief in der Erde unter der Farm verbarg.

Allerdings hatte er keine Ahnung, wohin er sich jetzt wenden sollte. Er konnte das Tal nicht auf dem Weg verlassen, der nach Magotty führte, und genauso wenig traute er sich, nach Eborat zu gehen, denn er war mittlerweile hundertprozentig sicher, dass auch die Einwohner dieser Stadt Teil jener monströsen Verschwörung waren, die er aufgedeckt hatte. Einen Moment lang überlegte er, sich in die andere Richtung zu wenden: durch das Tal und die Strecke entlang, die die geplante Straße nehmen sollte. Aber das hätte bedeutet, fünf Meilen weit durch dichten Wald marschieren zu müssen, und bei diesem Gedanken war ihm nicht besonders wohl. Er wusste nicht einmal, ob er die nötige Kraft dazu aufbringen würde. Wie durch ein Wunder war er zwar nicht schwer verletzt worden, wies jedoch zahllose mehr oder weniger schlimme Blessuren auf, die ihm in ihrer Gesamtheit doch arg zu schaffen machten. Außerdem war er vollkommen erschöpft.

Also blieb ihm nur eine einzige logische Richtung: den Hang hinauf bis zum Teerweg, dem er bis zur Straße folgen konnte. Dort würde er sich in Richtung Providence wenden – eine Strecke, die unmöglich zu Fuß zu bewältigen war, schon gar nicht in seinem Zustand, doch er würde sicher unterwegs einen Wagen anhalten können. Er machte sich auf den Weg.

Anfangs hatte er Schwierigkeiten, die Teerstraße wieder zu finden, doch nach gut zehn Minuten stieß er auf die ersten, unregelmäßigen schwarzen Flecken im Boden, die bald darauf zu einer durchbrochenen Kette und schließlich zu einem von Schlaglöchern und Rissen durchzogenen schwarzen Band wurden. Das Gehen darauf fiel ihm etwas leichter, sodass er schneller vorankam. Trotzdem bereitete ihm jeder Schritt Mühe. Er begann immer mehr zu bezweifeln, dass er oben auf der Straße weit kommen würde, ja, er war nicht einmal mehr ganz sicher, ob er sie wirklich erreichte.

Weitere zehn Minuten danach fand er seinen Wagen – oder das, was davon übrig war. Der Ford bot einen Anblick des Jammers: Er stand auf blanken Felgen da. Die Sitzpolster waren verschwunden, sodass er nur noch das Metallgestell und die nackten Federn erblickte, und die Holzverkleidung des Armaturenbrettes sah aus, als wäre sie mit Säure überschüttet worden. Die Instrumente hingen an blanken Kabeln heraus oder waren auf den Boden gefallen. Aber der Schlüssel steckte im Schloss.

Coppelstone betrachtete das, was vor wenigen Tagen noch ein fabrikneues Automobil gewesen war, einen Moment lang nachdenklich, dann umkreiste er es einmal und öffnete schließlich die Motorhaube.

Karlssons Hammerschlag hatte weitaus weniger Schaden angerichtet, als er angenommen hatte. Der Kühlerschlauch war abgerissen, und der Kühler selbst hatte ebenfalls einen Riss, doch er war nicht besonders groß und befand sich sehr weit oben. Als er den Kühler öffnete, stellte er fest, dass er noch fast zur Gänze mit Wasser gefüllt war. Es würde nicht lange dauern, bis der Motor heißlief und sich die Kolben festfraßen, aber was hatte er zu verlieren? Jede Meile, die er fahrend zurücklegte, war eine gewonnene Meile. Mit einiger Mühe befestigte er den Kühlerschlauch wieder an seinem Platz, schloss die Motorhaube und hievte sich auf die blanken Federn des Fahrersitzes.

Das Wunder geschah: Als Coppelstone den Schlüssel herumdrehte, sprang der Motor sofort an. Er verlor keine Zeit, sondern legte hastig den Rückwärtsgang ein und rangierte den Ford auf die Teerstraße hinauf.

Es erwies sich als sehr viel schwieriger, auf blanken Felgen zu fahren, als es sich Coppelstone vorgestellt hatte. Der Wagen schlingerte wild, und das Lenkrad bockte so heftig, dass er es mit aller Gewalt festhalten musste. Unter den blanken Felgen stoben Funken hoch, und mehr als einmal drohte er von der Straße abzukommen und gegen einen Baum zu prallen. Coppelstone argwöhnte, dass er nicht weit genug kommen würde, um den Motor zu ruinieren. Vermutlich würde lange vorher ein Rad oder die Achse brechen. Doch im Moment rollte er und das allein zählte.

Um einiges schneller, als er eigentlich verantworten konnte, folgte er den Windungen und Kehren der Teerstrecke. Er verfluchte jede Schleife, die er fuhr, denn sie ging von der Strecke ab, die er sich der Hauptstraße näherte, und die ganze Zeit über lauschte er gebannt auf das Motorengeräusch. Es schien bereits ein wenig härter geworden zu sein; aber möglicherweise bildete er sich das auch nur ein.

Seiner Schätzung nach musste er die Straße nun bald erreicht haben. Mehr verlangte er auch nicht. Wenn er nur die Hauptstraße erreichte, war er zufrieden, und vielleicht noch ein, zwei Meilen. Sich mit aller Kraft ans bockende Lenkrad klammernd, steuerte er den Wagen um die nächste Biegung ... und trat so hart auf die Bremse, dass er gegen das Lenkrad geschleudert wurde und fast vom Sitz gefallen wäre.

Vor ihm stand Reverend Reeves.

Coppelstone erkannte ihn fast nur noch an den verkohlten Resten seines schwarzen Gewandes, denn er war fürchterlich verbrannt und hatte eigentlich kein Recht mehr, noch am Leben zu sein oder sich gar aufrecht zu halten. Sein Gesicht war zerstört, eine blutig schwarze Wüste, aus der seine Augen wie geronnene Tümpel herausleuchteten, und seine Finger waren zu schwarzen Stümpfen verkohlt. Er hätte eindeutig nicht mehr leben dürfen. Kein normaler Mensch hätte sich mit diesen Verletzungen hierher quälen können, aber er stand hoch aufgerichtet in der Mitte der Straße und starrte Coppelstone an.

»Coppelstone!«, schrie er. »Ich verfluche Sie! Was haben Sie getan?!«

Coppelstone starrte die Grauen erregende Gestalt aus hervorquellenden Augen an. Ein leiser wimmernder Ton kam über seine Lippen, aber das bemerkte er gar nicht. Eine unsichtbare Hand aus Eis schien nach seinem Herzen zu greifen und es langsam zusammenzudrücken. Jeder einzelne Muskel in seinem Körper war verkrampft, und er presste die Kiefer so fest aufeinander, dass sein Zahnfleisch zu bluten begann. Was er sah, war *unmöglich.* Reeves hatte oben auf dem Tank gestanden, als er das Silo verließ! Kein lebendes Wesen hätte aus dieser Hölle entkommen können!

Reeves kam mit einem taumelnden Schritt näher und stützte sich schwer mit beiden Händen auf die Motorhaube. Seine Finger hinterließen blutige Abdrücke darauf, und sein zerstörtes Gesicht war Coppelstone jetzt so nahe, dass er erneut aufstöhnte.

»Was haben Sie getan, Sie Unseliger?!«, schrie Reeves. »Sie haben alles zerstört! Sie haben das Werk zahlloser Generationen zunichte gemacht! Jetzt ist er frei! Er wird alles vernichten, was sich ihm in den Weg stellt! Ich verfluche Sie, hören Sie? Alle nachfolgenden Generationen werden auf Ihren Namen spucken, wenn sie ihn aussprechen!«

Coppelstone wimmerte. Er verstand nicht, wovon Reeves sprach. Er hörte die Worte, aber er war nicht in der Lage, ihren Sinn zu begreifen. Er konnte nur dieses Gesicht anstarren, dieses grauenhafte zerstörte Gesicht, das sich über die Motorhaube beugte und ihm sinnlose Worte zuschrie.

»Nein!«, wimmerte er. »Gehen Sie weg! So gehen Sie doch weg!«

»Er ist frei!«, brüllte Reeves. »Verstehen Sie? Frei! Nichts kann ihn jetzt noch aufhalten! Und es ist allein Ihre Schuld!«

»Gehen Sie!«, kreischte Coppelstone. Er hatte das Gefühl, dass sich hinter seiner Stirn ein immer stärker werdender, immer unerträglicherer Druck aufbaute. *»So gehen Sie doch endlich!!!«*

»Er wird über uns alle kommen wie der Zorn Gottes!«, brüllte Reeves. »Eine Kreatur, tausendmal schlimmer als Ihre schlimmsten Albträume!«

Coppelstone fuhr los. Er schrie auf wie in Agonie und trat das Gaspedal bis zum Boden durch. Der Ford machte einen Satz, begrub Reeves unter sich und rumpelte über ihn hinweg. Der Wagen schlingerte immer heftiger. Das Lenkrad schlug unter seinen Händen hin und her, der Ford prallte mit dem Heck gegen einen Baum und schlitterte Funken sprühend auf die Straße zurück. Coppelstone registrierte es nicht einmal. Er schrie noch immer aus Leibeskräften, und sein Fuß drückte das Gaspedal noch immer bis zum Boden durch. Der Motor heulte schrill, und sein Geräusch klang nun tatsächlich weitaus härter. Unter der Motorhaube quoll grauer Dampf hervor. Coppelstone bemerkte nichts von alledem. Er schrie, klammerte sich mit beiden Händen ans Lenkrad und versuchte den Wagen irgendwie auf der Straße zu halten. Er hatte sich an der Grenze zwischen Wahnsinn und Normalität verfangen und sie für einen kurzen Moment vielleicht sogar überschritten. Er schrie, bis seine Stimme versagte, und er fuhr immer schneller und schneller. Der Wagen kam immer wieder von der Straße ab, prallte gegen Hindernisse und walzte durch Büsche. Der Motor klang nun schrill und misstönend. Ein metallisches Kreischen begleitete sein Geräusch, das mit jeder Sekunde lauter wurde. Der Motor würde in wenigen Augenblicken den Geist aufgeben, doch das war ihm gleich. Er wollte nur weg. Weg aus diesem Wald, weg aus dieser Dimension des Irrsinns, nur weg, weg, *weg*. Wenn er die Straße erreichte, dann war er in Sicherheit, denn sie war ein Teil jener Welt, die er kannte, der Welt des Normalen und Begreifbaren, der Dinge, die man anfassen und vor allem *verstehen* konnte.

Er lenkte den Wagen um die letzte Biegung. Hundert Yards über ihm lag die Straße.

Doch er konnte sie nicht erkennen.

Der Weg war nicht mehr leer. Unmittelbar vor ihm lag eine gigantische fahle Kreatur, die ihn aus einem augenlosen Gesicht anstarrte.

In Farbe und Aussehen glich sie den Würmern, die Coppelstone schon zur Genüge zu Gesicht bekommen hatte, aber ihre Größe war unvorstellbar. Coppelstone vermochte ihre Länge nicht einmal zu schätzen, doch sie füllte den Waldweg vor ihm zur Gänze aus. Auch sie war verletzt. Ihre totenbleiche Haut war mit großen, schwärenden Wunden und Verbrennungen übersät, aus denen eine wasserklare Flüssigkeit quoll, unter der der Boden zu dampfen begann. Doch die Kreatur war so gigantisch, dass selbst diese grässlichen Verletzungen keine ernsthafte Gefahr für sie darstellen konnten.

Und endlich begriff Coppelstone, wovon Reeves gesprochen hatte. Er begriff auch noch mehr, nämlich, was ihn die ganze Zeit über an dieser Straße gestört hatte, ohne dass er dieses Gefühl bisher hatte in Worte fassen können, der Straße, die so sehr den anderen Wurmspuren glich, nur so unvorstellbar viel *breiter* war. Und nun wusste er auch, was in dem Erdwall rings um Morrisons Farm verborgen gewesen war.

All dieses Wissen nutzte ihm jedoch nichts mehr.

Coppelstone schrie vor nacktem Entsetzen und schierem Grauen auf, trat mit aller Gewalt auf das Gaspedal, obwohl sein Fuß es ja bereits bis zum Bodenblech durchgedrückt hatte, und fuhrwerkte wie wild am Lenkrad herum, ohne dadurch das fast ziellose Schlingern des Wagens irgendwie beeinflussen zu können. Wie in einer furchtbaren Vision – es *konnte* nur eine Vision sein, denn das Bild war zu grauenerregend, um irgendetwas anderem zu entspringen als seiner bloßen Einbildung – sah er, wie sich eine verbrannte, verstümmelte Gestalt hinter dem Wagen aufrichtete und eine Hand mit blutigen Fingerstümpfen nach ihm ausstreckte. Der Reverend! Er musste vom Wagen mitgeschleift worden sein und irgendetwas verkrampfte sich in Coppelstone, als er begriff, dass der unfassbare Todeskampf dieses Mannes immer noch nicht vorbei war. Er riss das Lenkrad abermals herum und spürte im gleichen Moment einen entsetzlichen Anprall; der Körper, vielleicht auch die Zunge des Wyrm, die in diesem Augenblick gegen den Wagen schlug.

Metall, Glas und heißes Öl spritzten in einer gewaltigen Explosion vor Coppelstone auseinander. Der Wagen wurde in die Höhe und zugleich zur

Seite geschleudert, prallte gegen einen Baum und schüttelte seinen Fahrer ab wie ein bockendes Pferd seinen Reiter. Coppelstone flog in hohem Bogen durch die Luft, überschlug sich dabei ein-, zwei-, dreimal und landete schließlich mit furchtbarer Gewalt in einem Busch.

Obwohl das Astwerk dem Sturz den größten Teil seiner Wucht nahm, raubte der Aufprall ihm um ein Haar das Bewusstsein. Zugleich aber rettete er ihm vermutlich das Leben, denn seine Gewalt trieb nicht nur jedes Quäntchen Luft aus seinen Lungen, sodass aus seinem Schmerzensschrei nur ein halbersticktes, kaum mehr hörbares Keuchen wurde, sondern betäubte ihn auch halbwegs; Coppelstone konnte weiter hören, sehen und spüren, was mit ihm und um ihn herum vorging, aber er war nicht in der Lage, sich zu rühren oder auch nur zu blinzeln.

Hilflos sah er zu, wie sich der Saugrüssel des Wyrm wie eine wachsbleiche Riesenschlange um den zertrümmerten Wagen ringelte, ihn mit unvorstellbarer Kraft ergriff und dann auf das klaffende Maul des Monsters zuzerrte. Er konnte weder Zähne noch irgendwelche anderen Beißwerkzeuge erkennen, doch die gewaltigen Kiefer des Wyrm zermalmten das Wrack des Ford so mühelos wie ein Wolf ein Lamm reißen würde. Metall und Glas splitterten, wurden zerrissen, zerquetscht und in Stücke gemahlen. Das Ungeheuer bewegte sich während seines gesamten furchtbaren Mahles unaufhaltsam weiter, mit Bewegungen, die durch seine ungeheure Größe zwar nicht besonders schnell wirkten, es aber trotzdem waren. Selbst wenn Coppelstone in der Lage gewesen wäre aufzuspringen und davonzulaufen, hätte es ihm vermutlich nichts genutzt. Der Wyrm war gekommen, um sich sein Opfer zu holen, und er würde nicht ruhen, bis die Schuld mit Blut getilgt war.

Und er bekam seine blutige Rache.

Irgendwo in dem zerwühlten Schlamm vor Coppelstone rührte sich etwas. Er war immer noch wie gelähmt, und er hätte absolut nichts tun können, um das Schicksal aufzuhalten, doch er schrie innerlich erneut vor Entsetzen auf, als er begriff, dass Reeves *immer noch* am Leben war, gegen jede Logik, gegen jede *Möglichkeit,* und nichtsdestotrotz noch immer lebendig. Langsam, taumelnd und mit Bewegungen, die an die einer Marionette erinnerten, deren Fäden ein betrunkener Puppenspieler führte, richtete sich der Reverend im Schlamm auf – nur noch eine schwarze Gestalt, wie aus fauligem Lehm geformt, über und über mit Teer, Schlamm, Unrat und Blut besudelt, aber von irgendeiner unvorstellbaren Kraft noch immer am Leben und auf den Beinen gehalten, als wäre es sein Fluch, mit ewigem Weiterleben für sein Tun bezahlen zu müssen.

»Herr!«, gurgelte er. Selbst seine Worte klangen nicht mehr menschlich; ein furchtbares, nasses Blubbern und Keuchen, in dem Coppelstone nur mit Mühe den Klang einer menschlichen Stimme erkannte.

»Herr!«, wimmerte er noch einmal. »Du bist gekommen! Der Tag Deiner Auferstehung ist da! Ich bin Dein Diener! Ich bin hier, um Dir zu Deiner Rache an denen zu verhelfen, die Deiner Macht zu trotzen wagen!«

Der Wyrm bewegte sich langsam auf ihn zu. Sein gewaltiges Maul klaffte weit auf, und die Zunge schlängelte gierig nach dem, was einmal Reverend Reeves gewesen war.

»Herr!«, schrie Reeves. »Dein Tag ist da! Die Stunde Deiner ...«

Der Saugrüssel des Wyrm schlug zu. Reeves wurde von den Füßen gefegt und durch die Luft gewirbelt wie ein Blatt im Sturm, doch noch bevor er wieder zu Boden stürzen konnte, zuckte die gigantische Zunge des Wyrm erneut in seine Richtung, packte ihn und zerrte ihn mit einem einzigen gewaltigen Ruck in das klaffende Maul der gigantischen Kreatur hinein. Reeves' Schreie verstummten mit einem letzten, mahlenden Laut; einem Geräusch, das Coppelstone niemals im Leben wieder vergessen sollte.

Und es war immer noch nicht vorbei.

Für eine geraume Zeit lag der Wyrm einfach reglos da, ein riesiger, fahlbleicher Berg aus Fleisch und eiternden Geschwüren, hoch wie ein Haus und so lang wie ein Güterzug mit einem Dutzend Waggons. Während dessen spürte Coppelstone, wie das Leben allmählich wieder in seinen Körper zurückkehrte. Er konnte sich bewegen; nicht besonders gut und nur unter

Schmerzen, doch er konnte es. Aber er wagte es nicht.

Der riesige Schädel des Wyrm füllte den Weg zwanzig Fuß vor ihm zur Gänze aus. Coppelstone konnte weder Augen noch andere Sinnesorgane erkennen, doch er *spürte* einfach, dass ihn das Monster anstarrte; auf eine Weise, die er zu fühlen glaubte wie die Berührung einer unangenehmen, fieberheißen Hand. Es war noch nicht vorbei. Der Wyrm würde ihn töten, wie er Reeves getötet hatte, und so wie er, Coppelstone, seine Kinder getötet hatte. So absurd es Coppelstone selbst auch in diesem Moment vorkam – er konnte das verstehen. Er hatte eine Macht herausgefordert, die gewaltiger war als er, gewaltiger als *irgendein* Mensch, ja vielleicht gewaltiger als die Menschheit selbst; auf jeden Fall aber älter.

Langsam öffnete sich das titanische Maul des Ungeheuers. Der riesige Saugrüssel kroch auf ihn zu, nicht schnell und peitschend, wie er Reeves ergriffen hatte, sondern langsam, mit tastenden, fast unsicher wirkenden Bewegungen. Der Rüssel erreichte sein Bein, tastete sich daran hinauf und glitt über seine Hüfte, seinen Leib und schließlich über sein Gesicht. Coppelstone keuchte vor Schmerz. Die Berührung des Rüssels war wie Säure, die seine Haut zu verätzen schien. Er schloss die Augen, denn aus irgendeinem völlig absurden Grund wollte er nicht blind sterben; auch wenn das vermutlich nur einen Unterschied von ein oder zwei Sekunden machte.

Doch er starb nicht.

Der Saugrüssel des Wyrm tastete über sein Gesicht, seinen Hals und seine Schultern und zog sich dann ebenso langsam wieder zurück, wie er den Weg zu ihm gefunden hatte. Der finale, alles auslöschende Schmerz, auf den er wartete, kam nicht.

Mit klopfendem Herzen öffnete Coppelstone die Augen und starrte direkt in das fahle Antlitz des Wyrm. Und für einen Moment, einen unendlich kurzen, zeitlosen Moment, war es ihm, als hörte er eine Stimme. Nein, keine Stimme: eine Botschaft. Etwas, das durchdringender war als eine Stimme, gewaltiger als Gedankenübertragung oder irgendeine andere Form der Kommunikation, die er sich je hätte vorstellen können. Es war pures Wissen, aus dem sein verzweifelt nach einem dem menschlichen Denken entsprechenden Vergleich suchender Verstand nur so etwas wie Worte machte:

Kreuze nie wieder meinen Weg, Mensch.

Das war alles. Mit einer unglaublich imposanten Bewegung schwang der Wyrm herum, drückte mit seinem kolossalen Körper Unterholz, Büsche und kleine Bäume platt und verschwand mit schlängelnden, eine schwarze Teerspur zurücklassenden Bewegungen im Wald. Und nach einer Weile, von einer Kraft und einem Willen beseelt, von denen Coppelstone längst nicht mehr wusste, woher er sie nahm, stemmte auch er sich in die Höhe und folgte ihm.

Es war nicht sehr schwer, der Spur des Wyrm zu folgen. Selbst wenn es die Spur aus schwarzem Teer und den breiten Pfad niedergerissener Vegetation nicht gegeben hätte, hätte Coppelstone gewusst, wo er den Wyrm finden würde. Das Geschöpf kehrte zurück an jenen Ort, an dem es so lange geschlafen und auf sein Erwachen gewartet hatte: Morrisons Farm.

Coppelstone sah den Wyrm wieder, als er aus dem Wald heraustaumelte und dicht neben der klebrig-schwarzen Schleimspur auf die Knie fiel, erschöpft, gepeinigt von Schmerzen und Übelkeit und kaum mehr Herr seiner Sinne. Er kroch in diesem Moment über den Rand des gewaltigen, ausgeglühten Kraters, der da klaffte, wo vor Stundenfrist noch die Farmgebäude und das Silo gestanden hatten. Und erst jetzt, aus der Entfernung und der Höhe betrachtet, begriff Coppelstone wirklich, *wie* gigantisch die Kreatur war, denn sie füllte den riesigen Krater fast vollkommen aus, während sie sich wie eine ins Absurde vergrößerte Natter darin zusammenringelte.

In diesem Moment hörte er Stimmen, weit entfernt, unverständlich und aufgeregt. Mit einer mühevollen Bewegung hob er den Kopf und sah Menschen die Straße vom Ort her heraufkommen, sicherlich angelockt durch die Explosion und das Feuer. Aber es war seltsam – er hatte gar keine Angst mehr. So sicher, wie er vorhin gespürt hatte, dass der Wyrm ihm nichts mehr antun würde, so sicher wusste er nun, dass diese Menschen nicht mehr seine Feinde waren und dass von ihnen keine Gefahr mehr drohte.

Der Wyrm in seiner Grube regte sich, und die Bewegung setzte sich fort, übertrug sich auf den Boden und die Wände des Kraters und schien schließlich das ganze Tal zu ergreifen. Ein mühsames, schwerfälliges, welliges Zucken lief durch den Boden, und dann teilte sich der verbrannte Krater, klaffte auf, als wäre er selbst etwas auf unbeschreibbare Weise Lebendiges und verschlang die gigantische Wurmkreatur.

Als er sich wieder schloss, waren der Wyrm, der Krater, die verbrannte Erde, die Trümmer und die verkohlte Vegetation verschwunden. Unter Coppelstone erstreckte sich eine unregelmäßig geformte Fläche glatter, feuchter Krume, so unberührt wie am ersten Tag der Schöpfung und bereit, neues Leben zu empfangen.

Doch bevor es ganz vorbei war und eine Sekunde, bevor Coppelstone sich hochquälte und seine letzte Kraft zusammenraffte, um den Männern entgegenzueilen, die sich der Farm näherten, glaubte er noch einmal die Stimme des Wyrm zu hören:

Kreuze nie wieder meinen Weg, Mensch.

Und er versprach es. Lautlos, nur für sich, aber mit aller Inbrunst, die er aufbringen konnte:

»Nie wieder.«

Er taumelte los.

Er wollte die Arme heben, um zu winken, er wollte schreien, um auf sich aufmerksam zu machen, doch er konnte keines von beidem. Nur in seinem Kopf hämmerten immer und immer wieder diese beiden Worte, und es waren auch diese Worte, die er später stammelte, als sie ihn auf halber Höhe des Hanges fanden und in die Stadt brachten:

Nie wieder.

Nie wieder.

NIEMALS WIEDER!